Moritz Heger

Die Zeit der Zikaden

ROMAN

Diogenes

Covermotiv: Gemälde von Roger Philippe Muhl,
›Paysage au grand pin‹
Copyright © 2023, ProLitteris, Zurich

Der Diogenes Verlag wird vom Bundesamt für Kultur
für die Jahre 2021–2024 unterstützt

www.diogenes.ch
20/24/44/2
ISBN 978 3 257 07274 7

ERSTER TEIL
Lichten

Was können wir tun, außer fortzufahren.
(Armin Senser: Novelle)

1

Alex wird wieder Alex sein. Nicht mehr, was sie sechsunddreißig Jahre lang war, Frau Mattmann. »Fraumaaaattmann!!!« Die hellen Stimmen der Fünftklässler ziehen die erste Silbe des Namens in die Höhe und Länge, dass die eigentlich höfliche Anrede ein einziges Drängen ist. Nestlinge sind es, die um die Wette sperren. Das hat in den letzten Jahren zugenommen. Die sich hinziehende Krise hat es noch verstärkt, wie sie ja vieles verstärkt hat. Man meint, mit den neuen digitalen Tools früh die Selbstständigkeit der Kinder zu trainieren, doch dahinter bricht sich eine umso größere Bedürftigkeit Bahn.

Grundschullehrerin zu sein hätte sie sich nie vorstellen können. Sie ist keine Ersatzmama. Sie betüddelt sie nicht, ist auch mal ironisch. Vielleicht gerade dafür mochten die Kleinen sie ihr ganzes Pädagoginnenleben lang. Aber im Grunde war sie immer eine für die Großen. Wenn man mit denen wirklich etwas anfangen konnte, gingen sie, Jahrgang für Jahrgang. Sie hat ihnen nie nachgetrauert. Fast nie. Sie wusste, das ist Lehrerlos, zurückbleiben, von vorne anfangen, über all dem schleichend altern. Aber nun ist sie es, die geht.

Und draußen wird sie wieder Alex sein und jung, ohne ihre Jahre zu verleugnen, ohne sich zuzukleistern oder gar mit Botox nachzuhelfen. Natürlich und drahtig: ein Anteil erfahrene Füchsin, ein Anteil zupackender Kerl, ein Anteil jugendliche Ausreißerin. Eine gute Mischung für eine Frau jenseits der sechzig. Sie wird sich begehrenswert fühlen, wenn sie an einem dieser schönen Plätze, die ja nun immer mehr entstehen, weil es ein Bedürfnis danach gibt, morgens hinaus ins glitzernde Gras treten, die köstliche, herbfrische Luft tief einziehen und im Hohlkreuz die Arme in verschiedene Himmelsrichtungen recken wird. Sie freut sich auf diese Gemeinschaften auf Zeit, auf spannende Nachbarnomaden. Auf erzählte Lebensreisen, Lebendigkeit, leuchtende Augen im Feuerschein. Auf die große Einfachheit in dieser kleinen, genialen Box, in der alles multifunktional ist, jede Treppenstufe noch Stauraum bietet. Den Kaufvertrag hat sie heute unterschrieben, beim Innenausbau wird sie im Sommer einiges selber machen, nicht nur, um Kosten zu sparen. Ihr Tinyhouse, nicht breiter als eine Fahrspur, wird sie nicht beengen, davon ist sie überzeugt. Vielmehr ihren Raum ins nahezu Grenzenlose öffnen. Ein Standbein wird sie so schnell nicht mehr brauchen. Kann man das haben, zwei Spielbeine?

Sie lächelt: In ihrer alten Schule, wo sie noch eine wichtige Rolle im Kollegium einnahm, hatte sie sich ein Kellertheater ertrotzt und über den Treppenabgang den Schriftzug *Spielraum* gehängt, geschrieben mit einer Lichterkette, die sie vor Aufführungen verheißungsvoll blinken ließ. Ihr, die ihr hier eintretet, habt Lust auf krasse Erfahrungen. Damals riss sie sich etwas vom Herzen, als sie ihren geliebten, mottenlöchrigen roten Vorhang im kalten Arbeitslicht aus der Schiene zog und zu ihrem Auto trug, mit dem sie niemals aus anderen als aus Theatergründen in den Pausenhof gefahren war. Es regnete, das passte. Sie war allein und musste zweimal gehen. Aber diesen Vorhang hatte sie aus Italien mitgebracht, den nahm sie wieder mit. Auf einer Reise in die Toscana hatte sie ihn einst einem Männlein mit akkurat getrimmtem Schnurrbart im gegerbten Gesicht abgeschwatzt. Durch Zufall und den Spalt einer schweren Tür hatte sie in einem Bergdorf in ein halb verfallenes Theater gelinst, als er plötzlich, gut und männlich nach Rasierwasser riechend, in seinem hellen Anzug mit Hut hinter ihr gestanden hatte: »Non recitiamo più, Signora. Mi dispiace.« Radebrechen, Gestikulieren, Lachen. Ein Flirt wie im Schwarz-Weiß-Film, und am nächsten Tag verließ sie das Dorf mit einem Ballen Samt auf dem Rücksitz, bei dem einem war, als würde er aus seiner Tiefe heraus von selber leuchten. Irgendwo im Keller liegt er noch. Jetzt ist beherztes Sichtrennen angesagt, der Sperrmüll bestellt. Die Bücher fährt sie kistenweise in ein Antiquariat, sie kriegt nichts und muss nichts zahlen, das ist die Abmachung.

Wird sie ihre Altbaumansarde mit den einander so treu zugeneigten Schrägen vermissen? Mehr als einunddreißig Jahre hat sie hier gelebt. Eingezogen ist sie einst mit dem festen Vorsatz: nie mehr Immobilieneigentümerin. Nie mehr Haus & Grund. Ein mit Verlust abgestoßenes Reihenhaus reicht. In der Anfangszeit zwang sie sich, hier alles so einzurichten, wie sie und niemand anders es wollte, inklusive der fitzeligen Kücheneinbauten aus Massivholz mit den Scharnieren, die man niemals perfekt eingestellt kriegt. Wenn sie durch wäre, hat sie wohl geglaubt, wäre sie auch durch mit ihrem Ex. Ein Irrtum. Das heißt, fertig war sie mit ihm schnell, im Grunde noch am selben Abend, als er ihr das mit der anderen sagte. Wie lange das schon ging, dass ihr schlechtes Gefühl berechtigt gewesen war in jeder einzelnen Situation. »Du vertraust mir nicht!« Er hatte recht gehabt. Sie hatte recht gehabt. Es gab nicht zu wenig Recht auf der Welt, sondern zu viel. Den Vertrauensverlust hinterließ er in ihr. Das war *ihr* ungeborenes Kind, und wenn seither etwas in Fluss kommen wollte, konnte sie sicher sein, dass sie es verkantet in sich spürte wie einen Baumstamm im Hochwasser.

Nicht dass sie keine Männer mehr gehabt hätte. Einmal auch eine Frau. Elisabeth hat sie in einem Workshop für Theater-AG-Leiter kennengelernt, in dieser aufgekratzten Atmosphäre, wo alle gleichzeitig besonders tolle Lehrer und keine Lehrer sein wollen, vielmehr Künstler, aus denen noch bei der banalsten Übung Spielfreude hervorsprudelt. Viel Lachen im Raum und dann eine, die einen nur intensiv anschaut, und wenn man hinterher auf einen Wein mitgeht, weiß man, das Gespräch wird sich nicht um die Kinder drehen. Alex hat es gefallen, sich abschleppen zu lassen. Etwas mit sich machen zu lassen, bei dem sie vorab Nein angekreuzt hätte. Es hat sich jung angefühlt. Und es war dann auch schön. Zärtlich, liebevoller als mit den Männern. Vielleicht zum ersten Mal wirklich liebevoll. Aber ein wenig war es auch wie Langlauf, wenn man Abfahrt gewöhnt ist.

Alex wandert durch die Zimmer. Der unterschriebene Kaufvertrag, der auf dem Küchentisch liegt, rückt die Möbel, obwohl alles noch an Ort und Stelle ist, etwas ab. Eigentlich ist das ein seltsamer Tausch, denkt sie: Man räumt den Möbeln Platz ein in der Hoffnung, dass sie einem einen Platz in der Welt schaffen. Um den Gründerzeitsekretär, den sie von ihrer Mutter geerbt hat und der eine der wenigen geraden Wände besetzt, wird es schade sein.

Sie kommt ins Bad. »Wer baut so was?«, hat sie Gerd lachend gefragt, als sie es das erste Mal sah. Gerd war ihr Vermieter und ist jetzt auch schon seit fast drei Jahren tot, nachdem alle Beatmung nichts genutzt hat. Bei der Besichtigung damals war er quicklebendig, ein T-Shirt-Typ, der immer einen Schnitz Rücken oder Bauch zeigte und manchmal bei der Arbeit den Ansatz der Pofalte. Einer, der in all seiner prallen Beweglichkeit Heimat ausstrahlte, dessen Schweiß nicht abstieß. Der kuriose Schnitt war wohl ein Grund dafür, dass sie die Wohnung bekommen hat, hier kann eigentlich nur ein Single wohnen. Oder ein sehr symbiotisches Paar. Man muss durch alle Räume durch, wenn man wo hinwill. Und durchs Bad aufs Dach. Durch dieses Riesenbad mit der leeren Mitte. Dabei war sie nie eine, die ewig Toilette macht. »Wer baut so was?«, hat sie ihn auch wieder gefragt, als das Klo mit dem überlang den Kniestock suchenden Abflussrohr verstopft und er spontan mit hochgekommen war. Warum das Vermieterpaar im Erdgeschoss wohnte, hat sie nie verstanden, im ersten oder zweiten Stock hätte man den schöneren Blick und wäre mehr für sich. Aber Gerd und seine Frau waren keine, die residierten.

Helga hält jetzt noch die Stellung als ihre eigene Concierge, sie sind locker befreundet. Alex erklärt ihr Sachen am Computer. Gerd musste man damals nur anfassen, als er danach die Hände wusch, nicht berühren, anfassen, mit beiden Händen, und alles Weitere ergab sich. Sie mochte das klatschende Geräusch.

Sebastian hat sie geliebt. Er war ihr Schulleiter an ihrem alten Gymnasium, mit dem sie sich identifizierte. Ja, auch mit dem Gebäude – und damit meint sie nicht nur ihr Theaterchen, zu dem es im Hof runterging, sie meint auch und gerade die Fassade mit den riesigen Rustikasteinen und Säulen, der Freitreppe und den Graffiti. Die stolze Schule war im späten neunzehnten Jahrhundert auf dem Streifen Land errichtet worden, das dem Rhein beim Begradigen abgerungen worden war. Alex hatte eine besondere Beziehung zu dem klassizistischen Kasten, wenn er leer war und man allein durch Gehen das Licht anspringen ließ. Das Altehrwürdige hatte die Jugend ausgeatmet und hielt einen langen Moment inne, bevor es sie wieder einsaugen würde. Als Theatermacherin war sie damals oft die Letzte, die ging, sie war die, die sich mit den migrantischen Putzkräften duzte. Genau genommen war sie natürlich die Vorletzte. Sebastian hauste ja nahezu in seinem schmalen Büro. In diesem Flur musste man auf den Lichtschalter drücken, was sie niemals tat, denn sie kannte den Weg und mochte den Lichtstrich unter der Tür.

An dem einen verhängnisvollen Donnerstag im April 2011 ist sie nicht zu ihm hinaufgegangen, obwohl er sich für die letzte Aufführung angekündigt hatte und obwohl Dr. Egyptien nicht der Typ war, der einen Platz, auf den er einen Zettel mit seinem Namen hatte kleben lassen, leer ließ. Repräsentation nahm er ernst. Alex hat gedacht, er käme nicht, weil sie sich gestritten hatten. Sie hat ihn noch für kindisch gehalten, dass er nun einfach ihrem Theater fernblieb und die Schüler mitbestrafte. Sie war die Kindische, so zu denken. Vielleicht hätte sie ihn retten können. Es hieß zwar, er sei sofort tot gewesen, dennoch wird sie sich das nie ganz verzeihen können.

In ihrer neuen Schule, auch nach zwölf Jahren und bis zum Ende wird es ihre neue sein, ist sie froh um ihre Nische, lässt es laufen und auslaufen. Theater hat sie hier nie mehr gemacht. Im Sommer wird an ihrem Platz im Lehrerzimmer nur eine Schlangenhaut zurückbleiben, die die Jungen, wenn der Herbst kommt, nicht mehr als solche erkennen und zwischen den Fingern zerreiben werden, Alex lächelt.

Zwei Männer hat sie wirklich geliebt in ihrem bisherigen Leben. Sie weiß nicht, ob das eine magere oder eine normale Ausbeute und sie nur ehrlich ist. Die beiden waren gegensätzlich. Den Studienfreund, den Gleichaltrigen, hat sie einst geheiratet. Liebe war ein Projekt. Das klingt prosaisch, aber das war es nicht. Die Zukunft war, als sie knapp halb so alt war, ein lehmiger Baugrund, an dem sie sich trafen, von den verschiedenen Schulen kommend, an die sie nach dem Referendariat geschickt worden waren. Die Erde lag offen, und sie legten ihre Fantasien übereinander, sodass das Haus in 3-D vor ihnen stand. Sie sahen ihre Kinder, zwei, schon im Gras tollen, in einem satten, aus dem Paradies herüberleuchtenden Grün, scherzhaft stritten sie über die Namen. »Fürchtegott«, sagte sie, weil ihr kein Name einfiel, an dem man mehr angeeckt wäre. »Ich wollte schon immer einen kleinen Gotti als Stammhalter«, grinste er. »Oder Fürchti, das darfst du dir aussuchen.« Sie küssten sich, und dann schwang sie sich aufs Rad und gewann das Wettrennen zu ihrer Wohnung gegen ihn im Auto. Es war Liebe, von ihrer Seite bis zum Schluss, sie stürzte wie diese Brücke in Genua ein. Nie wird sie wissen, ob nicht von Anfang an der Riss der Lüge durch ihn ging.

Dr. Sebastian Egyptien maß fast zwei Meter und faltete sich bei Gesprächen immer in denselben Sessel aus weichem cognacfarbenen Leder, das an den beanspruchten Stellen längst gelb gerieben war. Alex kann sich nicht vorstellen, dass jemals jemand anders darin saß. Wo der Sessel wohl hingekommen ist? Er wird vermutlich den Weg allen Fleisches gegangen sein. Oder er ist in irgendeinem abgeranzten Schülerkeller gelandet, wo einem der Geruch von Kiffen entgegenschlägt. In ihrer neuen Schule gibt es keine ungenutzten Räume, gibt es überhaupt keinen Keller und auf der digitalen Lernplattform natürlich schon gar nicht, den die Jungs und Mädels erobern könnten, in einer konzertierten Aktion befreien von altem Krempel und eh man sich's versieht vollkrempeln mit neuem altem Zeug. Heute gibt es auch keine Kontinente mehr zu entdecken. Nach dem Abi fliegen sie zwar in die hintersten Winkel Afrikas, aber nicht ohne vorher die ausufernden Blogs und Vlogs ihrer Vorgänger angeschaut und Bewertungen und Rankings studiert zu haben. Von allem haben sie ein Bild, bevor sie es kennenlernen. Sebastians alter Sessel, seine verlorene Form. Wenn sie ihn morgen an der Straße stehen sehen würde, bereitgestellt zum Sperrmüll, vollgeregnet, sie würde ihn mitnehmen, mitnehmen in ihr Tinyhouse, wo er natürlich im Weg und fast schon ein Schandfleck wäre. Doch würde sie abends darin sitzen, ein hochgezogenes Knie umschlungen oder einen Fuß unters Gesäß gesteckt wie er, ihr Weberknecht. Sie würde durch das Panoramafenster, deshalb hat sie sich für dieses Modell entschieden, hinausblicken, bis der Wald vom Dunkel verschluckt und sie allein mit ihrem Spiegelbild und ihren Erinnerungen wäre, einsam auf eine umhüllende Art. *All God's children need travelling shoes ... Look my eyes are just holograms ... From my hands you know you'll never be / More than twist in my sobriety.*

Genau einen gemeinsamen Urlaub haben sie gemacht. Fünf Tage Ammersee, fünf Tage knallblauer Himmel. Während er zu Hause darauf bedacht war, nicht mit ihr in einer irgendwie zweideutigen Situation gesehen zu werden, küsste er sie hier, vierhundert und nicht etwa viertausend Kilometer entfernt, mitten auf der belebten Promenade. Wollte Sebastian damals einen Schubs vom Schicksal? Fünf Tage waren sie ein eingespieltes Team, im hellen Sonnenschein hatten sie das Unnormale dieser Normalität fast vergessen, wenn es Abend wurde, bekam es etwas Fiebriges. Sie gingen baden und edel essen, machten Wanderungen, schleckten in einem mittelalterlichen Städtchen Eis und hatten nachts bei sperrangelweit offenen Balkontürflügeln den heftigsten Sex ihres Lebens. Sie hatten die Suite genommen, das Teuerste, was es gab – er zahlte –, natürlich mit Seeblick, den sie viel zu wenig würdigten, doch nachts gebaren ihre verschwitzten Leiber einen Ghul oder Dschinn, der das für sie tat und in wilder Körperlosigkeit über der mondbeschienenen Wasserfläche Loopings schoss, während sie sich drinnen in ihn verbeißen musste, um nicht zu laut zu sein – so fest, dass er es war, der schrie. Bis heute kann sie nicht sagen, warum Sebastian keine offizielle Beziehung wollte. Gut, Chef und Mitarbeiterin, das schafft gewisse Spannungen. Andererseits ist es der Klassiker. Sie wären nicht die Ersten gewesen. Sie waren nicht die Ersten. Klar gab es auch die Geschichte mit seiner Ex-Frau, doch die war damals seit etlichen Jahren eben das, Geschichte. Sebastian hatte wirklich alles für sie getan, was er konnte. Irgendwann kannst du nicht mehr tun. Irgendwann musst du dich befreien. Über diese Schiene waren sie anfangs überhaupt einander nähergekommen, sie hatte ihm ein offenes, weibliches, unhysterisches Ohr geboten. Ein Personalentwicklungsgespräch am Spätnachmittag, er hatte sich schon aus seinem Sessel hochgestemmt, um noch das dusselige Protokoll zu holen und auszufüllen, doch dann ging es in die Verlängerung, mit Rollenumkehr und ohne Formular. Der Moment, in dem sie begriff, wie einsam Könige sind. Denn das war er, ein weiser, prophetischer, aus heutiger Sicht sicherlich veralteter König. Ein Ohr ohne Hintergedanken hat sie ihm geboten. Das ist die reine Wahrheit. Es brauchte dann ja auch Jahre. Wuchs im Stillen, und als sie sich endlich über Begrüßung und Abschied hinaus berührten, war es aufregend neu und zugleich so, als würden ihre Hände in den Hafen des jeweils anderen einlaufen.

Das Bild passte auch später, nur dass, was daran schön gewesen war, nun nerven konnte. Behutsam wie ein Hafenlotse manövrierte sie das Gespräch dann und wann, weiß Gott nicht ständig, in die Richtung einer gemeinsamen Zukunft. Er wurde entweder kurz angebunden oder aber weitschweifig, allgemein und philosophisch. Er flüchtete sich in Melancholie, nebelte sich in seiner Gesamtverantwortung ein wie ein Oktopus. Sie hasste das. Sie hasste es, wenn er spitzfindig wurde und sich darauf zurückzog, er habe ihr nie falsche Versprechungen gemacht, so als wäre das zwischen ihnen ein zu erfüllender Vertrag und sie füreinander Waren mit zugesicherten Eigenschaften. Das machte alles so klein! In solchen Momenten hätte sie ihn schlagen wollen, nur um ihn zu treffen. Ein Schlag ist ein Punkt, eine Definition. Manchmal sehnt sie sich in diesem zivilisierten, lauen Dahingleiten danach. Schuldbewusst bemerkt sie das allzu Konkrete des Gedankens: Er ist ja an einem Schlag gestorben oder zumindest an etwas sehr Ähnlichem, einem geplatzten Aneurysma.

An Heirat hat sie gar nicht gedacht, das wäre für sie wenn überhaupt der dritte oder vierte Schritt gewesen. Alex ist eigentlich sicher, dass es keine andere gab. Nach dem Tod kommt so etwas doch raus. Aber es gab keine böse Überraschung an der Engstelle des Grabs, wo man sich in eine Reihenfolge des Nahestehens einfädeln muss, es gab keine Fee zu viel. Nur den Moment, in dem du allein an der Kante der Welt stehst, in dem es ein Leichtes wäre, vornüberzukippen, auf die hohl tönende Kiste aufzuschlagen und vor aller Augen bei ihm zu liegen.

Das ist auch schon wieder, Moment, fast zwölf Jahre her. Die Beerdigung fand Ende April statt. Man hatte sie so weit nach hinten geschoben, wie es ging, damit alle aus den Osterferien zurück waren. Er hatte immer im Scherz gesagt, er sei mit seiner Schule verheiratet – ein Spruch, zu unoriginell, um nur ein Scherz zu sein –, und nun waren über tausend Trauergäste zusammengekommen. Die Sonne strahlte die Welt an, das Grün schien in diesem Jahr jünger und frischer als sonst, es passte wie die Faust aufs Auge. Aber weil man an so einem Tag in Watte wandelt, passte es auch wieder gerade. Dass die Natur sich nicht um einen scherte, dass das Leben weiterging, war ein Gruß vom anderen Flussufer herüber, ein angemessen schwacher Trost. Sie hatte sich gewundert, wie viele Kollegen und vor allem Kolleginnen ihr so tief in die Augen schauten und sie so fest in die Arme schlossen, dass klar war, sie wussten alles – oder das, was man wissen konnte, sie hatte ja selbst das Gefühl, mit einem Geheimnis zusammen gewesen zu sein. Spontan hatte sie beschlossen, sich am Grab umzudrehen und das Gedicht zu sprechen. Laut vor aller Welt. Ihr Gedicht. Zum Kaffeetrinken ging sie nicht mit. Man sagt ja immer, und es stimmt ja auch, dass da gelacht wird, wenn eine Anekdote über den Verstorbenen die nächste hervortreibt, dass das allen guttut. Aber ihre Geschichten, ihre Geschichte mit ihm, damit musste sie an den Fluss und rennen, und hinterher saß sie die halbe Nacht hier auf ihrem Dach, so lange, bis sie und der Schornstein Brüder waren.

Mehrfach in ihrem Leben hat Alex sich gefragt, ob sie einen Vaterkomplex hat. Das war schon bei ihrem Linguistikprofessor so. Obwohl da nie wirklich etwas lief. Er hatte nur einen Arm und einen aufgeschraubten Knauf auf dem Lenkrad, und wenn er sie nach dem Oberseminar noch zum Italiener kutschierte, hatte sein Fuhrwerken etwas Kühnes. Wie ein Adler schoss er in die engste Parklücke, nur einmal flog mit einem Knall der Außenspiegel ab, der eigene oder fremde, das weiß sie nicht mehr. Auf den Professor war ihr späterer Mann, damaliger Kommilitone und Freund, sehr eifersüchtig. Sie hat nur gelacht. »Auf einen Krüppel …!« Das Wort sagte man damals. Bei Sebastian warfen die Freundinnen die Frage erneut auf. Wenn sie heute daran denkt, ärgert sie das. Ist man in einer asymmetrischen Beziehung, wird einem um die Ohren gehauen, was alle doch auch in den sogenannten normalen Beziehungen suchen, die Befriedigung ureigenster Bedürfnisse. Und eben weil es die ureigensten sind, sind sie einem nicht erklärlich, nicht vollständig, und schon gar nicht einfach veränderbar. Aber bei einer solchen Beziehung heißt es nicht, wie schön, dass du einen gefunden hast, der dir gibt, was dir offenbar kein anderer geben kann. Nein, da heißt es Komplex, das wird abgetan. Da wird man gleich als unselbstständig hingestellt. Manchmal denkt sie, darin drückt sich tiefer Neid aus. Wie soll denn Liebe, echte Liebe, gehen, ohne sich abhängig zu fühlen? Das ist doch das Intensivste daran. Das Wehste und Schönste. Ist das nicht auch ein Komplex, vielleicht ein viel verhärteterer, sich auf nichts wirklich einzulassen?

Gedankenlos öffnet sie einen Umschlag, den sie beim Hereinkommen auf die lederbespannte Platte des Sekretärs geworfen hat. Sie hätte sogar noch einen Brieföffner. Auch ein Erbstück. Aber er ist nie zur Hand, immer hat es der Finger schon erledigt und das Kuvert zerfetzt. Bei Nebensächlichkeiten ist sie nachlässig, bei Kunstwerken wird sie zur Perfektionistin. An dem Reihenhaus samt dem Handtuch von Garten war damals vieles ihr Kunstwerk. Das einfach aufgeben zu müssen, verlassen zu müssen als etwas schon in diesem Augenblick Fremdgewordenes, war schmerzhafter als der finanzielle Verlust, obschon sie an dem noch jahrelang zu knabbern hatte. Die unter die Schrägen gebastelte Küche in dieser Wohnung war dann auch wieder ihr Kunstwerk. Und der Innenausbau des Tinyhouse wird das nächste sein und natürlich das Tinyhouse als Ganzes. Deshalb hat sie sich das ja gewählt. Ohne Kunstwerk, irgendein kleines Kunstwerk, wäre Alex tot.

Kunst heißt für sie nicht, aus dem Vollen schöpfen. Kunst ist, das Beste daraus machen. Mach halt das Beste draus, für viele ein achselzuckender Satz. Aber nicht für sie. Das Beste, wenn es das wirklich ist, wenn es das gerade unter beschränkten Bedingungen wirklich ist, leuchtet immer. Polier es, geh noch mal drüber, sei zärtlich, und es wird leuchten.

Was sie aus dem Umschlag zieht, ist eine Hochzeitseinladung. Für das edle Material der Klappkarte, exakt die Mitte zwischen Papier und Pappe, müsste das Wort haptisch erfunden werden, wenn es es nicht schon gäbe. Innen ist in gediegenem Grau Text gedruckt. Aber den Platz ringsum füllt blaue Tinte. Es ist ganz schön lange her, dass Alex einen handschriftlichen Brief bekommen hat, und das hier kann man schon so nennen. Die Girlanden einer typisch weiblichen Schrift. Alex selbst hat nie so geschrieben, aber Hunderte ihrer Schülerinnen. Während deren Aufsätze um optische Perfektion bemüht waren, als gäbe sie dafür die Eins, hat die Schreiberin hier die Ränder in alle Richtungen gefüllt. Man muss die Karte beim Lesen drehen. Die Unterschrift ist, auf dem Kopf stehend, ganz oben auf dem letzten freien Streifchen gelandet: *Wibke Wieczorek, geb. Müller,* entziffert sie.

Erinnern Sie sich noch an mich? Ich erinnere mich gut an Sie. Gut im doppelten Sinne, liebe Frau Mattmann! Sie haben mir in der Jugend sehr geholfen. Ohne Sie und das Theater wäre ich nicht die, die ich bin. Am Ende lief manches schräg – das war ja ein Lieblingswort von Ihnen. Und dann waren Sie weg. Sonst hätten wir vielleicht beim Abiball schon Schwesternschaft getrunken. Es wäre sehr schön, wenn Sie zu unserer Hochzeit kämen. Gerne mit Partner. Dominik würde sich wirklich freuen, Sie kennenzulernen. Ich habe ihm viel von Ihnen erzählt. Auf dem Standesamt waren wir schon, nun kommt die große Sause!

Vorne auf der Karte ist ein Schwarz-Weiß-Foto eingedruckt, auf dem sich eine junge Frau mit hübschem, pausbäckigem Gesicht und üppigen Formen – das figurbetonte Kleid verunklart nichts – an einen jungenhaften Mann im Anzug schmiegt. Dominik. Schön und passend. Sein Haar ist dunkler als ihres. Die kleinen Wülste unter seinen lächelnden

Augenschlitzen und die ganz am Ende hochgebogenen Mundwinkel lassen ihn etwas schüchtern und sehr nett erscheinen. Kein Draufgänger, denkt Alex, ein Auf-sie-Eingeher, und sie hat das Bild, dass dieser Mann seine Frau nach einem anstrengenden Tag fragt, was sie trinken will, es ihr mixt und zum Sofa trägt und ihr dann die rübergestreckten Füße massiert. Alex würde jetzt gerne von Händen, die nicht ihre eigenen sind, angefasst werden, und das meint sie gar nicht in erster Linie erotisch, in zweiter vielleicht.

Das Bild, das reale, ist alles andere als ein Schnappschuss. Es will etwas Gültiges zeigen. Ein gutes Bild. Wenn auch sehr konventionell. Auch *Sause* ist ein überraschend altmodischer Ausdruck. Keine Jugendsprache, auch nicht von vor zehn oder zwanzig Jahren. Alex würde das Wort höchstens ironisch gebrauchen. Aber bei der jungen Frau, da ist sie sich sicher, ist nicht die gleiche Ironie im Spiel. Eher eine neue, verspielte Ernsthaftigkeit.

Die vornehme Karte, und dann schreibt sie einfach rein, statt einen Brief beizulegen. Das gegenderte *Schwesternschaft*, aber dann nimmt sie ganz traditionell den Namen des Mannes an und legt den eigenen ab. Und dass sie ihn mit *geb.* anfügt, macht es noch traditioneller. Die Sorge, nicht wiedererkannt zu werden, kann eigentlich nicht der Grund für Letzteres sein: So viele Wibkes gab es in der Theater-AG nicht, das wissen sie beide, und das Foto ist doch eindeutig. Zum ersten Mal fällt Alex auf, wie verquer das Wort Mädchenname ist: Erst wenn du keines mehr bist, kannst du einen kriegen.

Ob die Braut nach der Seltenheit und dem Klang gegangen ist? Wieczorek schafft eine Alliteration, Müller ist Dutzendware. In Alex' Augen wäre das trotzdem kein hinreichender Grund. Aber es ist ja nicht ihr Name, sondern Wibkes. Jedenfalls machen diese wie beim Mikadospiel ineinandersteckenden, in verschiedene Richtungen weisenden Pfeile sie neugierig. Und was ihr Herz berührt: die kleine energische Unterstreichung des *sehr*.

Wibke hat sich gemacht. Sie ist ähnlich beleibt wie damals, als sie zu ihr in den Spielraum kam. Aber sie hat eine ganz andere Ausstrahlung. Die Augen leuchten, und darum ist auch der Körper ein anderer. Zwischendrin, in der Oberstufe, hatte sie abgenommen. Alex, die immer schlank ist, das sind ihre Gene plus ihr unstillbarer Bewegungsdrang, denkt: Warum sehen wir so ein Runter und Rauf, so ein Jo und Jo als Niederlage? Man könnte auch von Körperkleidern sprechen. Ein Kleid muss man nicht sein Leben lang tragen.

Als sie zu Beginn der Zehnten in die Theater-AG kamen, war Wibke eindeutig die Mitgeschleppte. Ariane warf ihre rotblonde Mähne, sie war ihre eigene Bühne. Brauchte eigentlich keine, wollte umso mehr darauf. Wibke war die, die, wie es bei Freundinnenpaaren in der Pubertät oft ist, den Plural vollmachte. Sie litt unter ihrer Leibesfülle. Sie war die im Schlepptau, die sich abschleppte an sich selbst.

Das ist Alex in all den Berufsjahren immer wieder schwergefallen, so zu tun, als hätte sie einen weniger scharfen

Blick, als sie ihn nun mal hat. Frauen verzeiht man im Lehrerberuf Gnadenlosigkeit weniger als Männern, nach wie vor.

Aber dann gab es diese eine Situation. Die erste Performance, in der das dicke Mädchen alle überrascht hat – mit seiner Wahrheit. Eine Performance, die man, während sie ablief, kaum aushielt, doch an deren Ende der erleichtert und ungläubig lächelnde Teenager auf einmal berührend schön war. Und das ist kein Pädagogengeschwätz. Alex hat es so empfunden und nicht nur sie, auch die Gleichaltrigen, was natürlich für Wibke viel wichtiger war. Sie hätte sie hinterher umarmen mögen, aber das wäre gerade das Falsche gewesen, das war ihr klar. *Sie haben mir sehr geholfen.* Wie selten man das als Lehrerin hört. In Alex' Erinnerung hat sie nichts dazugetan, oder fast nichts, alles kam von dem Mädchen. Vorher hätte man ihr eine solche Wucht nicht zugetraut, und auch hinterher schloss sich das wieder, die übergroße Wunde, deren Zeigen eine solche Wirkung gehabt hatte. Gott sei Dank, muss man wohl sagen.

Alex war es sechsunddreißig Jahre lang wichtig, dass Lehrer ein unmöglicher Beruf ist. Hier kann man Erfolg nicht machen, man kann keine Menschen fertigen. Du gibst Raum, und das ist eigentlich alles. Im Spielraum gewann das damals Gestalt. Die Trauer über seinen Verlust versetzt ihr auch jetzt noch einen Stich. Und plötzlich muss sie an die Erfahrung denken, die sie leider nie hat machen können, die einer Schwangerschaft. Aber die Erfahrung kennt sie trotzdem. Vielleicht mehr als manche Frau, die einmal im Leben ein Kind gekriegt hat und dann noch auf einem Kaiserschnitt bestand, um alles planen zu können. Sie blickt von ihrem Dach über die vertrauten Hinterhäuser und leicht schäbigen Höfe zum Fluss, von dem sie ein kleines Stück sehen kann, durch das die Schiffe fahren. Ihr Nachmieter wird das nicht mehr können. Sie schließen die letzte Baulücke. Die Erben versilbern das Grundstück, nachdem ihre starrsinnige Ahne, die mit einem halben Dutzend Katzen in der letzten Kriegsruine der Stadt hauste, mit fast hundert das Zeitliche gesegnet hat.

Sie weiß nicht, ob sie jemals Kunst gemacht hat in ihrem Kellertheater. Ihre Aufführungen waren, wenn sie ehrlich ist, jedes Mal eine Spur krampfig und gewollt. Gewisse Momente der Proben unwiederholbar. Das Eigentliche war immer das Innere, geschah in der Gruppe. Aber Wibkes Performance war Kunst. Geballte Kunst. Mit fünfzehn hat sich das Mädchen entschieden, eine Baumwurzel zu sein, nein, dazu gestanden, dass sie nun mal keine zarte Blüte ist, sondern eine knubbelige Baumwurzel. Mit fünfzehn konnte sie die Straße sprengen.

Am Ende ihrer Dienstzeit sieht die Lehrerin noch einmal in ihrem Privatkino – Theater baut Privatkinos in die, die es lieben – eine Szene vom Anfang eines Schuljahrs. Wie immer hatte sie Aushänge gemacht und einige vielversprechende Schüler gezielt angesprochen. Alle sind geschmeichelt, die meisten erscheinen dann doch nicht. Aber acht kamen vorige Woche. Mal wieder sieben Mädchen und bloß ein Junge. Beim ersten Treffen wurde nur geredet.

Doch was heißt nur? Alex hat die Erfahrung gemacht, wenn sie die Jugendlichen direkt fragt, was sie spielen wollen, nennen sie Filme, Serien, Fernsehformate. »So was wie …« Aber sie will nichts nachspielen. Deshalb ist sie dazu übergegangen, sie zunächst in ein zielloses Gespräch zu verwickeln, fast wie ein Psychoanalytiker mit seiner gleichschwebenden Aufmerksamkeit. Erst mal kommen lassen. In der AG soll sich im Gegensatz zum Unterricht Frau Mattmann verdünnisieren. Alex soll eine Chance bekommen. Fürs Erste als verständnisvolle Zuhörerin, die dann doch einen überraschend lockeren Spruch bringt. Das war sie gern, die unkonventionelle Patentante, die sie cooler als die eigene Mutter finden. Eine, die sich reindenkt in die Labyrinthe der Pubertierenden, ihre Minotauren aushält. Die nicht immer gleich Antworten und Lösungen parat hat. Ein Grundproblem von Schule, durch die ganze Digitalisierung noch verschlimmert, ist ja, dass die Antworten vor den Fragen feststehen. Schule ist immer weniger einfach ein Ort und immer mehr eine künstliche Intelligenz, die die Schüler immer feiner programmiert. Solche Entwicklungen kann man wohl nicht aufhalten. Aber in der Theater-AG konnte sie es damals, ein Stück weit.

»Das nächste Mal bringt bitte einen Gegenstand mit«, hat sie am Ende des ersten Treffens gesagt. »*Mein Ding.* Und damit spielt ihr den anderen eine kleine Szene vor.« Die Nachfrage kam, ob das wirklich alles sein könne. »Klar. Ist ja dein Ding, nicht meins. Einen Tipp gebe ich euch noch. Nehmt nichts, was schon von sich aus eine klare Bedeutung hat. Nicht die Gitarre oder den Tennisschläger. Lieber etwas, dem du erst auf der Bühne die Bedeutung verleihst. Das ist spannender, für uns und für dich.«

»Kommen die dann in unserem Stück vor?«

»Wer?«

»Die Sachen, die wir mitbringen.«

»Das müssen wir erst mal sehen. Was das ist. Wer ihr seid.« Sie blickt das dicke Mädchen aus der 10c an, das noch geblieben ist, während ihre hübsche Freundin schon hell lachend mit den anderen ans Tageslicht zurückgekehrt ist. »Wer wir sind«, setzt Alex hinzu. »Weißt du, so eine Theatertruppe ist etwas ganz Eigenes. Ein Körper für sich, der sich erst mal finden muss.«

Sie weiß noch genau, dass sie das gesagt hat. Weil sie weiß, dass sie sich im nächsten Moment fragte, ob die Worte nicht angesichts der Überfülle der vor ihr Stehenden unsensibel waren. Muss jemand wie Wibke nicht aus jeder Erwähnung von »Körper« eine Anspielung heraushören? Aber irgendetwas nachzuschieben würde alles natürlich nur schlimmer machen.

»Ach so«, sagt das Mädchen. Es kramt umständlich in seinem Rucksack, man gewinnt den Eindruck, er sei innen viel tiefer als außen. Weiß sie, was sie sucht? Gibt es überhaupt, was sie sucht?

»Weißt du denn schon, was du nehmen willst?«

»Ich?«

»Als Ding.«

»Nee.« Das Mädchen lächelt entschuldigend. Erwartet sie einen Impuls der Lehrerin? Alex könnte sagen, sie solle doch etwas nehmen, was die anderen gar nicht sehen könnten. Etwas in diese Richtung, etwas Philosophisches. Aber das macht sie nicht. Sie schlägt keine Lösung vor, was sie auflöst, ist die Situation, die es in der Schule viel zu oft gibt, dass man bloß voreinander steht und redet, statt etwas zu tun. Mit einem Sprung ist die AG-Leiterin auf der Rampe, geht über die federnden Bretter, macht sich daran, die noch im Kreis stehenden Stühle zusammenzustellen. »Und man kann wirklich alles nehmen?«, hört sie die Zehntklässlerin halblaut sagen. Die Frage ist offenbar nicht mehr an sie gerichtet. Aber irgendeine Fledermaus von Frage hat ihr das Mädchen in die Höhle gehängt. So plump der Teenager, so zartknochig dieses im Dunkeln verborgene Tierchen. Alex gibt den überfeinen Sinnen von der Bühne aus Antwort, doch nicht wie eine Schauspielerin, sondern mit der Burschikosität des beschäftigten Bühnenarbeiters: »So ein Theater ist was Tolles. Wenn ich daran denke, wie lange ich um das hier kämpfen musste. Und jetzt habe ich den Spielraum auch schon sieben Jahre. Für manche war das ein Zuhause. Auch nach dem Abi kommen sie noch zu den Aufführungen, manchmal von weit her. Das war immer unser Motto: Wenn du hier oben stehst, bist du cooler als die unten. Weil du dich traust. Tschüs, Wibke.« Die Angesprochene dreht sich, schon nah an der Tür, ertappt um und hebt im Halbdunkel kurz die Hand. »Tschüs.«

Und nun steht sie drei Stufen über dem kleinen Zuschauerraum im Lichtkreis des Spots. Im Dunkel die Kameraden, die die Challenge, wie sie es nennen, allesamt schon hinter sich haben. Man war freigiebig mit Lob: quid pro quo. Ariane war nach einhelliger Meinung die Beste. Sie ließ eine rote Kordel sich verwandeln vom Springseil zur Schlange, rang und erwürgte sich fast mit ihr. »Weil ich so heiße«, hat sie danach schlicht erklärt. »Das ist doch die mit dem roten Faden.« Und wieder hell aufgelacht. Der Präsentationsnachmittag ist zur Gruppeninitiation geworden, Alex ist zufrieden. Bei so was ruft sie nicht auf. Wer dran ist, ist dran. Als nur noch Wibke übrig war und sich ein paar Sekunden nichts rührte, hat sie sich gezwungen, nicht zu ihr hinzuschauen, sondern wie eine erwartungsvolle Theatergängerin weiter auf die Bühne, ins leere Licht. Sie wollte zeigen, dass sie den kreativen Kräften der Schüler vertraut, aller Schüler. Schließlich kam Wibke. Ihr Schritt war auf den Stufen deutlich zu hören, wirklich ein Auftritt. In der Hand trug sie eine Plastiktüte, gespannt von etwas Länglichem darin. Sie stellte sie vor sich an der Rampe ab und achtete darauf, dass die Tüte nicht zufällig zum Publikum hin offen stand. Dann richtete sich das Mädchen auf und sah zum ersten Mal jemanden direkt an, den Spot. Er blendet sie – aber sie kneift die Augen nicht zusammen –, ihr entschlossenes Gesicht erstrahlt.

Wibke bückt sich wieder und holt – wie laut eine Plastiktüte ist – eine Rolle Klarsichtfolie hervor. Sie fängt bei den Fußgelenken an, sich zu umwickeln, fesselt sie, drückt die Folie noch mal an. Das Mädchen beginnt zu sprechen. Es erzählt von alltäglichen Situationen, in denen es gehänselt, beleidigt und ausgegrenzt wurde, weil es dick war. Dabei wandert es kreisend, indem eine Hand hinten die Rolle der anderen übergibt, an sich hinauf. Die Folie blitzt im Licht, sie knistert. Das Reißgeräusch, wenn die Hände entschieden ein weiteres Stück von der klebrigen Rolle abziehen. Bei jeder Runde dreht sich Wibke erst zur einen, dann zur anderen Seite, achtet aber darauf, frontal zu sprechen. In knappen Worten erzählt sie dem Spot ihre Geschichten, von denen die erste in der Grundschule spielt und die letzte erst ein paar Tage her ist. Bis über die Schultern und Oberarme, ja sogar um den Hals wickelt Wibke sich ein, umschließt sich mit einer durchsichtigen, undurchlässigen Hülle, die sie eng umspannt. Wie eine zweite Haut, sagt man. Doch es ist keine Haut. Es ist die Präsentation auf einem Markt. Die Wülste ihres Bauchs werden unbarmherzig betont, ihre Figur, die das Gegenteil von tailliert ist. Nun sieht man deutlich, die Fünfzehnjährige ist eigentlich noch ein Kind. Ein massiges Kind, das aber noch keine ausladenden Hüften hat und noch keinen Busen, den Jungs sexy fänden. Wäre sie fraulich, das Ganze wäre obszön. Aber erträglicher als so. Was sehen die Gleichaltrigen? Eine gespannte Stille liegt über dem Raum, dessen Dunkel gnädig ist, aber einen auch allein sein lässt mit seinem Blick. Müsste Alex nicht eingreifen? Sie ist selbst wie in Folie gepackt. Klar ist ihr, alles, was sie jetzt tun könnte, wäre eine

Beschämung mehr. Ob sie die Lehrerinnenstimme erhebt und unüberhörbar Einhalt gebietet oder ob sie zur Wand schleicht und das Arbeitslicht wie arktisches Wasser einbrechen lässt, die Kunst würde in sich zusammenfallen. Die Theaterlehrerin wäre als Lügnerin, als Verführerin entlarvt. Aber was das Schlimmste wäre: Das Mädchen stünde als nackte Wurst da, vor allen. Und nun ist es ohnehin zu spät: Eine froststarre, statuenartige Puppe glitzert im Licht. Die Performerin lässt die Rolle fallen. Ein Moment Schweigen.

Dann stehen alle auf und klatschen heftig. Langanhaltender Applaus, Wibkes Name wird skandiert. Alex macht mit. Sie ist so erleichtert. So etwas hat sie noch nie erlebt. Als sie sich scheu umblickt, hat ein Mädchen Tränen in den Augen, und auch bei dem Jungen glitzert es feucht.

Zwei Schülerinnen, Ariane und eine andere, steigen spontan auf die Bühne und befreien Wibke. An einer Stelle ist die Folie so dick gewickelt, dass sie sie beim Abziehen wie ein Strick einschnürt und nicht reißen will. Schon ist der Junge, der Friedemann heißt, zur Stelle, hat sein Taschenmesser vom Schlüsselbund gefummelt und reicht es ihnen: »Aber sei vorsichtig, immer vom Körper weg.« Wibke steht noch auf den Bühnenbrettern im Kreis dessen, was von ihr abgefallen ist, da umarmen sie beide Mädchen, halten sie und sich eine ganze Weile fest. Ein Wesen aus drei, man ist einander ein Zelt. Friedemann steht unten vor der Bühne, er lächelt Alex, die immer noch schlaff auf ihrem Platz sitzt, zu, als wollte er sagen: So sind sie eben, die Mädchen.

Wibkes Performance wurde in der AG nie besprochen. Unter sich werden die Schüler sicherlich darüber geredet haben. Aber Alex weiß bis heute nicht, ob innerhalb kürzester Zeit die ganze Schule davon wusste oder ob nichts nach außen drang. In den Kreisgesprächen – sie hat immer viele Kreisgespräche geführt – beschlich sie manchmal das Gefühl, die Schüler mieden das Thema bewusst und bogen, wenn es von ferne auftauchte, kollektiv rechtzeitig ab. Man hatte nun ein Familiengeheimnis, und die Kinder, mehr als sie, waren seine Wahrer. Wibke selbst machte den Mund nur auf, wenn sie angesprochen wurde. Das änderte sich später, als sie in der Oberstufe war. Was in diesem Schuljahr auffiel: zu welch eingeschworener Truppe die Schüler zusammenwuchsen. Im Juni des folgenden Jahres gelangen vier wirklich schöne, runde Aufführungen.

Seit zwölf Jahren hat Alex kein Theater mehr gemacht. Und das liegt nicht nur an dem Zampano, der an ihrer neuen Schule die Aula mit multimedialen Shows besetzt hält, Schülermassen dressiert und sich als großer Künstler feiern lässt. Eine Nische wäre neben ihm schon zu finden gewesen, wenn sie sich wirklich darum bemüht hätte. Die Alex früherer Zeiten, die hätte sogar den Kampf mit diesem aufgeblasenen Typen gesucht. Strategische Bündnisse geschmiedet. Die hätte den Platzhirsch zum Platzen gebracht, sie muss lachen.

Aber eigentlich hat es etwas Trauriges. Mag sein, dass man im Schülertheater keine Kunst hervorbringt, die den Augenblick überdauert – aber Leben erlebt man dabei! Wie viel

Herzblut aller Beteiligten steckte darin. Der rote Vorhang war das Symbol dafür. Theater, gerade weil es so flüchtig ist, hat etwas tief Verbindendes. Man hat sich voreinander geöffnet – ja, auch sie vor den Kids. Mit ihren Schwächen, als Mensch. Das waren ihre Kids, ihre Schauspielerinnen und Schauspieler, auch wenn sie schon volljährig waren. Von ihren Ex-Schülern an der neuen Schule wird sie wohl kaum solche Briefe oder Einladungen bekommen.

Mittlerweile ist es dunkel geworden. In den Fenstern haben die Abendprogramme begonnen. Im Hintergrund schiebt sich ein Ausflugsschiff flussaufwärts durchs Bild. Es ist hell erleuchtet, aus einem Deck zucken bunte Lichter. An Bord steigt eine Party. Ob sie die ganze Nacht dauern wird? Die Musik ist nicht zu hören, dafür ist es zu weit weg. Sie weiß, solche Fahrten enden an dem Kai, wo sie begonnen haben. Aber sie stellt sich vor, dass die Gäste nach wilder Nacht an einem gänzlich fremden Ort entlassen werden. Sie stellt sich vor, wie sie durch noch verschlafene Gassen laufen, dass ihnen der feste Boden – das Kopfsteinpflaster, die alte Kirche, das Brezelsymbol über einer schon erleuchteten Bäckerfiliale – auf einmal unwirklich vorkommt, verheißungsvoll unwirklich, wie Kulissen, in denen man die Hauptrolle spielt. Sie sind natürlich fertig, die Partypeople, aber sie fühlen sich unsterblich.

Sie wird zu Wibke Wieczoreks Hochzeit gehen. Vielleicht wird sich daraus sogar eine Freundschaft entwickeln, zwischen der jungen drallen und der alten unkonventionellen Frau. Wer weiß.

Und noch etwas beschließt Alex. Sie wird wieder Theater machen. Wo und mit wem auch immer. Auch das vielleicht gar nicht mehr in ihrer alten Rolle. Die erfahrene Regisseurin unfertiger Darsteller war sie lang genug. Die, die aus dem Dunkel heraus unsicheren Körpern das Strahlen beigebracht hat. »Auf der Bühne seid ihr alle schön, wunderschön.« Und das war nicht nur ein dahingesagter Satz, sie hat das so gemeint. Umgeschaltet hat sie zwischen dem harten Hund von Trainerin, der fordernd und anfeuernd durch die dunklen Reihen mit dem hochgeklappten alten Kinogestühl tigerte, und dem Wesen mit Engelszunge, das von Frau zu Frau Intimität zu erzeugen verstand, als wären sie beide, Darstellerin und Regisseurin, in diesem Augenblick alleine. Nicht einmal zu zweit, als wären sie *eine* Person und das Kellergewölbe kein Theater mehr, sondern eine Hirnschale. Mut hat sie ihnen gemacht, immer wieder Mut. Zu beidem. Dazu, zu sich selbst zu stehen, und dazu, über Grenzen zu gehen. Am anderen Morgen hatten alle Beteiligten, sie eingeschlossen, Unterricht, schrieben vielleicht eine wichtige Klassenarbeit. Aber an diesen langen Abenden zählte nur die Kunst, deren Tempeldienerin und Prophetin sie war. Da steckte natürlich eine Lüge drin.

Doch auch in ihr steckt eine Lüge. Den Schülern in der AG erschien sie als prototypische Künstlerin, deren Muttersprache Theater war. Sie musste gar nicht viel dafür tun, die jugendlichen Projektionen und gelegentlich eingestreute Andeutungen über ihre eine Hospitanz in Studientagen – »als ich am Theater gearbeitet habe« – reichten aus, sie zu einer großartigen Schauspielerin zu machen. Tatsächlich hat sie Angst vor dem Spielen. Ihnen etwas vormachen, das konnte sie. Mit einem Satz auf der Bühne sein, sie an der Schulter nehmen, sich einwechseln und allen zeigen, wie es geht.

Aber wenn sie selbst und niemand sonst die Rolle hätte: Dann käme sie sich nackt vor, verkopft, voller Hemmungen. Würde die Knallcharge geben, Lacher provozieren, nur um sich ans andere Ufer zu retten. Aber das ist kein wirkliches Spielen von innen heraus, nicht das, was sie damals von anderen verlangt, was sie bei ihnen so geliebt hat. Ungeschütztheit können auch Kids, die keine Profis sind und in aller Regel nicht das Talent dafür haben. Ungeschütztheit kann jeder. Jede. Man muss sich nur in einem Schutzraum fühlen.

Plötzlich hat sie Lust, einmal selbst auf der Bühne zu stehen. Irgendwo anders, weit weg von den schulischen Kontexten, in einer ganz neuen Situation. Sie sieht das Gegenteil eines Kellertheaters vor sich, ein Fest im Freien mit einer kleinen aufgeschlagenen Bretterbühne und einer Lichterkette mit bunten Birnen. Sie sieht es Abend werden. Ein einzelner Spot an langem, wie eine Schlange durchs Gras laufendem Kabel. Sie weiß nicht, welche Rolle sie hat. Das ist auch zweitrangig. Was sie weiß: Diese Alex ist einfach da. Die Alex im Kopf hört die Imperative im Kopf und lässt sie, wie man es vom Meditieren kennt, Imperative sein. Aber anders als beim Meditieren spielt sich das hier vor vielen Augen ab. Augen, die wichtig sind, auf sie gerichtet. Sie sehen eine Frau an die Rampe treten, die die Wechseljahre seit mehr als zehn Jahren erfolgreich absolviert im Lebenslauf stehen hat. Für welche weiter hinten mögen ihr Dekolleté, ihr Hals und Gesicht einfach Flächen sein, die vorne aber sehen die Haut. Mulden, Falten, Flecken. Haut ist dreidimensional, sie ist ein Organ. Das ganze Leben lang, das Zweidimensionale war nur darübergespannt. Du warst die Karte, und du wirst das Land.

Ist das das eigentlich Faszinierende an einem Tinyhouse auf Rädern, dass es ein Thespiswagen, ein Theaterkarren, ist?

2

»Ich finde das mutig!«, sagt Uta auf einmal. Sie hält auf dem alten Sofa die Stellung, das man nicht mal geschenkt an einen Selbstabholer loswird. Sie hat die Beine übereinandergeschlagen, die ausgeleierte Federung macht es unmöglich, ganz aufrecht zu sitzen, doch bewahrt sie Haltung. Bei manchen ist der Wein ein Weichzeichner, bei Uta paradoxerweise ein Austrockner. Wenn sie getrunken hat, ist sie aus sprödem Holz. So klingt ihr Satz auch nicht anerkennend, sondern wie ein Urteil. Ein Urteil, das Uta nach gut fünf Stunden Party fällt.

Dabei war sie es, die Alex ursprünglich die Idee, früher in Pension zu gehen, in den Kopf gesetzt hat. »Schule musst du dir nicht bis zum bitteren Ende geben. Irgendwann wird das ein Abnutzungskampf. Das können deine besten Jahre sein.« Alex' auf dem eigenen Mist gewachsene Idee scheint ihre alte Freundin weniger zu überzeugen. Nun, auch das ist nicht mehr bloß eine Idee, vor den Toren Frankfurts wächst in einer kleinen Halle in einem Industriegebiet ein unroher Rohbau auf sie zu. Es ist zu spät, meine Gute. Etwas an diesem Gedanken beschwingt Alex.

Wie spät ist es eigentlich? Ihr Handy liegt in der Küche, glaubt sie. Und es ist ja auch egal. Sie wird heute niemanden hinauskomplimentieren. Von ihr aus können sie durchmachen, als wären sie noch Studenten. Oder frisch in den Beruf eingestiegene Lehrer, erfüllt von der Liebe ihrer Schüler, erfüllt davon, dass, wenn man die Seiten gewechselt hat, Jungsein auf einmal ein Charisma darstellt. Von ihr aus können sie vier, die übrig geblieben sind, in noch einmal fünf Stunden draußen auf dem Dach sitzen und dem rot glühenden Sonnenball auf der anderen Rheinseite beim unaufhaltsamen Aufstieg zusehen. Vereinzelt, schweigend, verbunden. Der Sack einer Sommernacht würde zugemacht, die Sorte Fracht, die Alex auf leichter Schulter mitnehmen kann. Noch als Frau Mattmann hat sie in der letzten Stunde das berühmte Gedicht behandelt – es geht doch nichts über Ingeborg Bachmann –: *Die große Fracht des Sommers ist verladen, / das Sonnenschiff im Hafen liegt bereit.*

Eine halbe Stunde mag es her sein, dass jemand sich erhob und sich die meisten anschlossen. Wie es immer läuft. Es hätte auch eine Einzugsparty sein können, so locker bestückt und eigentlich schon nicht mehr eingerichtet, wie die Räume waren. Das hatte die Gäste locker gemacht. Eine gelungene Feier, im Bad wurde sogar getanzt. Partys, wenn sie einmal laufen, sind Partys, von der Zeitschnur abgefädelte Perlen, Aufführungen ähnlich. Doch in Sichtweite der Tür wurde allen wieder bewusst, das hier war mehr als das Auseinandergehen am Ende eines 63. Geburtstags und – die Mehrzahl der Gäste waren Lehrer – das Hineingehen in die großen Ferien. Diese Verabschiedung war ein Abschied. Heute – oder war es schon morgen? Jemand warf tatsächlich, vermutlich als Übersprunghandlung, die alte partyphilosophische Frage auf –, jetzt und hier trennten sich Wege. Ging einer ab wie ein Ast vom Stamm, wie ein Zweig vom Ast: Wachsen, das nicht vorhat, Runden zu drehen, sondern etwas Abstehendes, wiewohl Federndes, ins Blaue strecken will. Die, die in der Tür stehen blieb, während ein Zufallsrudel aufgekratzt die Treppe hinunterpolterte, war die, die ihre Zelte abbrach. »Wir sehen uns aber wieder, Alex!« Mehrfach war das beschworen worden. Zwei hatten ihr sogar einen temporären Standplatz auf einem Feriengrundstück angeboten. »Standplatz, nicht Stellplatz«, hatte eine noch nach der finalen Umarmung wie eine gute Pointe wiederholt. Lehrer erweisen sich gerne als gelehrige Schüler. Der Unterschied der Begriffe war nach Alex' Erzählung, der man die Überschrift *Symbol der Freiheit im Dickicht der Bürokratie* hätte geben können, ein Refrain des Abends geworden.

»Ich weiß nicht, ob ich mich mutig finde.« Alex gießt sich noch ein Glas ein. Sie hebt Flasche und Augenbrauen in Richtung der verbliebenen Gäste: »Ihr?« – »Sehr gerne!« Samir, ein Referendar von ihrer Schule, springt auf, sodass sie keinen Schritt tun muss. Eigentlich merkwürdig, dass er noch geblieben ist. Der Höflichkeit hat er längst Genüge getan. Er scheint nichts dagegen zu haben, allein mit drei Frauen zu sein, die allesamt seine Mutter sein könnten. Und er scheint auch nicht woandershin zu wollen in dieser Nacht, die für einen Clubbesuch noch jung wäre.

»Mut … Das klingt in unserem Alter doch immer ein wenig verzweifelt, findet ihr nicht? Und verzweifelt bin ich gar nicht. Ein paarmal in meinem Leben war ich nahe dran. Ist wohl normal.« Sie dreht den Kopf zu Samir: »Wirst du auch noch merken. Aber gerade geht's mir gut. Das System ist aufgestellt. Bis jetzt klappt alles. Manchmal, wenn ich nachts im Bett liege, macht mich das misstrauisch, und ich denke, ich habe was Entscheidendes übersehen.

Ich will ja, dass was auf mich zukommt. Etwas, was ich nicht planen kann. Im Rücken das System. An der Anhängerkupplung. Und vor dir –« Statt den Satz zu vollenden, hebt sie die Schultern, breitet die Arme aus, das Glas in der Hand wie Sting die Geige auf dem berühmten Poster aus den Achtzigern, und dreht sich als Achse des Wohnzimmers mit dem Oberkörper nach beiden Seiten. Es ist dann nicht Sting, was sie zitiert, sondern ein anderer Hit aus jener Zeit, als sie so alt war wie Samir jetzt: *»Wherever I lay my hat, that's my home.«*

»Der wurde letztes Jahr noch zum heißesten Mann der Welt gewählt«, sagt Uta, niemandem zugewandt, in ihren Tunnel. »Mit fünfundsechzig.«

»Wer?«

»Paul Young. Manchmal möchte man ein Mann sein.«

»Ach, ich dachte, der ist tot«, sagt Alex.

»Das ist der andere. Gibt zwei Sänger, die so heißen. Also jetzt nur noch einen.«

»Forever Young.« Die zwei Wörter sind noch vieldeutiger, als Alex dachte, sie deutet ein kleines Lachen an.

»Davon gibt's ein Cover von Bushido mit Karel Gott«, bringt sich Samir ein.

»Wovon?«

»Forever young«, sagt er, leicht verwundert, dass sie das nicht gemeint hat. »Rapper trifft Schlagersänger. Der, der so aussieht, als ob er Oma ausraubt, trifft den, von dem sie schwärmt. Das ist gar nicht schlecht. Das Lied, also das Original, wird so oft gecovert und für Filme verwendet, der Sänger von Alphaville kann bis heute von den Tantiemen leben. Da schreibst du mit dreißig ein Lied und hast ausgesorgt.«

»Wie alt ist er heute?«

»Siebzig?«

»Dann passt der Titel doch.« Das war wieder Uta.

»Sorry, Samir«, sagt Alex. »Hast leider den falschen Beruf ergriffen. Als Lehrer macht man keine so großen Würfe und Sprünge.«

»Na, du ja schon. Jetzt.«

Es hat etwas Familiäres, wie er mit ihr spricht, und dass er diesen Ton vor anderen anschlägt, verstärkt das Gefühl. Bei den meisten jungen Kollegen ging es in den letzten Jahren in die andere Richtung. Sie traten wieder als Generation auf, die sich von den Älteren absetzte und abgrenzte, fast wie damals die Achtundsechziger, für die sie etwas zu jung war, zu denen Sebastian jedoch zählte. Manchmal hörte Alex in den letzten Jahren das abfällige Wort Boomer, nicht ihr ins Gesicht, aber trotzdem. Zuvor hatte sie es gar nicht gekannt.

Die Parallele zu den Achtundsechzigern ist bei näherem Hinsehen doch nicht so tragfähig. Damals waren es Revolutionäre. Natürlich war vieles übertrieben. Aber freier. Damals war die Jugend jünger. Heute sind sie mit noch nicht dreißig so angekommen. Manchmal passiv-aggressiv, moralinsauer, besserwisserisch. Besonders bei allem rund um Klima und Digitales. Sie ist nicht gegen das alles. Wie soll man da auch dagegen sein? Natürlich stattet sie ihr Tinyhouse mit entsprechenden Materialien und Dämmungen aus und mit schnellem Internet. Und ein Tinyhouse ist ja, weil es das Gegenteil von Wachstum verkörpert, per se nachhaltig. Was Alex stört, ist, wenn es in den Köpfen eng wird.

Ob das mit Samirs Migrationshintergrund zu tun hat, dass er erfreulicherweise anders ist und mit ihr so unbefangen, offen und humorvoll umgeht wie mit, sagen wir, einer

Tante? Dann und wann hat er von Fahrten in die Stadt erzählt, wo er aufgewachsen ist – bei ihm ist das nicht mehr wie bei seinen Eltern Višegrad, sondern Köln –, beiläufig, doch gerade dadurch wurde spürbar, wie viel ihm Familie und Verwurzelung bedeuten. Für ihn waren zweihundert Kilometer, einfache Strecke, ein Katzensprung, das fuhr er an einem Abend, hin und zurück, nur um seinen Eltern etwas vorbeizubringen. Und nach Bosnien ging es ohne Zwischenstopp. Er fährt auch einfach gerne Auto. Und gerne schnell. Das ist das Einzige an dem sanften, gut aussehenden jungen Mann, was dem Klischee vom migrantischen Proll entspricht. Einmal durfte sie bei ihm mitfahren, in einer Sommernacht. Fenster runter, Musik laut.

Was Alex an Samir sah und was ihr davor nie von so Nahem begegnet war: dass zwei Herkünfte keine halben Heimaten erzeugen. Im Gegenteil, sie scheinen das Konzept erst, mit der nötigen Beimischung Sehnsucht, in die Seele einzuschleifen. Der junge Bosnier besitzt, was man Heimat nennt, wie sie, die gestandene Deutsche, es nie im Leben besessen hat. Er erzählte zärtlich von den »Assi-Hochhäusern«, aus denen er stammte, und gab ihr Andrićs Nobelpreiswerk und Stanišić zu lesen. Obwohl er natürlich viel weniger verdiente, gab er nicht bloß einen Tipp, sondern legte ihr die Bücher in offenbar neu gekauften Ausgaben auf den Platz.

Herr Hodžić nahm es den Schülern nicht krumm, wenn sie mit der Schreibweise überfordert waren, doch schon für die Fünfer war es Ehrensache, hierbei alles richtig zu machen.

Eigentlich mussten die Kleinen, da er sie nur zeitweilig unterrichtete, seinen Namen gar nicht schreiben, aber wenn sie ihm Bilder malten und widmeten, eben doch. Verschwörerisch drehten sie sich zu Frau Mattmann, die in der letzten Reihe saß, um und ruhten nicht eher, als bis sie ihnen die fremden Zeichen in Druckbuchstaben vorgeschrieben hatte, woraufhin sie das Schriftbild konzentriert abmalten.

Was sie an einer tiefen Stelle berührte: wenn er Kurznachrichten mit »Ali« begann. Kein Hallo oder Guten Morgen oder Liebe davor, aber diese Abkürzung, die er nirgends herhaben konnte, niemand sonst nannte sie so. Kleine Kinder schufen sich für vertraute Menschen ihre eigenen Anreden, wenn der allgemeine Name noch nicht zu ihrem Mund herauswollte, doch bei einem, der vor der Klasse das geschliffenste Deutsch sprach, das sie je von einem Referendar gehört hatte, und der in korrekter indirekter Rede komplizierte Positionen referieren konnte, hatte diese ungefragt benutzte Anrede eine andere Bedeutung: Es war eine Koseform, sie empfand es so.

Als sie ihn gefragt hat, wie das mit den Sprachen auf dem Balkan sei – sie wusste, dass es kompliziert war, jedoch nichts Genaues –, antwortete Samir: »Nö. Eigentlich ist es gar nicht so kompliziert. Die Politiker haben ihre nationalistischen Interessen, klar, aber Serben und Kroaten und Bosnier können sich alle verstehen. Wie Dialekte hier. Wir nennen es naš jezik, unsere Sprache.«

In Zukunft wird er ihr deutlich weniger Nachrichten senden, wenn überhaupt noch welche. Der geteilte Alltag ist weggefallen. Die kleinen Fragen. Er braucht Ali nicht mehr. Hat er sie denn gebraucht? Oder hat er nur aus Höflichkeit nach Tipps gefragt? Plötzlich hat sie das böse Wort Oma im Ohr. Karel Gott, der Omaschwarm. Hat Samir deshalb von diesem schrägen Duo erzählt, um eine Brücke zwischen den Generationen zu schlagen, die in ihrem schon weitgehend leeren Wohnzimmer zusammensitzen? Aber würde das nicht heißen, er steckt sie, und Uta und Hanne, in die Omaecke? Andererseits, wenn er das wirklich tun würde, würde jemand, der so höflich ist, doch niemals eine derart plumpe Anspielung machen. Und überhaupt nicht um ein Uhr nachts noch hier sein.

»Hast du von mir eigentlich noch was lernen können? Hand aufs Herz. Was die Methoden anbelangt, die heutzutage angesagt sind, sicher nicht.«

»Da hast du recht«, antwortet er geradeheraus, doch in nachdenklichem Ton.

Uta lacht. »Der Bub nimmt kein Blatt vor den Mund. Hat man denn gar nichts mehr von der Alex lernen können?« Sie beugt sich vor. Alex fällt wieder auf, dass ihre Freundin abgenommen hat. Uta tut, immer phasenweise, eine Menge dafür, doch Alex findet nicht, dass es ihr steht. »Ab einem gewissen Alter muss jede Frau sich zwischen Kuh und Ziege entscheiden«, pflegt Uta zu sagen. »Ich habe mich für Ziege entschieden.« Mit ihrem übergeschlagenen Knie, den daraufgelegten Handgelenken und dem vorgestreckten Kinn kommt sie Alex gerade eher wie eine Gottesanbeterin vor.

Der sehr schlanke junge Mann lehnt am offenen Fenster, durch das die Nachtluft hereinkommt. Angenehm kühl. Eine leichte Brise, man spürt sie an den Unterarmen. Samir sieht nicht Uta an, sondern Alex.

»Bei dir hat man nicht das Gefühl, du machst das, weil du Lehrerin bist«, tastet er sich heran. »Du behandelst die Sachen schon alle, Pflichtthemen, Klausurformate. Aber eigentlich geht es um was anderes.«

»Und worum ging es mir? Das interessiert mich jetzt.«

»Das musst du doch wissen«, mischt sich Uta ein. »Mussten wir das nicht immer haarklein angeben, die Lernziele?«

»Mittlerweile heißt das Kompetenzen«, korrigiert Samir mild ironisch. Gleich wird er wieder ernsthaft: »Einmal kam ich wegen einer Besprechung zu spät zum Hospitieren, und als ich die Tür öffnete, war einfach kein Lehrer im Raum. Schließlich höre ich ganz hinten jemanden entschieden mit einem gelben Heftchen auf eine Stuhllehne klopfen. Du sitzt mitten unter ihnen, verkehrt herum auf einem Stuhl, und diskutierst. Mit vollem Einsatz. Es klingelt, die Hälfte packt zusammen und geht raus. Aber die andere Hälfte hat sich um euch geschart, und die Diskussion geht weiter.«

»Du hast auch mitgemacht.«

»Es war spannend. Aber was soll man da in seinem Hospitationsbogen stehen haben? *Stunde nicht pünktlich geschlossen?*«

»Du bist wiedergekommen. Es hätte genug andere Deutschkollegen gegeben.«

»Kunst«, sagt er plötzlich. »Du hast einem vorgelebt, dass das Kunstwerke sind, was wir in Deutsch behandeln. Das geht ja meistens unter. Gedichte, Kurzgeschichten, Romane, Dramen. Alles Kunstwerke, oft große. Von denen wir mindestens so viel nicht verstehen, wie wir verstehen. Nicht nur die Schüler, auch wir. Sogar du, hast du gesagt, obwohl du vieles natürlich x-mal gemacht hattest. Du wolltest immer was Neues entdecken.

Wenn ich mal so alt bin – sorry –, wenn ich mal am Ende meiner Laufbahn stehe, werde ich schauen, ob ich auch so bin. Ich wünsche es mir.«

»Warum sorry?«, sagt Uta. »Fürs Leben muss man sich nicht entschuldigen.«

»Jetzt machst du erst mal ordentliche Lehrproben«, sagt Alex.

Vorhin lief Musik, Samir hatte dafür gesorgt. Jetzt läuft keine. Jeder hat den Faden verloren, aber keiner macht

Anstalten zu gehen. Was Samir über Kunstwerke gesagt hat, womit er sie zitiert hat, das gilt auch für Menschen, denkt Alex: Man versteht immer mindestens so viel nicht, wie man versteht. Das gilt auch für sie selbst. Tut sie das Richtige? Sie tauscht diese Wände mit den Schatten abgenommener Bilder – sie hätte sie für den Abend noch hängen lassen können, aber sie wollte Fakten schaffen –, sie tauscht eine Vermieterin, wie man sich keine bessere wünschen kann – nur sterben dürfte sie nicht –, sie tauscht das alles gegen eine Box, an der jedes Detail einem von beidem unterliegt, ihrem höchstpersönlichen Willen oder Sachzwängen. Aber nichts ist einfach vorgegeben, alles ist zu gestalten. Alles besteht aus Lösungen. Es kommt ihr vor, als würde sie diese Wohnung immer nur von innen sehen, seit fast zweiunddreißig Jahren. Fast als läge sie gar nicht in einem Haus. Jetzt hat sie sich entschieden, von außen draufzublicken. Auf ein Tinyhouse blickt man wie auf ein gelandetes Ufo. Man umgeht es, betrachtet es von allen Seiten, dann erst tritt man ein. Alles Innere ist im Äußeren Untergebrachtes und als solches verblüffend. Alex zieht vom Selbstverständlichen ins Verblüffende. Von etwas, das ihr Natur geworden ist, in ein Kunstwerk. Sie weiß nicht, ob sie das Richtige tut, aber sie hat keine Angst.

Eine hat die ganze Zeit nichts gesagt, Hanne, eine ehemalige Kollegin von Alex und Uta. Keine Freundin im engeren Sinne, aber weil sie immer dabei war, ist sie auch immer wieder dabei und bleibt dann einfach sitzen. Sie führt ihr Glas zum Mund und bemerkt erst bei der Kippbewegung, es ist leer. Anklagend blickt sie in die hohle Wölbung hinunter. Dann durchbricht sie ihr eigenes und das kollektive Schweigen:

»Das fordern sie doch immer. Der Lehrer nur noch als Lernbegleiter. Bloß nichts können, was angeblich in der Welt von morgen veraltet ist. Stattdessen lebenslängliches Lernen. Alle sind ewig Schüler. Ist das nicht ein anderes Wort für die Hölle?« Die farblose Hanne verspürt einen Energieschub, sie setzt sich auf. »Und bloß kein Frontalunterricht. Mich wundert immer, dass keiner die Kriegsmetapher erkennt. In Deutsch kann man gut diskutieren. Auf Latein ist das schwieriger.« Ein einzelner unfroher Lacher. »Stell dein Licht nicht unter den Scheffel, Alex. Du warst auf deine alten Tage noch eine ganz schön flotte Lehrerin. Dieser hoffnungsvolle junge Mann wird von deinem Vorbild profitieren, da bin ich sicher. Die Kunst«, höhnisch überbetont Hanne den tiefen Vokal, »die hat natürlich immer eine Aura. Damit kriegt man sie.« Unklar, ob sie die Schüler oder die Referendare meint oder beide Gruppen. Jedenfalls geht es gegen Alex. »Bloß kein solides, langweiliges Wissen, lieber sagt jeder, wie es ihm damit geht. Wie heißt das jetzt so schön bei uns, wo das Dachgeschoss komplett umgebaut wird? Keine Klassenräume mehr, sondern Lernlandschaften mit Lernateliers. Türen sind des Teufels. Alles muss multifunktional und natürlich multimedial sein, mit Schiebewänden und buntem Boden. Schöne neue Welt. Selbst am Humanistischen Gymnasium. Man traut den eigenen Traditionen nichts mehr zu. Man spricht von Humboldt, aber hat einer von denen Humboldt gelesen? Gegoogelt haben sie ihn, das nächstbeste Zitat, für die Homepage reicht's.«

Hanne ist einer dieser Menschen, die in vielem recht haben mögen, wenigstens im Ansatz, denen man aber nicht recht geben will. Sie hat sich im Unrecht, das ihr angetan wird, und zwar weniger von konkreten Personen als vom Leviathan des Mainstreams, von der unaufhaltsamen Zeit, wohnlich eingerichtet. Hanne ist eine, die den Absprung nicht schafft. Auch als damals klar war, wer Sebastians Nachfolger als Schulleiter am Humanistischen Gymnasium werden würde, was für ein arrogantes, überfordertes Bürschlein das war, ist Hanne geblieben. Alex hat noch in den Sommerferien einen Ausweg gesucht und gefunden. Hätte zur Not geklagt oder wäre chronisch krank geworden. Sie war ja nach Sebastians Tod wirklich nahe dran.

Hanne ist heute noch dort. Hanne wird sie zurücklassen, denkt Alex heiter. Beim Sortieren ihrer Habe ist sie auf einem guten Weg – der Witz ist, vieles schaut man beim Wegwerfen das erste Mal richtig an –, im Sozialen wird das kommen. Einen Moment hat sie das Bild vor Augen, dass sie einfach geht und Hanne immer noch auf demselben Stuhl sitzt und in ihr leeres Glas guckt. Sie kann einem schon auch leidtun. Aber eine tragische Figur ist sie nicht, dafür ist sie zu sehr ein Nagetier.

Heute Nacht fügen sie der gemeinsamen Vergangenheit noch ein Stück hinzu. Wegen des großen Erfolgs wurde die Vergangenheit noch einmal um eine Woche verlängert! Alex muss lachen, die anderen gucken. Sie setzt ein Lächeln auf. »Holst du uns noch einen Wein?«, wendet sie sich in bewusst vertraulichem Ton an Samir.

Mit einer ungeöffneten Flasche und dem Kellnermesser kehrt er zurück. Sie kriegt den Korken damit immer nur schief heraus, unter Bröckeln und Würgen. Der Referendar geht so selbstverständlich damit um, dass sie sich fragt, ob er zu Studienzeiten in einem edlen Restaurant gejobbt hat. Oder als Barkeeper. Geld hat er sicher verdienen müssen, und genug Stil hätte er auch. Er weiß genau, wo ansetzen und wann den Ansatz wechseln. Er ist alles andere als ein Muskelprotz, doch hat er starke Hände.

»Sag mal, darfst du eigentlich Alkohol trinken?«, fragt Hanne.

»Ich bin volljährig.« Er grinst kurz.

»Ich meine, bist du nicht …«

»Muslim? Auch das. Du bist Christin? Glaubst du an den dreieinigen Gott? Dass einer zugleich Gott und Mensch war, unvermischt und ungetrennt? Fastest du? Wir haben den Ramadan, eure Fastenzeit ist länger. Am Aschermittwoch ist alles vorbei. Sieben Wochen, hältst du dich dran? – Ihr habt immer Bilder. Die Anderen sind definierter als man selbst, nicht wahr? Das ist das Gute an den Fremden. Zum Wohl.«

Jetzt hat er *ihr* gesagt. Aber nicht zu den Omas, sondern zu den Biodeutschen. Oder wie soll man sagen? Zu den Kartoffeln. Samir hat ein Recht darauf, getroffen zu sein. Ungerecht findet Alex, dass er sie mit der dämlichen Hanne in einen Topf wirft. Sie will für ihn Ali sein, einfach Ali. Er ist doch auch für sie einfach Samir. Hat sie je Vorbehalte gehabt? Immerhin war er der erste gymnasiale Deutschlehrer mit Migrationshintergrund, mit dem sie ganz direkt zu tun hatte. Sie fand das spannend, erweiternd, hat, wenn er von Andrić und Co. anfing, interessiert nachgefragt, hat ihn eine Einheit zu dem entwerfen lassen, was früher einmal Gastarbeiterlyrik hieß. Wenn sie ganz ehrlich ist, auf die Idee einer solchen Einheit wäre sie bei einem anderen Referendar nicht gekommen. Aber ist das nicht auch gut, dass Lehrer ihren Hintergrund und ihre Themen einbringen? Dass nicht alle das Gleiche machen?

Das sind solche Empfindlichkeiten, für die sie versucht, Verständnis aufzubringen, bei denen ihr aber schnell der Kopf schwirrt. Sie hat dann das Gefühl, Begriffe und Definitionen schieben sich vor die Menschen wie Rüstungen und Visiere. Sie nutzt einen Gang zur Küche dafür, dem jungen Mann die Hand kurz an die Schulter zu legen. Als sie mit einer Schale Chips wiederkommt, klappt sie die schwere Platte des Sekretärs herunter. Sie hatte ihn für die Party zugemacht. Er ist empfindlich, verträgt zum Beispiel keine Weinflecken. Hinter der Klappe wird eine dreißig Zentimeter breite und vierzig Zentimeter tiefe Fläche sichtbar, die eine Einlegearbeit ist dergestalt, dass Rauten in drei Holzfarben ein Würfelmuster bilden, das die Illusion von Räumlichkeit erzeugt. Am Portal wachen links und rechts zwei schlanke Säulen, schwarz wie Ebenholz. Hinten schließt diese Minibühne, auf der Alex tatsächlich jahrelang zwei Puppen sitzen hatte, damit in ihrer Singlewohnung immer wer zu Hause war, weder Brandmauer noch Brett ab, sondern ein Spiegel. Hundertfünfzig Jahre altes und dadurch nicht kaltes Spiegelglas.

Die Öffnung rahmen Schubladenstapel. Insgesamt besitzt der Sekretär sicher zwei Dutzend solcher Fächer, kleinere und größere. Geheimfächer, verschließbare Schubladen und eine, die von vorne aussieht, als wären es mehrere, dabei ist es nur eine. Das gewichtige Möbel ist ein Stück Familiengeschichte, deshalb hat sich Alex bislang so schwer damit getan, über seine Zukunft eine Entscheidung zu fällen. Aber sie will sich trennen. Und zwar jetzt. Ohne mit irgendwem Rücksprache zu nehmen. Ein Schnitt ist ein Schritt.

»Du ziehst doch um, Samir? In deine erste ganz eigene Wohnung. Sag mal, hast du Verwendung für einen gründerzeitlichen Sekretär? Ich habe ihn vor paar Jahren komplett restaurieren lassen. Seitdem kann man auf der Platte sogar wieder schreiben. Sie normal belasten, man darf es halt nicht übertreiben. Draufsetzen sollte man sich nicht gerade. Ich will ihn nicht anpreisen, aber auch der Restaurator hat gesagt, es ist ein Prachtstück. Ich kann ihn unmöglich mitnehmen. Und irgendwo einlagern, bis der Holzwurm drinnen Party feiert … Also, ich würde ihn dir gern schenken.«

»Oh«, macht der Referendar.

Ein Kartoffelchip zerkracht zwischen Hannes Zähnen.

*

Später sitzen sie dann doch noch mal auf dem Dach. Zwischen sich Teelichte und Kerzen in Gläsern, WG-haft improvisierte Leuchten. Alex war es auf einmal wichtig rauszugehen. Sie hat einen Prosecco aufgemacht. Vielleicht auch deshalb sprang jetzt keiner ab. Es hatte etwas von einer Bergtour, wie einer nach dem anderen, das Glas in der Hand, die drei gelochten Metallstufen im Badezimmer hinaufstieg, die Alex all die Jahre an eine Schiffstreppe erinnert hatten und die zu der niedrigen Tür in der Dachschräge führten – jedes Mal hatte sie Sebastian ermahnt aufzupassen, daran dachte sie jetzt. »Stoßt mit mir an«, sagte Alex, obwohl das sozusagen offiziell schon Stunden vorher mit allen stattgefunden hatte. Auf einmal war sie wehmütig und unsicher. Das Rausgehen und Anstoßen, dieses Sommersilvester, hatte dem eine Form geben sollen. Auf einmal dachte sie, dass es etwas ganz anderes sei, allein oder zu zweit die Leinen zu lösen, und sie fing an, von dem Mann zu erzählen, der gerade die wichtigste Rolle in ihrem Leben einnahm:

»Das genieße ich total, mal wieder Schülerin zu sein. Volker ist als Lehrer strenger als ich. Leute, die keine Lehrer sind, nehmen das Lehren ernster. Der Beruf leiert uns aus.«

»Jeder Beruf leiert einen aus. Kinder leiern einen aus. So ist das Leben.«

Uta kann es nicht lassen, von Zeit zu Zeit Anspielungen auf Alex' Kinderlosigkeit zu machen. Es kommt ihr dann immer vor, als sähe Uta sie als unvollständig an. Als wären eigene Kinder weibliche Geschlechtsmerkmale, sekundäre oder tertiäre. Das ist, besonders in ihrem Alter, natürlich grotesk.

Aber sie will jetzt nichts nachhängen. »Wie diese Tinyhouse-Manufaktur, so sollte Schule eigentlich sein! Das ist wirklich Projektarbeit. Volker stellt alles zur Verfügung. Vor allem seine Erfahrung und Geduld. Davon braucht er 'ne Menge. Was du selber machen willst und kannst, das machst du selber. Hilf mir, es selbst zu tun, die gute, alte Montessori, was? Volker hat mich mehr als einmal gerettet. Der hat einen staubtrockenen Humor. In so einem kompakten Gebilde muss alles zusammenspielen, ineinandergreifen. Manchmal denkt man, man baut kein Haus, sondern einen Motor. – Ich werde ihm einen Namen geben.«

»Wem?«

»Na, meinem Haus.«

»Villa Kunterbunt«, sagt Hanne.

»Du klingst ja ganz verliebt«, sagt Uta.

»Das war Schicksal, dass ich auf diese Manufaktur gestoßen bin, das empfinde ich so. Volker hat sich erst Anfang des Jahres selbstständig gemacht.«

»Aber du sagst doch, er hat Erfahrung?«

»Der hat schon alles gemacht. Ich glaube, ursprünglich hat er Schreiner gelernt. Irgendwann hat er auch Philosophie studiert. Gearbeitet hat er als Bühnenbildner und als Messebauer. Das ist ja eine Branche, der Corona übel mitgespielt hat. Nun ist er sein eigener Herr.«

»Du kennst dich ja ziemlich gut in seinem Leben aus.«

»Er sich auch in meinem. Das bleibt bei so was nicht aus.«

»Muss nur aufpassen, dass er sich nicht zu gut mit seinen Kundinnen versteht, dein Volker. Sonst wird das nix mit seinem Start-up.«

»Der passt schon auf.«

Alex grinst und sieht zu Samir hin, wie er das Ganze aufnimmt. Lächelnd lässt er seine regelmäßige Zahnreihe im Schein der Flämmchen aufleuchten, sagt aber nichts.

»Hast du dich an dem Punkt für das Tinyhouse entschieden?«

»An welchem Punkt?«

»Als du auf die Agentur gestoßen bist.«

»Manufaktur. Nein.« Sie schüttelt lachend den Kopf. »So etwas sollte man nur machen, wenn man es wirklich will. – Wisst ihr, was ich gelesen hab? Ein total spannendes Buch, es stellt unsere Vorstellungen vom Ursprung der Menschheit auf den Kopf. Wir haben ja alle mal gelernt, erst Jäger und Sammler, aber da waren wir noch die halben Affen. Das Sich-Niederlassen wäre der große Fortschritt. Der Ackerbau. Stadtmauern. Statuen. Die Autoren sagen, es war genau andersherum. Als Nomaden waren wir schon viel weiter und freier. Mussten weniger Stunden am Tag schuften. Mussten keine Fremden für Sklavendienste unterjochen. Waren in unseren kleinen Gruppen insgesamt viel demokratischer. Was uns die Sesshaftigkeit eingebracht hat, ist Patriarchat und Karies!«

Lachen. Als es verebbt ist, nächtliche Stille. Man fröstelt.

»Darf ich dir eine ganz blöde Frage stellen? Warum? An Weihnachten war noch die Rede vom Renovieren hier. Die Bude auf Vordermann bringen, wenn du erst Zeit dafür hast.«

»Warum muss man sich eigentlich immer für Veränderungen rechtfertigen, aber nie dafür, dass man alles beim Alten lässt?«

»Du weißt, dass ich für Veränderungen bin. Auch für krasse Veränderungen. Ich bin damals aus dem Schuldienst ausgestiegen. Ohne Netz und doppelten Boden. Geschieden, mit zwei minderjährigen Kindern. Aber bei dir hab ich das Gefühl, du – du läufst nicht davon, aber du verziehst dich. So ’n modernes Hexenhäuschen muss auch irgendwo stehen. Standplatz, nicht Stellplatz, ich weiß. Willst du im

Ernst jedes Jahr oder von mir aus alle zwei Jahre weiterziehen? Du bist doch nicht die Rolling Stones, die noch mit was weiß ich wie viel Jahren auf Welttournee gehen. Es gibt Leute, die ziehen in Rente auf ein Kreuzfahrtschiff. Ganz. Gerade bauen sie ein riesiges, hab 'ne Doku gesehen, das soll dann sehr gemächlich um die Welt fahren. Immer rundherum. Mit lauter Rentnern drauf. Irgendwie könnte ich das, von der Umwelt mal abgesehen, noch besser verstehen als so ein Tinyhouse.«

»Das könnte ich mir nicht leisten. Das könnte sich keine von uns leisten. Ich würde es auch auf keinen Fall wollen. So 'ne Mischung aus Sun City und Disneyland. Gruselig.« Alex schüttelt sich. »Für mich ist diese Siedlung in Schleswig-Holstein, von der ich vorhin erzählt habe, ein gutes erstes Ziel.«

»Die liegen alle im Nirgendwo, diese Siedlungen, oder?«

»Ich wollte schon immer mal am Meer wohnen. Es sind nur fünf Kilometer. Morgenspaziergang am Strand. An der Ostsee ist die Sonne eine echte Venus, eine Schaumgeborene. Außerdem liegt es in der Nähe von Verena. Eine gute alte Freundin«, wendet sie sich erklärend an Samir.

»Na ja«, sagt Uta. »So oft hast du Verena in den letzten Jahren nicht gesehen, oder?«

»Mann, Haus, vier Kinder, Hund. Garten nicht zu vergessen. Sie hat auch das volle Programm.«

»Eben«, sagt Uta.

»Die Kinder sind ja aus dem Haus, weitgehend. Gut, bei zweien ist es schwierig. Wir haben jedenfalls schon manches vor, Verena und ich.«

»Mit Mann oder ohne? Bei denen hat man nie was von Krise gehört. Verena ist die Einzige von uns, bei der es dauerhaft hält. Ich weiß noch, wie seltsam wir ihn anfangs fanden.« Uta zuckt die Achseln und ploppt mit den Lippen: »Wetterfestigkeit scheint die Formel für Eheglück.«

»Hauke wird sich freuen, wenn du da aufschlägst.« Im Kerzenschein ist Hannes Gesicht maskenhaft und ausdruckslos.

»Ich finde, das passt zu dir. Für mich wäre das nichts. So ein Tinyhouse.« Aus ihrem Mund klingt das Wort, als wäre es aus Plastik. »Du hast letztlich immer dein Ding gemacht, Alex. Du hast immer gekriegt, was du wolltest. Ich denke nur daran, dass sie dir sogar ein eigenes Theater eingerichtet haben. Na, du hattest eben einen guten Draht zu den entscheidenden Stellen. Das Theater ist mittlerweile übrigens zerstört.

Du wirst auch dort oben kriegen, was du willst. Und wenn du genug hast, fährst du weiter. Irgendwann, irgendwann wirst du vielleicht einsam sein. Ich wünsche es dir nicht, aber wir zahlen alle unseren Preis.«

»Der Spielraum ist zerstört?«

»Der hieß längst nicht mehr so. Vollgelaufen. Beim letzten Hochwasser. Weißt du das nicht?«

»Oh«, macht Alex. Ihr ist es, als wäre jemand, den man früher gut gekannt, aber von dem man lange nichts gehört hat, gestorben. Ein eigentümliches Gefühl, es ist schockierend, ohne wirklich nahezugehen.

Dass Hanne ihren Schulleiter anhimmelte, war damals allgemein bekannt. Die Altsprachler waren, früher mehr noch als heute, der Klerus am Humanistischen Gymnasium, und Sebastian war Hannes Hohepriester. Wie ein Mädchen kicherte sie über seine Sprüche. Sie hätte nicht hören dürfen, wie er über sie gelästert hat, denkt Alex. Sie verspürt keinerlei Antrieb, es ihr zu sagen. Die gute alte Hanne. Da sie ihren Kropf geleert und sich sogar zur bösen Fee aufgeschwungen hat, mag Alex sie seltsamerweise mehr als zuvor. Fast gibt es nun eine Beziehung zwischen ihnen. Wer aus seinem Herzen keine Mördergrube macht, zeigt, dass er eines hat.

Samir, der zur Generation derer gehört, die auf ihrem Smartphone sitzen können, zieht es kurz aus der Gesäßtasche und wirft einen Blick darauf. »Ich glaube, ich muss allmählich.«

»Oh, wartet deine Freundin daheim?«, versucht Hanne auf den letzten Metern Nähe zu ihm herzustellen. Eine ungeschickte Wiedergutmachung vielleicht.

»Wenn, dann mein Freund. Nein, ich geh noch in den Club.«

»Jetzt noch?«

Alex kommt es vor, als wäre die Nacht fast herum. Als würde sie über den Dächern, den Firsten, die wie Reptilienrücken gezackt sind, bereits dünn. Für den Jungen scheint das hier nur der Aperitif gewesen zu sein. Er kennt den Eingang zu einer tieferen Höhle, in der sie sich den Sound ohrenbetäubend vorstellt, die verschwitzten Menschen schön und dem Rhythmus hingegeben, das Licht in allen Farben zuckend und die Finsternis tief und verheißungsvoll.

An der Tür stehen sie dann zu zweit. Samir schaut ihr in die Augen. »Es war ein sehr schöner Abend, Ali. Das ist wirklich ein großes Geschenk. Und es ist toll, das von dir zu bekommen. Du musst mir bei Gelegenheit noch mehr über ihn erzählen. Gründerzeit, eigentlich eine seltsame Bezeichnung, oder? Ich meine, ist nicht jede Zeit eine Gründerzeit oder sollte es zumindest sein?

Letztens waren wir bei der Germania, drüben über Rüdesheim. Das ist ein krasses Denkmal. Vom Balkan bin ich Nationalismus natürlich gewöhnt, hier ist das komisch. Da steht so ein Deutschland hinter dem heutigen Deutschland einfach in der Landschaft rum. Irgendwie kindisch, aber irgendwie auch beeindruckend. Wie willst du's denn nennen?«

»Was?«

»Dein Haus.«

»Ich weiß nicht. Hast du eine Idee?«

»Ich denk drüber nach.«

»Vielleicht was Bosnisches?«

»Ich denk drüber nach. Ich melde mich. Wegen des Sekretärs und überhaupt. Und wenn du meine Hilfe brauchst, bei irgendwas: Du weißt ja. Ein Anruf bei meinen Jungs, und eine Handvoll ist am Start. – Danke.« Er gibt dem Wort Gewicht, aber ganz zum Schluss geht's wieder leichter weiter: »Ich wünsche dir auf jeden Fall eine Gründerzeit. Und nicht nur einen Standplatz.«

3

Wenn er wach ist, ist er wach. Im Halbschlaf hat man noch geglaubt, man könnte im Reich des Traums bleiben. Man findet sich draußen wieder, in der dünneren Luft des Bewusstseins. Der Finger tastet nach dem Wecker. Beim Aufleuchten des eckigen Felds pflegt vorne eine eckige 02 oder 03 zu stehen. Wie macht man aus einem weichen Bett, an der Bequemlichkeit liegt es ja nicht, nur wieder einen fliegenden Teppich? Meistens gelingt es so spät, dass einen das Fiepen quasi sofort wieder herausreißt. Dann ist er gerädert und Kaffee die Rettung, doch auch nicht mehr.

Oh, heute ist es schon 05:34. Er mag diese Minuten, in denen er noch liegen bleiben kann, in denen ihm alles erst nach und nach zu Bewusstsein kommt. Diese Schwebephase.

Er hat von einem Glashaus geträumt. Es sah wie ein kompaktes Gewächshaus aus. Aber es war ein Glashaus. Dabei weiß er gar nicht, wie ein Glashaus genau aussieht, es scheint nur im Sprichwort zu existieren. Er saß im Traum nicht im Glashaus, er schaute von außen hinein. Drinnen war eine weibliche Person, er weiß nicht mehr, wer. Wusste er es denn? Zusammen schwebten sie auf einer Art Eisscholle vor einem sternbesäten Nachthimmel. Auf der Scholle war es aber hell. Es gibt ein Gemälde von Magritte, das sie als Poster an der Kellertür hängen haben und von dem er seit vielen Jahren denkt, dass es ihm etwas zu sagen hat, aber noch nicht sagt: Darauf ist vor heiterem Tageshimmel ein nachtdunkles Haus zu sehen. Zwei disparate Wirklichkeiten, die zusammengehören, gerade in ihrer scharfen Abgegrenztheit. Ihrer Unverwachsenheit. Träume sind ja meistens Verschiebungen, hat er von diesem Bild geträumt, von ihrem Haus? Wer ist die Frau?

Und dann fällt Johann alles wieder ein, was gestern war. Ein großer Tag. Wo fängt man an?

Vielleicht am besten in der Liebfrauenkirche. Schon die Wahl dieser Kirche, obschon zweifellos die schönste des Städtchens, ein Kleinod mit liebenswerten Skurrilitäten, drückt einiges aus. Er war dagegen. Er war der Einzige, der dagegen war. Ohne Umschweife: Die Liebfrauenkirche ist, seit sie nicht mehr als Pfarrkirche dient, wegen ihrer Nähe zum Friedhof und der Atmosphäre des alten Steins – hier fällt es leichter, sich ins Schicksal zu schicken – die Totenkirche der Stadt geworden. Daneben gibt es dort regelmäßig Konzerte. Aber für ihn ist die Liebfrauenkirche nun einmal sein Arbeitsplatz. Das gilt für den Rest der Familie natürlich genauso. In Zukunft gilt es sogar nur noch für sie, seinen Sohn Dominik, seine frischgebackene Schwiegertochter Wibke und auch seine Frau. Johann wird sich herausziehen, wenigstens für eine Weile. Sie übernehmen das Geschäft, führen den Familienbetrieb in die dritte Generation, während die vierte schon unterwegs ist, wie er gestern mitbekam – Marion wusste es längst. »Als Frau merkt man so was. Ich habe es vor Wibke gewusst.« Er lächelte, doch er spürte mitten im Geklirr, den angeregten Gesprächen, dem aufflammenden Gelächter einen Abstand, nicht nur zu Marion. Frauen sind ihm ein Leben lang ein Rätsel, es wird nicht kleiner dadurch, dass man zusammenlebt. Sie haben fast dreißig Jahre nicht nur Tisch und Bett, auch Büro und Sargausstellung geteilt. Wobei das Bett schon länger herausgerechnet werden muss, er schnarcht. Sie liest gerne noch, Krimis. Und sie haben ja genug Platz. Getrennte Schlafzimmer sind eine gute Lösung. Sie waren ein eingespieltes Team. Sind es noch, er ist dankbar, der Gedanke an Scheidung liegt fern. Aber mit den Jahren hat sich eine tektonische Spalte, vermutlich schon immer da gewesen, aufgetan. Zwischen Marion und ihm. Zwischen ihm und der Art Weiblichkeit, die sie verkörpert und der nun auch Wibke ganz natürlich, wie in einem Rudel, zuzuzählen ist. Marion als ranghöchstes Weibchen. Er treibt auf einer abgebrochenen Scholle. Ein einzelgängerischer Eisbär und kuschelnd zurückbleibende Robben, er grinst ins Dunkel. Es ist schon September. Marion, Wibke und Dominik gehen mit der Zeit, so sagen sie. Sie blicken in die Zukunft wie in die aufgehende Sonne. Kneifen die Augen beseelt zusammen und kriegen eine Menge Ideen, welcher Ballast über Bord gehört. Johann erweist sich als konservativ. Dem Schwarz verhaftet. Konservativ ist man ja immer im Vergleich zu anderen. Man ist nicht konservativ, man merkt es nur auf einmal. Ich bin ein Stoffel geworden, denkt er, ohne es wirklich zu bedauern.

Während für ihn eine Trauung in der Liebfrauenkirche nah an der Pietätlosigkeit war, war die Wahl des Orts für sie, gerade umgekehrt, ein Zeichen der Einheit des Lebens und damit der Gottesnähe. Sie sind gläubiger als er. Der Sohn gläubiger als der Vater. In Zeiten der naturgesetzlichen Säkularisierung bemerkenswert. Doch nimmt Johann nach wie vor für sich in Anspruch, Gott ernst zu nehmen. Heißt nicht, Gott wirklich ernst nehmen, ihn fremd sein lassen? *Der gegangene Gott* – ein guter Titel für ein Bild. Ein einfach zu malendes Bild.

Nora kam nicht. Er weiß nicht, ob sie die Einladung überhaupt erreicht hat. Bis zum Schluss hat er gehofft. In der Kirchenbank sich umsehend, überkam ihn die Fantasie, sie durch diesen Mittelgang zum Altar zu führen. Dabei ist er, ob Trauerfeier oder Trauung, gegen zu viel Hollywood und Rührseligkeit. Aber diese Tochter, wenn sie mal heiratet und wenn er dabei sein sollte, dabei sein darf …

Immerhin war der Priester nicht der ihrer Seelsorgeeinheit, wie man ja heute sagt. Wahrscheinlich war er froh um einen Termin weniger. Er hetzt von Messe zu Messe und kennt seine Schäfchen kaum noch. Am meisten aber leidet er wohl darunter, Teil einer entlarvten Institution zu sein. Er kommt einem wie ein Kuchen vor, der nicht fest geworden ist, nun schwer in seiner Form sitzt und beim Herauslösen zerlaufen würde. Er traut sich kaum mehr, ein Kind zu berühren. Er ist so nahe am Burn-out oder der Depression – das eine ist wohl nur das schönere Wort für die Wirklichkeit des anderen –, dass es zu Beerdigungen passt.

Sie trösten ihn. Grabsteine als Krücken. Aber getraut werden möchte man von ihm nicht. Da konnte Johann helfen, indem er seinen alten Freund Pater Anselm in seinem Kloster am See aufsuchte und fragte. Er hat es großartig gemacht. Mönche sind einfach Realisten. Für Realismus braucht es Abstand. Auch Realismus hat mit Fremdheit zu tun. Klar hinsehen und den Dingen ihr Geheimnis lassen.

Johann möchte wieder mehr zum Malen kommen, was bedeutet, er möchte überhaupt wieder zum Malen kommen. Anderthalb sogenannte Mußestunden hie und da an einem Sonntagnachmittag bringen nix. Machen einen nicht einmal leer – das wäre ja ein Anfang –, machen einen nur müde.

Er horcht ins Haus hinein. Draußen die ersten Vögel. Benähmen sich Menschen so, man fände sie furchtbar nervig. Weil es Natur ist, tröstet es einen. Sie ist kein Gegner, kein Gegenüber, sie ist wie ein Mantel. Alles in ihr sagt eigentlich immer, ich bin ein Teil des großen Ganzen. Die Menschen sind es, die nicht anders können, als diesen Teilen Individualität und menschliches Gefühl unterzuschieben. Dieser Trillerer da mit seinem kurzen Bravourstück, dem einzigen seines Lebens, das er nicht müde wird, zu Gehör zu bringen, ist er einer, der niemals aufgibt, oder einer, der in etwas Altem festhängt, wie eine Schallplatte mit Sprung?

Demnächst steht Johann aber auf. Er möchte Robinson auf der Insel dieses Sonntags sein. Als er sich verabschiedete, war das Fest noch in vollem Gange. Sie hätten, da waren Marion und er sich einig, den jungen Eheleuten die Nacht in der Suite obendrauf geschenkt, doch sie hatten abgelehnt. »Unnötig.«

Dominik hatte bis zum Dessert das Jackett anbehalten. Nun tanzte er ausgelassen. Das weiße Hemd mit den hochgekrempelten Ärmeln war schon ziemlich durchgeschwitzt. Es war längst kein klassischer Paartanz mehr, sondern Disco. Aber sie tanzten, mehr als Johann das von früher kannte, miteinander, die ganze Tanzfläche. Man imitierte die Gesten irgendwelcher Stars. Verspielt wie Kinder, und zwischendurch küssten sich Dominik und Wibke mittendrin versunken. Der Vater hätte weinen mögen. Beim Abschied hat er den Sohn fest in den Arm genommen. Und der ihn auch.

Dominik tanzt viel besser, als Johann es je konnte. Er wirkt sehr männlich dabei. Gerade wenn er albern ist. Der Vater konnte es nie vermeiden, sich dabei von außen zuzusehen. Ihr Hochzeitswalzer damals. Eine einzige Peinlichkeit. Marion versuchte zu führen – sie nannte es hinterher: das Ganze retten –, er, durcheinandergekommen, versuchte dem Drehen Einhalt zu gebieten und ins Hin-und-her-Schwingen überzugehen. Aber das machte sie nicht lange mit. Sie war doch kein Tanzbär, und auch er sollte keiner sein, nicht jetzt. Einmal im Leben kannst du bitteschön ein wenig Eleganz an den Tag legen. Es war ein lächelnder Kampf. Er war schon damals sturer, als man bei seiner linkischen Art ahnen konnte. Er wollte führen. Der Mann führt. Auch wenn er dabei versagt. Die Frau erträgt es vor aller Welt, das gehört dazu. Die Wahrheit ist, er hätte sich gar nicht führen lassen können. Seine Glieder wissen nicht, wie das gehen soll. Was sind die geheimen Zeichen? Er kann sich Schritte merken – bis zu einem gewissen Umfang und wenn es nicht zu schnell geht –, er kann eine Abfolge lernen und einhalten. Aber sich führen lassen?

Ob Frauen dieses Problem auch kennen? Man hört nie davon.

Im Alltag trägt die Schwiegertochter meistens weite Blusen mit floralen Mustern. Im Brautkleid hat man ihr den Babybauch angesehen. Zumindest hat er ihn erkannt, als er gefragt wurde: »Fällt dir eigentlich an Wibke nichts auf?« Noch früher merkt man es, sagt Marion, an der Haut. Rosig wie nie. Auch ist es am Verhalten abzulesen. »Wibke ist eine ganz typische Schwangere, sie hat so was Bekifftes. Sonst wäre sie vor ihrem großen Tag doch nicht so gechillt gewesen.« Marion benutzt gerne Jugendwörter, dabei ist sie sogar etwas älter als er.

»Das haben wir gut hingekriegt«, sagte sie befriedigt, als das Brautpaar bei einem der üblichen Spiele im Mittelpunkt stand. »Das ist schwer, sag ich dir: das perfekte Kleid für eine Braut in anderen Umständen. Soll ja kein Umstandskleid sein. Und sie hat ja schon an sich keine einfache Figur. Die Schneiderin musste gestern noch mal ran. Hat sich gelohnt, oder?« Ohne zu Marion hinzusehen, nickte Johann lächelnd. Auf einmal war es seltsam, seine schwangere Schwiegertochter, schwiegere Schwangertochter zu beobachten. Üppig war sie auch davor gewesen. Das war immer eine Tatsache in ihrem Hause gewesen, über die Marion ihm gegenüber dann und wann eine Bemerkung fallengelassen hatte. Manchmal eine überraschend bissige. Er hatte nie etwas dazu gesagt.

Nun saßen Wibke und Dominik Rücken an Rücken und hielten auf neckische Fragen hin – »Wer von euch muss immer das letzte Wort behalten?« – seinen oder ihren über die Hand gestülpten Schuh hoch, was vom Publikum mit Lachen und Zurufen quittiert wurde und bei Uneinigkeit zu scherzhaftem Streit über die Schulter führte. Einmal rechtfertigte er sich etwas ausführlich, woraufhin sie einen langen Hals machte und ihm mit einem Kuss das Wort abschnitt. Der Vater des Bräutigams lehnte ganz hinten an der Wand. Zum ersten Mal – es hatte sich nie aufgedrängt, ihr altes Haus besitzt dicke Wände – sah er sie beim Sex, war das eine szenische und nicht nur soziale Realität. Er sah seinen Sohn mit dem beinahe unbehaarten Brustkorb eines Jungen und den dünnen Schenkeln, und er sah diese dralle, kurvige Frau im gelben Zimmerlicht, sah die Tattoos auf Unterschenkel und Oberarm – Letztere kontrastierten auch gerade das leuchtend weiße Kleid –, sah Brüste, dunkle Warzenhöfe, Hinterbacken, all das sich wiegen, sah Dominik sie fassen, Mund schloss Mund, sah die beiden einen Rhythmus finden, sah etwas, vor dem er wie ein Nichtschwimmer stand, obwohl er ihn dereinst gezeugt hatte, diesen prächtigen Fisch-im-Wasser.

Wibkes Mutter ist ganz anders als ihre Tochter. Sie haben sie gestern erst zum zweiten Mal getroffen, nach einem verkrampften Kennenlernen. Für sie war es ein Geschäftsessen. Nach dem ersten Schluck war sie beim Geld. Sie finde nicht, dass das heutzutage noch Aufgabe der Eltern sei, so ein Fest auszurichten. Aber sie gebe einen Festbetrag dazu. Als ihn das Wortspiel amüsierte, schaute sie nur irritiert. Es war unbewusst gewesen und blieb es. Sie ist vermutlich eine gute Radiologin. Wo andere Schemen sehen, sieht sie, was Sache ist. Wobei sie demnächst auch aufhört, sie ist schon Mitte sechzig. Radiologie ist wohl derjenige medizinische Bereich, in dem die künstliche Intelligenz den Menschen als Erstes den Rang abläuft. Krebserkennung. Das Fantasielose tut den treffsichereren Blick in die Zukunft. Jedenfalls in die nähere Zukunft, die des Fleisches. Woher hat Wibke das andere? Diese weiche Schicht zwischen ihrem Kern und der Außenwelt? Wibke verströmt etwas. Verströmt sich. Das Geheimnis seiner Schwiegertochter ist ihre unklare Grenze. Wenn man sie nur berührt, fasst man schon in sie hinein. Sie wird bestimmt eine wunderbare Mama.

Und sie ist die geborene Bestatterin. Eine Trösterin, nicht mit vielen Worten, sondern als Mensch.

Um das Unternehmen muss man sich keine Sorgen machen. Damit meint er nicht in erster Linie das alte *Gestorben wird immer*. Er meint, dass sie es gut hinkriegen mit dem Generationenübergang. Das ist ja nicht selbstverständlich: Bei Familienunternehmen ist das die Sollbruchstelle. Wäre Dominik ohne diese Partnerin eingestiegen? Nora sicher nicht. Selbst wenn die Dinge besser gelaufen wären.

Hätte Dominik nur das Bild seines Vaters gehabt, hätte einsteigen zwangsläufig bedeutet, in seine Fußstapfen zu treten, er hätte das nach seinem BWL-Studium nicht gemacht. Unternehmer, ja. Aber so werden wie der Vater? Wibke ist ein Engel. Ein Engel, der des Weges kam und sich an ihn hängte. Das weibliche Gewicht, das alles ins Lot bringt.

Noch ist es still, das Haus seines umtriebigen Vaters, des Gründers der Pietät. Ihm war nicht mehr als ein halbes Jahr auf dem Altenteil vergönnt. Dominik wird bald schon der neue Hausherr sein. Er, der Mann dazwischen, will es so. Es ist ein großer Luxus, den sie ihm gewähren. Johann kann erst einmal gehen. Er ist dankbar. Und doch tut es weh.

*

Er liebt es, sonntags in aller Frühe eine Runde durchs Städtchen zu drehen. Man eilt nicht, man schlendert nicht. Die Beine finden ihr Tempo von allein. Die Nacht liegt hinter einem wie ein durchwanderter oder auch über Wurzelwerk durchstolperter Wald. Jede Nacht will ja überstanden sein. Selbst die berauschenden. Noch ist es frisch. Eine leicht metallische Note liegt in der Luft. Der heutige Tag verspricht wieder sehr schön zu werden, mild und heiter. Er reiht sich ein in eine Folge schöner Tage. Wenn sie endet, wird es unwiderruflich Herbst geworden sein. Er mag das Wort Altweibersommer. Es ist wohl nicht mehr korrekt und jedenfalls aus der Mode, aber es hat, vielleicht gerade deshalb, einen heimatlichen Klang.

Häuser sind Frühaufsteher. Im Tagesverlauf werden sie erschlaffen zu Weichbild und Kulisse und Selbstverständlichkeit. Morgens sind sie an den noch menschenleeren Gassen angetreten wie eine Mannschaft zu einem Spiel. Auch die Bausünden, selbst die verfallenden, halten das Gesicht stolz in die Sonne. Sieh nur, wie ihr Gold im flachen Winkel die Welt flutet und den Rauputz da, den ergrauten, zum Relief adelt. Jeder Morgen hat etwas Großes. Etwas, dem wir begegnen können.

Einzelne sind schon unterwegs, meist mit Hunden. Das wäre der einzige Grund, weswegen er sich einen Hund zulegen würde. Damit man ihn nicht für einsam hält, ihnen keine Ehekrise andichtet. Man nickt sich zu. Man kennt sich im Städtchen, und der Bestatter kennt letztlich alle. Seine Déformation professionnelle ist, dass für ihn die Menschen Hinterbliebene sind und natürlich, wie es die alten Griechen schon wussten, Sterbliche. Wer will mal verbrannt werden – das wird heute bekenntnishaft betont, es entspricht der herrschenden hygienischen Religion –, und wer will mal – aber das bleibt ungesagt – seinen Körper zum Haus der Würmer machen? Das ist ja die Wirklichkeit. In der Erde sind wir die großzügigsten Gastgeber. Fühlt euch wie zu Hause. Ginge es nicht um uns, wir fänden das nicht eklig, sondern großartig, nachhaltig, eine zeitgemäße, zukunftsfeste Kreislaufwirtschaft. Man nickt sich zu, doch stehen bleibt man nicht. Das tun nur welche, deren Lieblinge einander am Hintern beschnuppern oder eine Runde jagen müssen. »Ja so ein Braver!« Das wiederum spricht für ihn gegen einen Hund, denn stehen bleiben und einen

Schwatz halten will er am Morgen nicht. Er will ein Planet sein. Der Greis erscheint, den man auch im vierten Sommer nach Corona nie ohne Maske sieht, nie ohne diesen so stramm, dass es wehtun muss, unter die wasserblauen, geröteten Augen gespannten weißen Keil. Man sieht den Greis oft. Er hat eine Mission, zeigt den Tod und wie man ihm entgeht, Schritt vor Schritt nämlich, auf dürren Steckenbeinen. Beim Tod geht es nicht um Geschwindigkeit, man kann vor ihm nicht fliehen, es geht darum, nicht anzuhalten. Der Greis weicht kein My vom geraden Weg ab, sollen die Sorglosen doch ausweichen.

Ah, da steht ja das Tinyhouse. Johann hat gerade nicht mehr daran gedacht, obwohl er es war, der den Stellplatz bei einem bekannten Bauern organisiert und vorgestern beim Einparken oder wie man da sagt geholfen hat, während die Frauen vom Perfektionismus des Vortags vollauf in Anspruch genommen waren. Er und die Fahrerin haben zwei von Jochens Rosenstöcken zerstört. Er hat was bei ihm gut. So ein Tinyhouse ist doch etwas anderes als ein Wohnwagen, schon noch ein Stück länger. Die Teile haben was Schlauchartiges, wohl nicht zu vermeiden, solange man sie auf der Straße bewegen will. Kastiger und kantiger sind sie als Wohnwagen oder gewöhnliche Anhänger, vor allem aber fehlt ihnen die Längsachsensymmetrie. Das Heranrollen zwischen den abgeernteten Feldern hatte etwas Skurriles. Diese Teile wollen keine Zugvögel sein. Sie wollen Schildkröten sein, die fliegen können. Sie wollen ein Märchen erzählen. Die Geschickteste beim Rangieren war Wibkes Lieblingslehrerin ehrlich gesagt nicht am Steuer ihres Jeep Grand Cherokee. Eigentlich ist es nicht mehr und nicht weniger als ein veritabler Umzug, was sie da macht. »An die See.«

Alex. Sie war gleich beim Du. Sie ist der Typ. Die Ältere ist sie ja auch. Als Theaterlehrerin hat sie sich vorgestellt, und er fragte nach, ob das denn ein Schulfach sei. Früher gab es das nicht. Nur AGs oder so. Theater war, soweit er sich entsinnt, immer freiwillig. Er hat es jedenfalls nie gemacht. Oh, die Tür geht auf.

»Guten Morgen!«

»Guten Morgen«, antwortet er und denkt, man merkt es ihrem Gruß an, dass er ein Berufsleben lang verschlafene Schüler in Schwung bringen musste.

Einen Becher mit Fotodruck in der Hand, steht sie mit verstrubbelter Frisur – es könnte bei den kurzen blonden Haaren auch ihr Look sein – auf dem winzigen überdachten Vorplatz am schmalen Ende ihres Heims. Die hölzernen Säulchen geben der Miniaturveranda etwas Amerikanisches. Tinyhäuser haben ja überhaupt etwas Amerikanisches. In ihnen lebt der American Dream noch. Das Pionierhafte, die Idee, dass das, was man unter die Räder nimmt, zu Neuland wird, dass es dir auf eine einzigartige Weise gehören kann. »Du bist auch kein Langschläfer, was?«, sagt sie.

Er schüttelt den Kopf. »Du hast noch länger gemacht.«

Als er sich verabschiedete, hat sie getanzt. Man hatte sie nicht lange bitten müssen.

Bei ihr hatte es nichts von Zeitmaschine, im Sinne von: Die Rentnerin geht mit den Jungen noch mal so richtig ab. Diese Frau, dachte er gestern Nacht von seinem Rand aus, ist ihr Leben lang tanzen gegangen, und darum tut sie es auch jetzt. So einfach ist das.

Sie nickt mehrfach, schmunzelnd, reibt sich die Stirn. Auch sie scheint in die vergangene Nacht zurückzublicken. Sie nimmt einen Schluck. »Ich bin auch noch nicht ganz da. Aber es war ein tolles Fest. Wirklich eine Sause. Ich war lange nicht mehr auf einer Hochzeit.«

»Sause?«, fragt er.

»Das hat Wibke in der Einladung geschrieben. Hat mir irgendwie gefallen, das altmodische Wort. Würde man gar nicht denken, dass Bestatter so feiern können.«

»Vielleicht gerade?«

Sie sieht ihn zum ersten Mal richtig an. »Du bist nicht so der –«

»Der was?«

»Das Feierbiest.«

»Können Männer das sein?«

Sie zuckt die Schultern. »Aber Wibke ist eine gute Schwiegertochter, oder?«

»Auf alle Fälle!«

»Sie ist ’ne Tolle.«

»Ein Glücksfall.«

Sie macht eine Pause, trinkt. Das Schlucken zeichnet sich an ihrem schlanken Hals deutlich ab.

Die Lehrerin gibt den Rhythmus vor, der Bestatter reagiert. Passt. »Heute Nacht habe ich in die Sterne geschaut«, sagt sie.

Sie sieht ihn intensiv an, als wäre er dafür verantwortlich. Als gäbe es die Sterne nur von genau diesem Platz aus zu sehen. Ihm fällt wieder auf, dass er das Design ihres Hauses bis ins Detail gelungen findet. Es hält die Waage zwischen folkloristisch und stylish, warm und kühl. Die Holzlatten sind weiß lasiert, limonengrüne Umrandungen setzen Akzente, sie zeigen Mut und individualisieren das Tinyhouse. Trotzdem kann man nicht sagen, dass es ihm als Ganzes gefällt. Es bleibt eine überlange Kiste, wenn es auch eine liebevoll gestaltete Kiste ist.

Sie kann einen so anschauen, dass man denkt, etwas steckt dahinter, aber ins Schwanken gerät, ob Lob oder Tadel. Könnte auch ein Lehrertrick sein, das gute alte *Komm selber drauf*. Er kannte mal eine Frau, die auch so guckte und die keine Lehrerin war.

»Ich hatte jahrzehntelang eine Dachwohnung. Aber kein Fenster nach oben. Ich hatte sogar einen Dachgarten. Einen großen. Auf dem hab ich manchmal, wenn es heiß war, geschlafen. Letztlich selten, und das ist auch ewig her. Kennst du das, man zieht wo hin und hat Ideen, was man da alles machen kann. Am Ende macht man doch seinen Stiefel. Und nutzt die Möglichkeiten gar nicht.«

»Ja«, sagt er. »Wobei ich in gewisser Weise ein Fan davon bin, seinen Stiefel zu machen. Stoffel und Stiefel, kommt das eigentlich vom Gleichen?«

»O Gott, am frühen Morgen«, sagt sie. »Sag mal, willst du eigentlich auch einen Kaffee? Ich bin so unaufmerksam. Aber ich hab echt nur zwei oder drei Stunden geschlafen. Ich hol dir einen.«

Etwas später sitzen sie vor einer Scheunenwand, vor alten, bleichen Brettern, die schon gewärmt werden, und Johann erzählt davon, warum er gerne Bestatter war und jetzt, mit fast 56, vorhat, das nicht mehr weiterzumachen, nicht in der bisherigen Form. Zum allgemeinen späten Frühstück, für das man sich wieder im Hotel versammeln wird, ist es noch ein gutes Stück hin. Zwei Kaffeebecher und eine

Katze zwischen sich, sitzen sie in der Totale der Sonne. Die Sonne ist nie konzentriert, diesen Satz hat er im Kopf. Sie ist kein Brennglas, sie ist eine Macht. Nichts so menschlich wie Brenngläser hineinhalten ins Übermenschliche. Wie gut das tut: die Unkonzentriertheit der Sonne. Ihre Hirne sind nach so wenig Schlaf noch nicht fokussiert, vielleicht gerade deshalb entspinnt sich ein Faden.

Mit der Familie hat er sein Thema fürs Erste durch. Da stieß er auf weniger Widerstand, als er vermutet hatte. Da ging es bald ums Konkrete. »Geh doch nach Ligurien«, sagte Marion. »In Renats Rustico. Das verfällt sonst ja. Paar Monate dort, paar hier.« Dominik lachte, wie man bei einer verblüffend einfachen Lösung lacht, und sprach von einer Win-win-Situation. Er meinte, für den Vater und das sieben Kilometer von der Küste an einem Flüsschen gelegene rosafarbene Bruchsteinhaus, das sie von einem Onkel geerbt haben, zu dem es zu Lebzeiten kaum Kontakt gab und der für sie eigentlich nur dieser seltene, seltsame Name ist, Renat, und seine eremitisch übersichtliche Hinterlassenschaft in dem alten Gemäuer natürlich, aber Johann konnte nicht umhin zu denken, es läge für sie, Marion, Dominik und vielleicht auch Wibke, ein Gewinn darin, ihn los zu sein.

Die Frau neben ihm ist schon weiter. Sie ist aufgebrochen. Wie sie mit zufrieden-gelassenem Blick auf ihre neue, am Feldrain aufgebockte Behausung dasitzt – *Im September ist alles aus Gold*, das Gedicht hat ihm Nora einst in Schönschrift und mit einem selbst gemalten Bild geschenkt, es hängt nach wie vor an der Wand –, wie sie so dasitzt, könnte man Alex für eine Zeitschrift oder eine Website fotografieren. Best-Ager-Models liegen im Trend, hat er gelesen. Lässt sie einen Mann zurück, in welcher Form auch immer? Verheiratet ist sie nicht, das ist das Einzige, was er sicher weiß. Will er sich, indem er erzählt, in ihren Windschatten begeben? Ihre Pläne sind in vielerlei Hinsicht gegensätzlich, nicht nur, weil sie in den hohen Norden strebt und er ans Mittelmeer.

Der eigentliche Grund, weshalb er anfängt, ihr wirklich von sich zu erzählen, ist ein anderer: Sie fragt nach. Tatsächlich interessiert und nicht bloß pro forma. So interessiert, dass es schon ins Kritische geht. Wenn jemand das tut, fällt einem erst auf, wie wenige das tun. Die meisten lassen einen reden und lehnen dann die eigenen Erfahrungen und Ideen an die des Gegenübers. Stapelgespräche. In denen nichts einstürzt, aber man auch nicht in was hineinkommt.

Wenn man wirklich von sich erzählt, durchbricht das die Bögen, die man normalerweise routiniert nach hinten und vorne spannt, um die eigene Gegenwart – Gegenwart ist ja kein Bogen, aber ein Pfeiler auch nicht, man weiß im Grunde nicht, was sie ist – in wenigen Sätzen für den anderen konsumierbar zu machen. Für den anderen und auch für sich selbst. Wenn man wirklich von sich erzählt, ja dann wird das nicht selten fragwürdig: dieses *von sich*. Was das eigentlich ist. Dieses seltsame Ich.

Was, wenn er über sich letztlich weniger weiß als über den guten Renat, Gott hab ihn selig? Von ihm hat er immerhin sein Tagebuch. Na, eigentlich eher ein Skizzenbuch. Er war nicht so der Schreiber. Er scheint in der Stille gelebt zu haben, auch innerlich.

»Du tust mir gut«, sagt Johann plötzlich, indem er den Kopf dreht und Alex anschaut. Er lacht, das ist ihm rausgerutscht. »Hätte ich gar nicht damit gerechnet, so ein Gespräch, am frühen Morgen. Bestatter ist so ziemlich der letzte Beruf, in dem man von sich erzählt. Man bringt Parallelen. Tröstliche Parallelen. Aber das ist was anderes. Sinnsprüche mit etwas Fleisch daran, damit sie nicht so hohl klingen. Ich weiß nicht, ob sie hohl sind oder nicht. Ich weiß das gar nicht. Ich weiß nicht, was nach dem Tod kommt. Warum sollte gerade ich das wissen? Ich verkaufe die Kiste, ich wasche die Leiche. Ich bin der, der die Öffnungen säuberlich verschließt und dabei Bestatterbonbons lutscht. Ich kleide sie sorgsam an für ihren letzten Auftritt, spritze auf und schminke dezent, wenn's gewünscht ist. Von der Trauer kriege ich gar nicht so viel mit. Die kommt so richtig erst später, nach der Beerdigung. Manchmal deutlich später. Früher gab es das Trauerjahr. Das hatte seinen Sinn.

Trauer ist etwas Eigenartiges, zugleich öffentlich und intim.

Manchmal reicht ein Jahr nicht. Bei nicht wenigen wird es ein Trauerleben.

Mit Fassungslosigkeit habe ich zu tun. Mit Erstarrung. Oder dem Gegenteil. Hektische Betriebsamkeit, alles im

Griff behalten, alles perfekt gestalten, rote Flecken im Gesicht. Manche werden blass angesichts des Todes und manche rot. Ich gebe Raum. Ich bin der, der den Plan hat. Der die Fassung wahrt, was auch kommt. Das mildert den Stress. Dieser Job ist total wichtig, und er ist auch erfüllend.«

»Jetzt hast du ganz oft ich gesagt«, bemerkt sie. »Vorhin war das wir.«

Wie beim In-die-Sterne-Schauen vermag Johann nicht herauszuhören, wie sie das, was sie feststellt, findet. Ob er mit mehr »ich« für sie echter oder egozentrischer ist. Aber diesmal erzeugt es keine Spannung. Es schafft Raum zum Nachdenken. Da ist etwas, worauf er hinauswill, doch kriegt er es noch nicht zu greifen.

»Wenn man dir so zuhört, hast du mehr Gründe zu bleiben als zu gehen.«

Er schlägt im Kopf eine neue Richtung ein.

»Ist das nicht immer so? Das, wo man ist, das kennt man ja. Viele Details, viele Gründe.«

»Es könnten auch lauter Gründe zum Weggehen sein.«

»Dann wäre es eine Flucht.«

»Wäre das schlimm?«

»War es bei dir eine? Ist es bei dir eine?«

Nun hat er sie ins Denken gebracht. Mit einer echten Frage. Ihr geschlossener Mund arbeitet, er sieht es aus dem Augenwinkel.

»Ich glaube, so was ist immer auch eine Flucht«, sagt sie. »Kennst du Riemann, *Grundformen der Angst*? Das ist ein Psychoanalytiker, schon alt, aber ich habe selten ein Buch gelesen, wo man sich so ertappt fühlt, im guten Sinne, und zugleich einsortiert in die ganze Menschheit und irgendwie erhoben. Ich kann dir seine Begriffe nicht mehr genau nennen. Jedenfalls unterscheidet er zwei Sorten von Menschen: Die einen haben Angst vor Stillstand und die anderen vor Veränderung. Ich gehöre eindeutig zu Ersteren. Für die ist Stillstand der Tod. Ist er ja auch letztlich. Oder?«

Die Frage an ihn hat sie nachgeschoben. Für einen Moment hatte sie vergessen, dass das sein Gebiet ist. Dann kam es ihr wieder.

»Ich habe den Tod gezeichnet«, hört er sich sagen. »Ich habe es versucht. Meine Frau hat mich erwischt. Wir haben diesen neuen Abschiedsraum im Keller eingerichtet. Ein Gewölbe. Karg und würdig, fast eine Krypta. Das mit dem Aufbahren, dass der Tote nicht einfach verschwindet, das ist gut. Dass heutzutage auch die Kinder den toten Opa sehen dürfen. Berühren, streicheln. Den kühlen Körper, der bleibt, wenn die Seele gegangen ist. Das ist ein echter Fortschritt. Da begreifen sie etwas.

Bei anderem weiß ich nicht, ob es ein Fortschritt ist. Sie malen ja heutzutage die Urne an und den Sarg. Es hat was von Kindergeburtstag. Irgendwann sagt so ein Knirps: ›Wir müssen auch innen was reinmalen, an den Deckel. Damit der Opa es sieht.‹

Mein Sohn hat sich ein Lasten-E-Bike gekauft und extra umgebaut. Verlängert. Nun kann man vorne drauf einen Sarg transportieren und dahinter, fast als wäre das ein Bauchladen, in die Pedale treten. Er fährt damit gerne über den Marktplatz, an den Cafétischen vorbei. Der Tod soll nicht verdrängt werden, er soll zum Leben gehören. ›Sichtbarkeit‹, sagt er, ›ist wichtig.‹ Er will die Gesellschaft verändern. Das wollen die Jungen heute. Unsere Leichenwagen sind klassisch schwarz und haben Gardinen. Mit der Farbe konnte man sie immer gut in Zahlung geben. Die Folien mussten natürlich entfernt werden, und die Gardinen. Das Fahrrad ist grün. Der Sarg leuchtet in der Sonne: bunt angemalt oder mit einem schimmernden Lebenswegmosaik auf dem Deckel oder gar eine Spezialanfertigung, passend zum Hobby des Verblichenen. Oder auch schlicht. ›Der Tod ist diverser geworden‹, sagt Dominik. ›Weil das Leben diverser geworden ist.‹ Er hat ja recht.

Viel mehr als früher wollen anonym bestattet werden. Am liebsten im Wald, manchmal soll nicht einmal ein Schildchen an den Baum. Oder sie wollen eine Seebestattung. Einfach in den Wind gestreut werden. Das ist doch seltsam.«

»Was ist seltsam?«

»Einmal soll der Tod sichtbar sein, so sichtbar, dass es schon ans Aufdringliche grenzt, und andererseits wollen sie verschwinden, als hätte es sie nie gegeben. Manche werden richtig aggressiv, wenn man vorsichtig zu bedenken gibt, dass die Hinterbliebenen manchmal gerne einen Ort für ihre Trauer haben. Dass das wichtig für sie ist. Tod ohne Tote.« Er freut sich an seiner Pointe, ihre Paradoxie scheint einen Denkraum geöffnet zu haben.

Den sie allerdings nicht betritt. »Ich glaube nicht, dass es dabei um den Tod geht.«

»Wobei?«

»Bei dem, was du beschreibst. Das ist doch alles einfach Zeitgeist.«

Er zuckt die Achseln. »Wahrscheinlich ist alles Zeitgeist. Sobald wir den Mund aufmachen. Oder? Bei Toten näht man ihn zu. Unsichtbar natürlich. Damit er auch zubleibt.«

Die Katze hatte sich davongemacht, nun kehrt sie von der anderen Seite wieder. Streicht an seinem Rücken vorbei, aber gestreichelt werden will sie nicht mehr. Er hält ihr die Hand hin, sie schnuppert kurz, reine Höflichkeit. Sie blicken übers Stoppelfeld. Als Kind konnte er barfuß darüberlaufen. Heute kann er sich das nicht mehr vorstellen.

»Du hast ihn gezeichnet.«

Er nickt. »Das hat ja eine lange Tradition. Käthe Kollwitz und so. Trotzdem kam ich mir vor, als hätte ich ein dunkles Geheimnis.«

»Als sie dich erwischt hat.«

»Sie hat nichts gesagt. Sie sagt sonst immer was. Kommentiert alles. Das hat was Nerviges, aber man weiß, woran man ist. Sie gibt den Ton an. Wir haben uns einen Moment angeschaut, dann ist sie stumm rausgegangen und hat die Tür leise zugemacht. Danach konnte ich nicht weiterzeichnen.«

»Du bist nicht Käthe Kollwitz. Du bist der Bestatter.«

»Deshalb will ich ja auch aufhören.«

»Um Künstler zu sein?«

»Um Dinge rauszukriegen. Nein«, korrigiert er sich, »das ist das falsche Wort. Man muss beim Zeichnen leer werden, dumm in gewisser Weise. Nichts wissen, nur dem folgen, was da ist. Linien, Kurven. Konvex, konkav.«

»Was ist noch mal was? Das konnte ich mir nie merken.«

»Aus konkav kann man Kaffee trinken.«

Sie lächelt und nimmt einen letzten, vermutlich längst kalten Schluck.

»Menschen bestehen nur aus konvex und konkav«, erklärt er eifrig weiter. »Ganz gerade ist nichts an uns. Meine Knieprothese erkennst du auf dem Röntgenbild daran, dass sie ganz gerade ist. Den Fremdkörper.«

»Du hast eine Knieprothese?«

»Teilprothese rechts innen.«

»Das merkt man aber nicht.«

»Na, hoffentlich!«

»Warst du mal Sportler?«

»In der Reha nannten sie mich *Das fitte Knie*. Ich muss sie vermutlich noch mal tauschen lassen, ich war beim Einbau ziemlich jung.«

»Na, hoffentlich!«, macht sie ihn nach, »musst du sie noch mal tauschen lassen.«

»Ich glaube, ich möchte ein Stück weit verschwinden«, sagt er. »Beim Zeichnen kann man verschwinden. Wie Alice im Kaninchenbau.«

»Du sagst immer zeichnen. Malst du auch?«

»Ich möchte wieder malen. Italien ist der richtige Ort dafür.«

»Ich möchte gerne mal porträtiert werden. Das letzte Mal war als Kind. In Paris auf dem Montmartre. Mein Vater hat die Arbeitsproben von allen Künstlern angeschaut und sich dann für einen entschieden. Aber er hat es nicht gut gemacht. Die Augen passten nicht zusammen, eins war verrutscht. Mein Vater war enttäuscht. ›Du hättest nicht so herumzappeln sollen‹, hat er gesagt. Er hat das Bild trotzdem rahmen lassen und aufgehängt, ins Elternschlafzimmer. ›Picasso malt den Menschen auch verschiedene Augen‹, hat er mir erklärt. ›Picasso ist der größte lebende Künstler.‹ Aber ich wusste, dass er sich daran störte. Immer wenn ich das Bild gesehen habe, habe ich daran denken müssen, dass ich ihn enttäuscht hatte. Er wurde dann schwer krank und lag oft im Bett. Vom Kissen aus sah man das Bild nicht oder nur, wenn man den Kopf in den Nacken bog, in einem so schrägen Winkel, dass das mit den Augen nicht auffiel. Als er wieder mal in der Klinik war, habe ich mich auf das burgartige Bett gelegt und es ausprobiert. Danach hab ich die Decke wieder aufgeschüttelt. Meine Mutter sollte nichts merken.«

»Was war dein Vater von Beruf?«

»Pfarrer. – Daneben war er bei der freiwilligen Feuerwehr. Er hat mindestens zwei Leben gelebt, wenn nicht drei. Er hatte total viel Energie und Sendungsbewusstsein. Wollte nicht nur ein geistlicher Hirte sein, sondern auch ein weltlicher Retter. War er auch. Für Vati musste alles geerdet sein. – Das ist so ein Sinnspruch, was? Dass manche Menschen wie Kerzen sind, die an beiden Enden brennen.«

Sie wirft einen Blick auf ihre Armbanduhr.

»Ich glaube, wir müssen dann mal.«

»Stimmt! Wir sollten wirklich …«

»Aber es war ein schönes Gespräch. Das mit der Endlichkeit klären wir bei Gelegenheit.« Da ist sie schon aufgesprungen. Sie ist schneller als er. Wahrscheinlich in allem.

In seinem Kopf echot ihr Wir. Ihr beiläufiges, selbstverständliches Wir. Er muss sich noch umziehen, sie vermutlich auch. Sie werden nicht zusammen die Hotellobby betreten.

»Ich kann alle Religionen verstehen, die Katzengottheiten verehren«, sagt er an der schmalen Tinyhouse-Tür, als er ihr seinen Becher übergibt, den er ihr brav nachgetragen hat.

»Da hast du recht«, sagt sie, nun auf Betriebstemperatur. »Bis gleich.«

4

Als Dirk endlich gegangen ist, trägt Alex das Geschirr zur Spüle. Doch gegen ihren Vorsatz, hier drin immer gleich klar Schiff zu machen und alles auf Anfang zu bringen, stellt sie es erst mal nur ab und stützt sich einen Moment erschöpft auf. Sie macht kehrt, die fünf Schritte zurück zur Sitzecke. Zu dieser ausgetüftelten Konstruktion aus passgenau zugesägten Brettern, Scharnieren und üppigen Kissen, unter der es Stauraum gibt – das neue Zauberwort – und deren kurzen Schenkel man mit ein paar Handgriffen, gewusst wie, im langen verschwinden lassen kann, sodass nichts im Weg ist. Ein Tinyhouse ist ja, wenn man so will, ein einziger Weg.

Ein paar der Polster bleiben beim Rückbau übrig, logischerweise. Für sie gibt es Plätze, doch Alex hat sich angewöhnt, sie in den Alkoven hinaufzuwerfen.

Doch auch das tut sie jetzt noch nicht. Als ihr Blick auf die Mulde fällt, die der Gast im Kissen hinterlassen hat, hat sie auf einmal ein fernes Echo im Kopf: Aus konkav kann man Kaffee trinken. Kurz muss sie überlegen, wo der Spruch herstammt. Er ist so dusselig wie alle guten Merksätze. Das heute war eine ganz andere Zweisamkeit, und nicht nur, weil damals Sommer war. Es war gar keine Zweisamkeit. Das hier ist das Negativ eines, wie sich leider herausgestellt hat, aus lauter Negativität bestehenden Menschen. Ein Gletschertal. Das Dumme ist, Dirk hat sich wohlgefühlt. Sonst wäre er nicht so lange geblieben. Der Gletscher ist aufgetaut, denkt Alex: Aber will man das? Was macht sie falsch, dass so einer sie auf seiner Seite wähnt? Was ist das für eine verflixte therapeutische Ausstrahlung, die sie manchmal hat?

»Verarschen« war sein Lieblingswort. »Die verarschen uns doch alle.« »Die«, das waren die Politiker und Richter, die mit Zwangsschließungen und exorbitanten Preissteigerungen sein Café in den Ruin getrieben hatten. Aber »die« waren genauso die Frauen. Kerstin hatte ihn einfach sitzengelassen. Kinder und Koffer genommen und war »wie ein Dieb in der Nacht« abgehauen, und alles, was ihm geblieben war, war ein »verdammter Fresszettel auf dem Küchentisch«. Eine dreifache Diebin, versucht Alex es für sich sarkastisch zuzuspitzen: Drei K hat sie ihm sinnigerweise gestohlen, Kinder, Koffer, Kerstin. Nichts kränkt solche Männer so, wie wenn ihr Eigentum eigene Wege geht. »Aber ich lass mich nicht länger verarschen.« Warum hat Alex weitestgehend auf Widerspruch verzichtet? War das feige? Ihr war klar, einer wie Dirk würde hochgehen. Lange Auftauzeit, kurze Lunte. Das wollte sie nicht, nicht mit ihrem Nachbarn, dessen Tinyhouse nur einen Abzweig weiter am Klinkerweg steht. Wie friedlich und entspannt wirkte die Siedlung im Sommer! Buntes Gewürfel auf grünem Rasenteppich, erschlossen von nordisch roten Wegen, über die keine Autos, nur Handkarren und Bollerwagen rumpelten, wie auf einer Insel.

Alex muss sich eingestehen: Dirk hat ihr Angst gemacht. Natürlich durchschaut sie ihn, sieht den Versager dahinter. Und trotzdem. Psychologie, Ironie, das hilft nur hinterher: In der Situation nimmt so ein archaischer Brocken dir jeden Raum, zumal hier drin. Warum hat sie ihn überhaupt zu sich eingeladen? Raue Schale, weicher Kern, hat sie wohl gedacht. Er hatte was Unangepasstes, das gefiel ihr gar nicht schlecht. Bei der Vollversammlung im Gemeinschaftshaus vereinte sie die Genervtheit über die zähen, besserwisserischen Diskussionen, was gegen die mangelhafte Mülltrennung zu tun sei, in welchem Messengerdienst man die Chatgruppe betreiben sollte und so weiter und so fort. »O Gott, ich fühl mich total an meine Studentenzeit erinnert, an die WG-Diskussionen!«, hat sie geflüstert und er lächelnd genickt, so als ob auch er das nur zu gut kennen würde. Heute hat sie herausbekommen, er hat weder studiert noch jemals in einer WG gewohnt.

Alex hat angenommen, sie wäre über diese Art Angst hinaus. Sie hat darauf vertraut, sich abgrenzen zu können, jedenfalls besser als früher. Du kannst immer gehen, war das Versprechen ihres neuen Heims. Für ein Raumschiff gibt es immer einen Planeten B. Und wenn du gehen kannst, hat sie gedacht, dann kannst du auch bleiben. Sie wollte sich einlassen. Sie will sich ja einlassen. Neugierig sein dürfen. Ein bisschen naiv sein dürfen. Sie hat sich ein Plätzchen gegriffen. Die hat sie zu Weihnachten geschenkt bekommen. Verenas jüngste Tochter hat sie gebacken. Sie waren nicht in Zellophan verpackt, natürlich nicht. Sie schmecken so sandig, wie sie aussehen. Man kommt sich wie ein Nagetier vor. Oder ein Wattwurm.

Der Einfall hatte was: Die faden Leckerlis einer sanften Fanatikerin, frei von allem, was irgendwie als böse gelten könnte, an einen Macho verfüttern, der am liebsten am Grill steht und ansonsten, wie sie jetzt weiß, an den Schießscharten seiner gekränkten Trutzburg. Aber die feindlichen Lager erkennen sich so prompt wie Mephisto und Gretchen. Dirk hat nicht einmal ein Plätzchen probiert.

Das ist Alex' Problem, sie gehört keinem Lager an. Sie will keinem Lager angehören. Sie will vor allem eines sein: offen. Sie will eine Frau sein, die ehrlich mit sich ist, ihre Baustellen und Narben hat, aber die auch über Dinge hinaus ist, manches hinter sich gelassen hat. Sie will lachen, auch über sich selbst, aber mit anderen.

Sie ist allein. Ihre Wände sind dünn wie Pappe. Zerbrechlich wie Glas. Kurz das Bild eines gigantischen Greifers, wie er über dem Schrottplatz schwebt. Man sollte nicht beim Bau dabei sein. Nicht heutzutage, wo alles aus Schichten und Füllungen und Folien zusammengesetzt wird. Alles zusammengesetzt, nichts massiv. Aber wie sollte das bei einem Tinyhouse auf Rädern, wo man immer an Gewichtsoptimierung denken muss, auch anders gehen?

Sie denkt an ihren Vater. Mitte der Sechziger muss es gewesen sein, dass eine neue Waschmaschine den Weg ins Pfarrhaus fand. Oder war es überhaupt die erste? Den Vater faszinierten jedenfalls technische Neuerungen, er wollte immer alles daran verstehen, studierte die Anleitung, wie er samstags abends in der Lichtwolke der Schreibtischlampe die Bibel studierte. Aus dem riesigen Karton schnitzte er Alex ein Haus. Mit Fenster, Tür und Ziegeldach, mit Fensterläden, Blumenkästen und Schornstein, ein richtiges Haus. So groß war es, beileibe nicht tiny, das Mädchen musste nicht hineinkrabbeln, konnte, wenn es mit dem Kopf nur einen galanten Schlenker machte, eintreten wie eine Herrin. Es zog sich nicht in etwas Kleineres zurück. Es war nicht wie bei den russischen Puppen. Die vier- oder fünfjährige Alex überschritt die Schwelle aus braunem Karton und trat hinaus, hinaus auf den Balkon ihrer Fantasie.

Nicht dass man hier drinnen frieren müsste. In ihrem Haus sind fast so viele Rohre und Kabel unter den Verkleidungen verborgen wie in der Kabine eines Flugzeugs. Dazu gehört eine effiziente Fußbodenheizung mit automatischer Steuerung, die, im Gegensatz zu all den Thermostaten in all den Klassenräumen ihrer Laufbahn, funktioniert. Sensibel und zuverlässig. Die Stromrechnung macht einem keine grauen Haare, selbst in diesen Zeiten nicht. Nicht einer Alex: Sie ist ja nicht hierhergezogen, weil sie pleite ist. Weil sie jeden Cent zweimal umdrehen müsste. Das ist vielleicht Teil des Problems. Um sie herum bevölkern dieses Andersbü junge Digitalnomaden und angejahrte Aussteiger. Die personifizierte Zukunft also und die lädierte Vergangenheit. Sie aber möchte Gegenwart. Sie ist doch Gegenwart. Sie hätte etwas zu bieten. Sie möchte gebraucht werden. Aber bitte nicht nur als Seelenmülleimer.

Sie legt ein Scheit nach, lässt sich von der Hitze treffen, schließt die Klappe. Gott sei Dank hat sie auf das anheimelnde Zentrum eines schwarzen, kompakten Holzofens nicht verzichtet. Volker hat sie dazu überredet. Ihr war der gusseiserne Ofen fast zu klischeehaft, aber er hat gesagt: »Der macht es wirklich zum Haus, du wirst sehen. Auch Minimalismus braucht eine Mitte. Und du brauchst manchmal was fürs Herz. Im tiefsten Winter wirst du an mich denken.« Er hat sie ernst angesehen. »Das verspreche ich dir.« Das schwarze Rohr, das oben heraussteigt, krümmt sich auf halber Höhe mit unvermeidlich romantischen Ofenrohrfalten in die Wand. Von draußen macht ihr Interieur, das weiß sie, einen sehr behaglichen Eindruck. Für einen Außenstehenden ist sie das belebende Zentrum des Bilds. Es ist der zweite Weihnachtsfeiertag, sie hat vorgestern ein modernes Familienfest absolviert – als Nichtverwandte trug sie zur Modernität bei – und bis eben Kaffeebesuch von jemandem gehabt, der Heiligabend allein verbracht und sich ihr mehr geöffnet hat, als sie es wollte. Nein. Dirk mit dem grauen Pferdeschwanz und den alten Aknenarben hat sich nicht geöffnet. Er hat sich als Findling erwiesen. Ein Einschlag in ihr kleines, perfektes Heim. Findlinge sind nackt, aber nackt und offen ist nicht das Gleiche.

Alex zieht die Vorhänge sorgfältig zu.

Vielleicht sollte sie sich ins Bett zurückziehen, mit einem Tee und einem Buch. Eine Reihe hat sie auf der hölzernen Zwischendecke neben der Matratze stehen, Lieblinge und Lustkäufe. Verlegenheitsgeschenke stellt sie nicht dort hin, das sollen ausnahmslos *ihre* Bücher sein. Zwei Meter Alex. Von der Länge her ist das natürlich nicht sie, kommt es ihr plötzlich, das ist Sebastian. Zum ersten Mal fragt sie sich, was er wohl zu ihrem Entschluss, zu dieser Bleibe sagen würde. Was sein Gegenvorschlag gewesen wäre? Oder hätte er einfach nur nichts gesagt? Das konnte er, der Vielredner, auch gut. Gewandt schweigen. Dreizehn Jahre ist sein Tod, der irreal wie ein Filmriss war, nun schon her, fast doppelt so lang, wie sie ein Paar waren. Alex stellt sich vor, Sebastian käme sie hier besuchen, auf ihrer Bude. Sie sind jung. Sie sind so aufgeregt wie erregt, lachen über alles. Sie mögen den Alkoven, die Enge, das Vorspiel des Kletterns und Krabbelns, wer voran? Als sie beieinanderliegen, gar nicht anders können, gehen vier Hände und zwei Münder auf die Reise. Sie stellt sich den Sex hier drin scheuer vor, als er in Wirklichkeit jemals war. Nicht unbedingt schöner, das nicht. Aber anders. Mehr so, als wären sie beide noch am Anfang. Wie oft würde sich ihr Weberknecht wohl den Kopf stoßen und woran? Es passiert an Stellen, wo man es nicht vermutet. Alex sieht seine Grimasse vor sich, wenn er sich danach den Schädel rieb, das schiefe Grinsen, mit dem er den Schmerz für nicht so schlimm erklärte. Alles war in Ordnung, es war seine Schuld, warum war er auch so groß? In solchen Augenblicken hat sie ihn besonders geliebt, hätte, wenn es in ihrer Macht gestanden wäre, die Welt anders eingerichtet für ihn.

Sie zwingt sich zurück zu den Büchern. Absichtlich steht hier kein Regal. Sie will nicht ihre Bildung zur Schau stellen, sie hatte das nie nötig und jetzt schon gar nicht mehr. Sebastian lebte zwischen Bücherwänden, bei ihm war es etwas anderes. Alex mag es, wenn sie sich einfach wie Unkraut ausbreiten, griffbereit und kissennah. Die Handbibliothek ihres Inneren. Das ist, wenn sie recht überlegt, der intimste Winkel dieses geheimnislosen Hauses. Heute könnte der Zeitpunkt sein, einen neuen Roman mit verheißungsvollem Cover aufzuschlagen und in eine farbige, pralle Welt einzutauchen.

Doch statt hinaufzusteigen oder in die ›Küche‹ zu gehen – im Grunde muss hier drin alles in Gänsefüßchen –, setzt Alex sich hin. Nicht dort hin, wo Dirk saß, auch nicht dort hin, wo sie vorhin saß. Sie starrt auf die noch fast volle Schale mit den Plätzchen, deren Grau sie nun an die Farbe von Mondstaub erinnert. Ist der Mond wirklich so grau? Oder liegt das an den alten Aufnahmen?

»Wie schön, dass du jetzt in unserer Gegend bist«, hat ihre Studienfreundin Verena gesagt und es sicher auch so gemeint. Verena kann gar nicht genug Menschen um sich haben. Sie hat sich in eine Richtung entwickelt, die Alex vor vierzig Jahren nicht für möglich gehalten hätte. Mit Anfang zwanzig wohnten sie eine Zeit lang zusammen, und Alex war eindeutig die Unternehmungslustigere, Kontaktfreudigere von beiden, auch die mit dem festen Freund. Verena rannte. Verena rannte morgens und abends. Obwohl sie hübsch war, machte sie nichts aus sich und stellte sich beim

Flirten ungeschickt an. Begriff nicht, dass das ein Spiel war, wollte es nicht begreifen. Ließ sich von Alex genaue Tipps geben, aber lachte Typen, die durchaus Potenzial hatten, es manchmal sogar richtig ernst meinten, einfach aus.

Irgendwann tauchte Hauke auf, und nun waren es die Freundinnen, die lachten. Die nach Kiel gegangene Verena hatte versucht, den Namen beiläufig einzuflechten, aber sie stürzten sich natürlich darauf: »Hauke? Erzähl alles!« Als man ihn zu Gesicht bekam, wusste man gar nicht, ob man verblüfft sein sollte oder das Gegenteil, so sehr entsprach dieser Seebär dem durch den Namen und Verenas einsilbige Andeutungen aufgerufenen Bild. Nicht dass Alex ihn attraktiv gefunden hätte. Nicht im engeren Sinne. Aber wie er so die Tür der Tübinger Dachwohnung füllte, in der gerade eine Studentenparty stattfand – zwischen all den bunten Achtzigerjungs in ihren hautengen stonewashed Jeans und Bundfaltenhosen ein Mann, und seine Schüchternheit machte ihn nicht unmännlicher –, da verstand sie etwas oder meinte es zumindest. Etwas von Verena. Uta nannte Hauke nur Käpt'n Iglo und forderte ihn etwas zu offensiv zum Tanzen auf.

Heute haben Verena und Hauke vier erwachsene Kinder, von denen die mittleren beiden selbst akademische Abschlüsse haben und um die Wette für Nachwuchs sorgen. Mit Partnern und sämtlichen Enkeln waren sie vorgestern angerückt, was Weihnachten turbulent machte und als Fest im herkömmlichen Sinne auflöste. Keine fünf Minuten saß man gemeinsam um den Tisch, und wenn es feierlich zu werden drohte, musste zuverlässig wer aufs Klo. Der älteste Sohn setzte sich erst gar nicht dazu, sondern lud sich Essen auf und verschwand, obwohl er zweiunddreißig war und kein Teenager mehr, wieder an seinen Computer. Auf einen Baum verzichtete man aus Ökogründen. Man hätte einen kleinen im Topf nehmen und ihn hinterher in den Garten pflanzen können. Was es im Überfluss gab, waren Bienenwachskerzen. Alex fand den Geruch schon immer aufdringlich. Verenas klobige Kette aus Bernstein passte farblich und kam von hier. Es war nicht das Christliche, was Alex vermisst hat. Sie braucht keine kitschigen Krippenfiguren und kein *Ihr Kinderlein kommet*. So wie ihr Vater früher wird ohnehin nie mehr jemand das Evangelium vorlesen. *Es begab sich aber zu der Zeit …* Sie vermisste etwas anderes. Hier machte jeder sein Ding – jede*r hätte Verenas jüngste Tochter gesagt, sie genderte auf eine perfektionistische Art auch im Mündlichen, passend zu ihren sonstigen Zwängen. Man konnte froh sein, wenn sie davon absah, eine studierte Germanistin zu belehren. Hauke saß lächelnd inmitten von alldem. Mit dem eisgrauen Vollbart hätte er einen Traumweihnachtsmann abgegeben. Er fasste Alex an der Schulter und sagte: »So ist Weihnachten«, wobei unklar blieb, ob er das entschuldigend meinte oder als Hinweis darauf, dass es schon in Bethlehem ähnlich zugegangen war. Alex fühlte sich inmitten dieser zugleich aufgelösten und blühenden Familie starr. Sie kam sich die ganze Zeit vor, als warte sie auf das Eigentliche. Das Ganze ist mehr als die Summe seiner Teile, der Satz ging ihr im Kopf herum. Was das Eigentliche beziehungsweise Ganze konkret hätte sein sollen? Darauf hätte sie keine klare Antwort zu geben gewusst. Sie kam jedenfalls nicht aus ihrer Rolle der Beobachterin, der Kritikerin heraus. Sie blieb die mit dem anderen Leben, deren Entscheidungen man respektiert, vielleicht sogar in ihrer Konsequenz bewundert, aber die doch auch fremd bleibt und an diesem einen Tag im Jahr sozusagen adoptiert werden muss.

Vom Fest hat Alex sich im Grunde nicht viel erwartet. Das kann man abhaken unter: Dabei sein ist alles. Was sie wirklich enttäuscht, ist die fehlende Nähe zu ihrer Freundin. Als sie vor vier Monaten hierherkam, hat sie gedacht, Verena wäre froh um jemanden, der ganz für sie da war, ihr zuhörte. Immerhin hatte sie gleich zwei Sorgenkinder, das beschäftigt einen doch. Was aus denen wird. Ausgedehnte, windige Spaziergänge am Strand hat Alex sich ausgemalt, auf denen sie sich lachend an alte Zeiten erinnern und ihre jetzigen Leben durchleuchten würden, so wie vor vierzig Jahren am Küchentisch beim billigen Rotwein die Liebes- und Freundschaftsverwicklungen. Alex wollte jemand sein, der Verena, vielleicht ohne dass ihr das bewusst gewesen war, gefehlt hatte und über den sie sich nun umso mehr freute. Jemand Nichtaustauschbares, jemand aus der Tiefe der Vergangenheit und daher von ganz speziellem, funkelndem Wert.

Verena aber hatte keine Sorgen. Sie hatte auch kein Bedürfnis nach Tiefgang. Sie war in jeder Hinsicht breit geworden, ein sanft stolzes Mutter- und mittlerweile Omatier. Endlos konnte sie erzählen, was dieser oder jene ihrer Lieben machte, gemacht hatte, machen würde. Wie es ihr, Verena, damit ging, darüber sprach sie wenig und wenn, dann nur in Floskeln. Früher hatte sie, wenn sie zu zweit allein waren, Spaß an beinahe kriminologischen Analysen gehabt und ein überraschend scharfes Urteil. Nun war aus ihr eine alles lächelnd hinnehmende Lokalgottheit geworden, ein weiblicher Küstenbuddha.

Und man war ja kaum je mit ihr allein. Immer war der Hund um sie, und wenn er weglief, musste er gleich daran gehindert werden, sich in Fischkadavern zu wälzen oder die Kotze einer Strandparty zu fressen. Manchmal hatte Verena auch das schwarzäugige Flüchtlingskind an der Hand, dessen amtlich vermittelte Ersatzoma sie war. Das Kind liebt den Hund so, sagte sie. In Wahrheit fürchtete es sich vor ihm. Und wenn wirklich mal niemand störte, konnte man sicher sein, dass das Handy vibrierte – ach, dass es an der Ostsee doch ein Funkloch gäbe –, weil der Zweiunddreißigjährige nicht wusste, welches Waschprogramm das richtige für seine Motiv-T-Shirts war. Da sie es schon mal in der Hand hatte, zeigte Verena Alex noch rasch die neuesten Fotos ihrer Lieben, nicht ohne zu jedem eine Erläuterung zu geben, und am Ende schoss sie noch eins mit der alten Freundin, Wange an Wange.

Kurz entschlossen steht Alex auf und nimmt die Schale mit den Plätzchen, lässt sie in den Müll gleiten.

Auf der Suche nach einem unverfänglichen Gesprächsthema, viele sind ja Fettnäpfchen bei der jungen Frau, hat sie Verenas Tochter nach dem Rezept gefragt. Die Augen leuchteten auf, und sie zählte auf, welche Zutat sie mit welchem Austauschstoff ersetzt habe, erläuterte eifrig, dass man das gut machen könne. Das ist Alex auch schon in ihren letzten Schuljahren vermehrt begegnet, diese neue Religiosität und Rigidität eines Teils der Jugend. Dieser Reinigungsfuror, die ganze falsche Welt muss kleinteilig ersetzt werden durch eine neue, unschuldige. Etwas daran beeindruckt Alex. Aber insgesamt findet sie es problematisch. In ihrer Religion, wenn man sie denn so nennen kann, ist Freiheit das Ziel und Echtheit der Weg. Sie lehnt Ersätze ab. Sie lehnt es ab, wenn man so tut, als wäre etwas Hochkünstliches Manna, Himmelsbrot. Wozu Plätzchen backen, wenn sie zwar gesund, aber nicht lecker sind?

Trotzdem hat sie jetzt ein leicht schlechtes Gewissen. Man wirft Geschenke, zumal selbst gemachte, nicht einfach weg, nicht so schnell, man hebt sie für eine Anstandsfrist auf. Sie muss zugeben: Es macht ihr Spaß. Das Wegwerfen. Sie in den Müll prasseln lassen. In den Restmüll, nicht etwa in den Bioabfall. Es belebt sie, etwas zu tun, was nicht ins Bild der ergrauten mütterlich-selbstlosen Lehrerin passt, die das Bemühen junger Menschen grundsätzlich würdigt und hässliche Gemälde und kitschige Gedichte von Herzen lobt. Die sich gerne als Gefäß für die Jugend, ihre Hervorbringungen und Heftigkeiten, zur Verfügung stellt. Nein, Alex ist kein Gefäß mehr, und sie hat auch keinen Stauraum mehr, jedenfalls nicht mehr viel. Nur für Ausgewähltes. Sie hat ausgemistet, und sie wird weiter ausmisten, und was nicht schmeckt, schmeckt nicht. Verena wäre entsetzt, wenn sie das mitbekäme.

Als Kind hat Alex einmal Zucker gegessen. Den Löffel tief in das glitzernd weiße Gebirge gestoßen und sich so gehäuft, wie es ging, in den Mund geschoben. Sie hat das helle Knirschen noch im Ohr, wenn man Zucker kaut, wenn man die Kristalle zwischen den Zähnen spürt und vernichtet.

Der Vater war kurz zuvor gestorben, und die Mutter hatte sie aus irgendeinem Grund allein gelassen. Da war sie an den Vorratsschrank gegangen, in dem eine Reihe durchsichtiger Kunststoffgefäße stand, die Grundzutaten. Beim dritten oder vierten Löffel schmeckte sie unter dem Übermaß an Süße etwas anderes hervor, etwas Scharfes, Bitteres. Halb horchte sie ängstlich, ob die Tür ging, halb hoffte sie, erwischt zu werden. Gesehen zu werden, denkt sie heute.

Am Ende hatte man sie nicht mehr ins Krankenhaus mitgenommen. Davor war der Vater noch einmal nach Hause gekommen. Er war schon sehr schwach. Nun lag er, was es früher nicht gegeben hatte, tagsüber auf dem Sofa im Herrenzimmer, und Alex hat sich manchmal zu ihm legen dürfen, er sagte sogar: »Legst du dich ein bisschen zu mir, meine Große?« Das war schön. Sein Körper knochig und warm, die Haut eine Landschaft und die unzähligen, wirklich unzähligen – sie hat es versucht – Härchen farblos weiches Gras. Wie gern hat Alex ihren kranken Vater – Krebse gingen rückwärts, das war ihr bekannt – gegen den Strich gestreichelt, was Hunde nicht mögen, jedenfalls hieß es das. Aber Vati, der nun etwas von einem Hund hatte, Todesnähe macht treu, Vati mochte dieses Streicheln, das eigentlich keines war, nur ein Streichen, eine Bewegung den langen Männerunterarm hinauf. Vati liebte, was ihr Kinderfinger tat. Dessen ist sie sich mit 63 sicher. Er wollte nicht, dass es aufhört.

Als sie sich am Tag der Beerdigung im Spiegel sah, zum ersten Mal in Schwarz, vornehm und fremd, ein Stück gewachsen, bekam sie die Idee, Schauspielerin zu werden. Den Toten hat sie nicht gesehen und schon gar nicht berühren dürfen, der Sarg stand geschlossen und blumenbeladen vorne. »Behalt ihn so in Erinnerung, wie du ihn geliebt hast, Kind.« Als könnte man der Erinnerung Befehle geben. Als wäre der Tod ansteckend. Der Kirchenchor sang schrill. Die Orgel dröhnte einhüllend und betäubend. An dem Tag wurde Alex zur Verschwörungstheoretikerin: Was, wenn Vati gar nicht da drinnen liegt? Er ist woanders. Er kann jeden Moment reinkommen, mit der Sonne durch die Kirchentür, deren Flügel so schwer sind.

Auch später bei Sebastian war der Tod eine Leerstelle. Schock, Schuld, all das war überwältigend gegenwärtig, begrub einen wie eine Riesenwelle, wirbelte einen herum, nahm einem den Atem und spie einen wieder aus. Die Verlassenheit war ein körperlicher Schmerz, zerriss einem das Herz, riss einen mittendurch. Das war alles da. Der Tod war nicht da. Er war eine Behauptung, ein hohles Wort, eine Lüge.

Es gibt den Tod nicht, denkt sie. Nicht in einem Sinne, wie es diese Hand gibt, deren Oberfläche längst selbst zu einer Landschaft geworden ist, und dieses Polster, das sie gerade so prall gestopft haben, dass es wie ein anderer Körper scheint, dabei aber das Andere des Körpers ist, bereit, ihn ohne Ansehen der Person aufzunehmen und zu stützen.

1968 ist ihr Vater gestorben. Doch die Welt, in der sie aufwuchs, war nicht die der Achtundsechziger. Er war noch ein Vati. Kein Papa oder Papi, wie sie ihre Schüler später hatten – wenn sie einen hatten –, schon gar kein Daddy oder Dad oder jemand mit lediglich einem Vornamen. Es waren noch die alten Verhältnisse. Sie starben mit ihm, für sie jedenfalls. In den Siebzigern probierte sie früh einiges aus, betrank sich, kiffte und hatte mit fünfzehn zum ersten Mal Sex, mit einem Studenten. Auf alten Schiffen lernt man segeln, so hieß es damals. Das ikonische Foto von Benno Ohnesorg fällt ihr ein, auf dem er vor einer Stoßstange auf dem Asphalt mit den dunklen Spritzern liegt und eine blonde junge Frau in einem schwarzen Cape neben ihm kniet und seinen Kopf hält. Sie kannte ihn gar nicht, eine zufällige Passantin, aber sie hält ihn wie in einer Pietà. Ihre linke Hand an seinem rechten Kinnwinkel, der Daumen am Ohr, fast als würde sie es ihm zuhalten wollen gegen den Lärm der Welt. Im Leben kann sie ihn nicht halten, gerade dadurch wird es ein Bild der Liebe. Doch sind die zwei nicht allein, die bildschöne Frau schaut aufgebracht nach rechts oben aus dem Bild heraus. Ihr Mund formt einen heftigen Vorwurf an jemanden neben dem Fotografen. Warum spricht Alex dieses Foto so an, ihr Leben lang?

Sie wäre gern wütender gewesen. Auf ihre Mutter, weil sie sie ausschloss. Aber auch auf ihren Vater, weil er sie alleinließ

Das war das Gute an ihrem Ex-Mann. Da konnte sie einmal, am Ende, explodieren. Das Reihenhaus sprengen und nicht nur den Rasen. Konsequent sein. Bei Sebastian konnte sie das wieder nicht, er legte sich nicht fest, und dann war auch er tot. *Plötzlich und vollkommen unerwartet*, typische Todesanzeigenworte, bei ihm waren sie treffend. Das einzig Treffende in dieser ihn pompös verfremdenden Anzeige.

Der Tod hat in meinem Leben die Wut gekappt. Wie das schwere graue Gewölk, das einem in Gebirgstälern die Sicht auf die Schroffheit und Kühnheit der Gipfel nimmt und auf den Himmel. Das geballt drinhängt, aber wenn du dich ihm näherst, ist es formlos, wie zerfetzt, ungreifbar. Es gab die Wut, es gab diese unkonventionelle, auch mal heftige Alex, aber immer in einer gestutzten, ein Stück weit gespielten Form, nie ohne die Angst vor der totalen Verlassenheit, vor dem Hinausgeschleudertwerden aus der Umlaufbahn, vor dem Verlust der Schwerkraft.

Das ist gut an den jungen Leuten heute, sie sind wütend. Nicht unbedingt lebenstüchtig, manchmal engstirnig oder hypersensibel, aber wütend. Sie wollen keinen Zucker. Sie wollen Zukunft. Sie wollen, auf ihre Art, auch das Echte.

Wut ist wirr,
Wirrwarr,
wahr ist die Wut,
die ich in mir trag.

Eine ihrer letzten Abiturientinnen hat das in einer kreativen Schreibphase aufs Papier geworfen. Ein völlig unauffälliges Mädchen. Dann ist sie aufs Klo gegangen, hat das Blatt offen an ihrem Platz liegenlassen. Frau Mattmann hat es gelesen, nichts dazu gesagt. Als sie fragte, wer vorlesen wolle, hat sich das Mädchen nicht gemeldet, natürlich nicht, sie meldete sich auch sonst nie, und wenn sie aufgerufen wurde, wurde sie rot. Aber ihr Gedicht oder die Vorstufe dazu ist angekommen. Nicht nur bei Frau Mattmann, auch in Alex.

Auf einmal sieht sie, direkt vor ihrer Nase haftet am Polster ein langes graues Haar, das sich drahtig lockt. Als sie es mit spitzen Fingern fasst, will es erst nicht loslassen, sondern spannt sich wie ein Gummi. Mit den erforderlichen fünf Schritten ist sie beim Mülleimer. Sie reibt es sich von Daumen und Zeigefinger, es gleitet zu den Plätzchen hinab. Doch das reicht ihr nicht. Sie zieht die Tüte heraus, verknotet sie entschieden, schafft Luftdichtigkeit, verlässt das Haus. Draußen empfängt sie die gute, schwarze Kälte.

*

Kein Horizont zu erkennen, auch kein mit leuchtenden Decks auf der dunklen Masse aufsitzendes Schiff. Brecher kann man nicht nennen, worin die Ostseewellen in der Bucht enden. Aber wenn sie die Augen schließt und sich nur den Ohren überlässt, sind sie mindestens doppelt so hoch, eine jede ein dunkles Stürzen, dem ein helles Prickeln folgt, wenn die Wasserzunge ins mütterliche Maul zurückgezogen wird. Öffnet man die Augen wieder, sieht man im nächtlichen Zwielicht das weiß gekräuselte Aufschäumen und Sich-Breitmachen, Welle um Welle. Jede hat ihren Moment und verendet, und schon rollt die nächste an. *Nachts auf Reisen Wellen schlagen hören / und sich sagen, dass sie das immer tun.* Eine Strophe aus dem Benn-Gedicht, das sie damals spontan an Sebastians Grab rezitiert hat. Es trägt den Titel *Was schlimm ist.* Es war ihr Gedicht, es ließ Unausgesprochenes anklingen, eine Mitte für sie als Paar. Alex ist nicht auf Reisen. Oder doch?

Was Alex jedenfalls ist: von Haus aus eine Landratte. Das erste Mal stand sie am Meer, als sie von einer erschöpften Mutter zur Kur auf die Insel Juist geschickt wurde. Fast alles daran war schrecklich. Nur das Meer nicht. Mit ihm ist es wie mit Weihnachten, denkt sie: Als Kind überwältigt es dich – dass wir heute bei Überwältigung gleich an Grausames denken, es kann das Größte sein, überwältigt zu werden –, und deshalb muss es dich als Erwachsenen fast zwangsläufig enttäuschen. Jedenfalls wenn du selbst keine Kinder hast. Alle trugen Ostfriesennerze. Sie war eines der wenigen Mädchen mit kurzem Haar. Im Seewind kam der Vater zu ihr.

Sie haben damals kaum je baden dürfen. Da schickt man die Kinder an einen endlosen Strand aus feinem beigen Sand – viel breiter als dieser hier –, und dann sollen sie Spaziergänge machen in Lackgelb und Reih und Glied und die gute Luft einatmen. Die Zwölfjährige war eher auf dem Zauberberg, nur mit viel schlechterem Essen.

Da hat sie ihren ersten Kuss bekommen. Er war vierzehn und blond und hieß Achim. Er züngelte wie eine Schlange. Auch seine Hand machte zu viel, tippte ihr die ganze Zeit am Hinterkopf herum, als wäre sie ein Musikinstrument, das er virtuos blies. Sie hatten sich auf die Düne hinausgeschlichen, in der bei Tag die Nackten lagen, im Schutz des lanzenscharfen Strandhafers. »Ich zeige dir was«, hatte er gesagt. Sie hatte gleich gewusst, was er wollte, war aber wieder unsicher geworden. Was, wenn er doch nichts im Schilde führte? Dann wäre sie ja die Verdorbene. Also tat sie bis zuletzt naiv. Sie war nicht in Achim verknallt, vorher nicht und nachher nicht. Sie fand ihn sogar leicht eklig. Er hätte die Haare häufiger waschen sollen. Es war das Öffnen der Tür, hinter der das Männliche auf sie wartete. Dem wollte sie seither immer wieder begegnen, dieses Nicht-anders-Können spüren. Sie wollte nie beim Sex mit einem Mann zu etwas kuschlig Weichem verschmelzen, sie wollte dem Gott begegnen, dem die Männer opferten. Und das galt auch für die, die ihr etwas bedeuteten, die sie liebte, gerade für die. Sie feuerte sie an, sie verspottete sie, meistens nur innerlich, Männer waren zarte Seelen. Die Franzosen nennen den Orgasmus *la petite mort*, den kleinen Tod. Und den stirbt jeder allein. Hinterher, wenn wieder einer ermattet auf sie gesunken war, ganz Körper, schwer vor Entleerung, Odysseus am heimatlichen Strand von Ithaka, konnten Alex' Hände fraulich und zärtlich sein wie nie. Wie gern griff sie dann in die Fülle der Haare. Ihre Finger wissen noch genau, wie sich Sebastians Mähne anfasste, die tags weiß lodernde Flamme über der Denkerstirn mit den ausgeprägten Höckern.

Am Weihnachtsabend war sie eigentlich nur auf die Terrasse gegangen, um einen Augenblick aus der bienenwachsgeschwängerten Atmosphäre herauszutreten. Sie hatte die Glastür einen Spalt offen stehen lassen, wenn jemand auch das Bedürfnis hatte, Luft zu schnappen, sollte er sich ruhig zu ihr gesellen. Doch als niemand kam, dachte sie, es könnte falsch verstanden werden, wenn sie den anderen ihre von drinnen beleuchtete Rückseite bot, und sie war um die Ecke herumgegangen in den dunklen Teil des Gartens. Auch, um etwas für sich zu sein und in Verbindung mit ihren Lieben. Das fremde Familienfest rief Sehnsucht nach den Ihren wach, selbst nach ihrer Mutter, die im Alter immer egoistischer geworden war. Alex war der Anker auf Erden und blickte hinauf in den Himmel, an dem man tatsächlich den einen oder anderen Stern sah. Auf einmal spürte sie eine Hand am Rücken. Erst lag sie an einer Stelle unterhalb des Schulterblatts, dann bewegte sie sich linkisch hin und her, um dann wieder, an einer etwas anderen Stelle, zu verharren. Eine kräftige Pranke. Wäre Alex stehen geblieben, wie sie stand, mit Blick auf das unbeleuchtet seine Arbeit verrichtende Blockheizkraftwerk, das an Verenas und Haukes Grundstück anschloss, es wäre eine Rückenstärkung gewesen und nichts weiter. Sie hätte auch etwas sagen können, ein Gespräch beginnen. Etwas ansprechen. Das geht ja am besten, wenn man sich dabei nicht in die Augen sieht. Aber sie drehte sich auf dem Absatz um. Haar und Vollbart bildeten eine hellere Klammer um sein dunkles Gesicht. Wenn sie es sich vor Augen führt, erinnert es an das Negativ eines Fotos. Doch auf denen hat man früher den Ausdruck immer schwer erkannt, hier war er eindeutig. Ohne irgendeinen Gedanken zu haben nahm sie seinen großen, struppigen Kopf zwischen ihre kleinen, festen, kalten Hände und zog ihn zu sich herunter. Die Hecke des Barts und die erstaunlich vollen Lippen öffneten sich automatisch, sein Atem war heiß, der Kuss ein wildes Geknutsche. Er ging als Erster wieder rein. Kein Wort war gefallen.

Vor ihr, um sie niedrige, verhangene Weite. Kein hoher Dom, kein ausgespannter, klar-schwarzer Sternenraum. Sie ist ein einzelner Mensch im Eigenschatten der Erdkugel wenige Tage nach dem, was ursprünglich eine Sonnwendfeier war, die dann christlich überschrieben wurde. *Ein Kind ist uns geboren, das Licht der Welt.* Das Christliche hatte seine Zeit, alle Deutungen haben ihre Zeit. Steht das nicht auch schon in der Bibel? *To everything, turn, turn, turn, there is a season*, haben The Byrds gesungen, die Weisheit des Alten Testaments im sphärischen Sound der Sechziger. Alles kommt wieder, alles verwandelt sich. Das hier ist ewig. Das Meer. Es unterliegt den einzigen Gesetzen, die wirklich welche sind, den Naturgesetzen. Hier sind die Grenzen klar, gerade weil sie nicht starr sind. Das Meer ist eine dunkle Masse, auch bei Tag, nur jetzt sieht man es besser. Eine dunkle Masse, gegenüber der wir winzig sind. Objektiv sind wir winzig.

Großer Gott, wir loben dich;
Herr, wir preisen deine Stärke.
Vor dir neigt die Erde sich
und bewundert deine Werke.
Wie du warst vor aller Zeit,
so bleibst du in Ewigkeit.

»Das ist katholisch!«, sagte ihr Vater, als das Kind einst ehrfürchtig vor Wucht und Würde der Hymne stand. Alex hat es trotzdem auswendig gelernt, da gab es nichts zu lernen, es ging ihr ein. Sie trat ein in den Tempel des Lieds. Jetzt singt sie es im dunklen Angesicht der See. Nicht laut, doch auch nicht leise, mit klarer Artikulation.

Auf einmal wird ihr bewusst, wie zutreffend das Wort »offen« ist im Bezug auf das Meer. Seen sind charakteristisch geformt. Autoaufkleber. Das Meer geht durch alle Engen hindurch. Öresund und Straße von Gibraltar. *Fretum Gaditanum* hat sie Sebastian genannt. Es hat ihm Spaß gemacht, sich von den schulmeisterlichen Altphilologen abzusetzen, um sie dann unvermutet an Schulmeisterlichkeit noch zu übertreffen.

Offen und zugleich verbunden, beim Meer geht das, anders als bei Wunden. Tu einen Tropfen hinein, und du hast, wenn es Öl ist, tausend Liter verunreinigt. Tu einen Tropfen hinein, und du hast, wenn es dein Blut ist, das Weltmeer berührt. So viel Homöopathie muss sein, denkt sie belustigt und ergriffen.

Ihr Telefon meldet sich in der Tasche. Gleich hat sie es herausgezogen, Reiz-Reaktion. Eigentlich möchte Alex selbstbestimmter mit der ständigen Erreichbarkeit umgehen, doch schon liest sie die Nachricht.

Ali!!! Gesegnete Weihnachten! Geht's dir gut? Mir, uns auf jeden Fall. Auf den Baum hat Gustavo bestanden. Samir gebraucht den altertümlich korrekten Kasus, sie nimmt es durchaus wahr. Er hat ein Bild von einem vor lauter Strahlen und Glänzen kaum mehr grünen Kegel gesendet.

Wir haben ja jetzt Platz. Wir schlafen unter dem Baum, auf der Luftmatratze. Romantisch. Weißt du, was ich glaube? Es ist derselbe Gott, in allen Religionen. Nein, nicht darin, eher dahinter. Aber die Traditionen sind deshalb nicht unwichtig. Sie sind wie Tänze, und Gott ist der Rhythmus, aber nicht ein bestimmter, jeder Rhythmus. Tanz ihn. Ist das Lessing? Ringparabel? So in die Richtung, was? Gustavo glaubt nicht an Gott, aber mag es, wenn ich ihn ihm erkläre. Er liebt es, wenn ich mich ereifere.

Es gibt gute Neuigkeiten: Sie wollen mich an der Schule behalten! Und ich soll nächstes Jahr gleich die Theater-AG bekommen! Was sagst du dazu? Tipps von der Theaterexpertin sind ausdrücklich erwünscht. Keine Sorge, Nathan der Weise *mache ich nicht, die Textmenge würde die Kids erschlagen. Aber vielleicht* Romeo und Julia, *radikal gekürzt natürlich und mit 'nem migrantischen Ansatz. Vielleicht kombiniert mit was Queerem. Gibt ja auch heute noch genug Gründe, warum eine Liebe nicht sein darf.*

Ich bin hier ein Role Model. Ich will es nicht sein, aber ich bin es. Nein, Ali, das stimmt nicht: Ich will es auch sein, ganz bewusst. Wenn es nur um mich ginge, wäre es mir lieber, ich könnte einfach ich sein und fertig. Das kannst du mir glauben. Absolut unmarkiert. Aber für sie bin ich wichtig. Für den einen, die andere. Shine your light.

Etwas Blödes ist passiert: Die Klappe des Sekretärs ist leider leicht beschädigt worden. Nicht die Klappe selbst, nur das Scharnier. Etwas zu viel Gewicht. Aber in meiner Jugo-Connection gibt es einen, der sich mit so was auskennt. Er repariert es, versprochen. Er ist echt wunderschön, dein Sekretär, nochmals vielen, vielen Dank!

Alex spürt, dass er es ernst meint. Er ist wirklich zerknirscht über das Missgeschick. Obwohl sich ihr Dienst an der Schule nur ein halbes Jahr überschnitten hat – wie in diesen Filmen mit dem alten, frustrierten und dem jungen, übereifrigen Cop –, scheint sie ihm etwas zu bedeuten. Wie ein Junge seiner Mutter oder Tante Ali erzählt Samir frei von der Leber weg. Sie kann geradezu seine Stimme hören. Doch vielleicht ist es eben das, was Alex an ihrem dunkelgrauen Strand außen vor sein lässt. Sie ist in Wirklichkeit niemandes Mutter oder Tante, nicht von Verenas Tochter und nicht von ihrem ehemaligen Referendar. Alle ringen sie um ihre Identität und um Anerkennung, wollen sie selbst sein und ihren Platz finden, wollen als anders angesehen werden und zugleich als normal. Was will sie sein? Sie wollte raus sein, will es noch, und leidet doch darunter. Bei Lichte betrachtet, ist es bei ihr kaum weniger vertrackt als bei den jungen Leuten. Mit dem einen Unterschied, sie ist nicht mehr jung.

Mit dem Tinyhouse hat sie, wie ihr immer klarer wird, ein Paket geschnürt, um sich in die Zukunft zu senden. Es schien der perfekte Kompromiss dazwischen, nicht einfach vom Fluss der Zeit weitergetrieben zu werden und sich doch dem Offenen des Lebens zu stellen. Aber Kompromisse sind eben nie perfekt. Was es ist, ihr kleines Kunstwerk. Das ist meine Form, denkt sie. Ich bin eine, die Form braucht. Sie würde ihr Paket gerne jemandem schenken. Aber wem? Die jungen Leute brauchen eine Mutter oder Tante oder Oma gar oder Mentorin. Oder Therapeutin. Wobei dieser Dirk wirklich nicht mehr jung ist, nur verdammt unreif. Wem aber schenkt man Alex?

Samirs Nachricht geht noch weiter: *Willst du nicht an Silvester vorbeikommen? Wir machen eine kleine Party. Einweihung und Jahreswechsel in einem. Ich würde mich total freuen, dich wiederzusehen! Und Gustavo will dich dringend kennenlernen. Vielleicht bist du ja in der Gegend?*

»Wie schön, dass du jetzt in unserer Gegend bist«, hat Verena gesagt. Immer ist man in irgendeiner Gegend oder soll es zumindest sein. Die Gegend als Grund, sich zu treffen. Als notwendiger, vielleicht als hinreichender Grund, so als wären wir Teilchen, die irgendwo herumfliegen und mehr oder minder zufällig ins Magnetfeld der anderen geraten. Was bin ich, wenn ich nicht in der Gegend bin? Bin ich dann aus der Welt?

Sie haben Sex gehabt, denkt sie auf einmal böse und klarsichtig. Auf der lederbespannten Platte des Sekretärs, ihres Familienerbes mütterlicherseits, weggegeben ein für alle Mal, haben es die beiden schönen jungen Männer miteinander getrieben. Zu viel Gewicht … Für Momente lässt sie dem

Klischee freien Lauf, sieht den einen den anderen darüberbiegen und heftig von hinten stoßen. Den Kracks ignoriert das eine Fleisch, das sie in ihrer Leidenschaft sind.

Und nun meint er, irgendein Freund könnte den Schaden einfach flicken, wie man ein altes Auto flickt. Das ist eine Antiquität, möchte Alex rufen. Da war ein sauteurer Restaurator dran. Der hat ihn aufgerichtet, das ist nämlich der korrekte Ausdruck! Aufgerichtet! Nicht repariert.

Wie ungerecht sie ist. Sie hat ihn ihm ja geradezu aufgedrängt. Hat aus Samir einen Hans im Glück gemacht, mit Goldklumpen auf dem Buckel. Nun macht das Paar sich frei davon. Sie machen sich das perfekt wiederhergestellte Möbel zu eigen, hinterlassen neue Gebrauchsspuren. Sie sollte sich freuen. Sie ist doch keine Alte, deren Gaben vergiftet sind.

Als sie das Handy wegstecken will, bemerkt sie, noch zwei Nachrichten sind eingegangen. Lustigerweise sind beide aus derselben kleinen Stadt durchs große Dunkel zu ihr hergeflogen, stammen wahrscheinlich sogar aus ein und demselben Haus. War dort von ihr die Rede? Bei einem Festessen en famille vielleicht? Es würde ihr gefallen, wenn es so wäre, es wäre spannend. Die erste Nachricht ist ein humorvoller Gruß des Bestatters, den sie bei Wibkes Hochzeit kennengelernt hat. Alex ist überrascht, wie sehr sie das freut, dabei hat sie seit Längerem nicht an ihn gedacht. Die andere Nachricht ist von Wibke selbst. Sie hat wie Samir ein Foto gesendet. Doch bei diesem hat Alex zum ersten

Mal in der Bilderflut der Weihnachtstage, unter all den austauschbaren Beweisen familiären Glücks – das Porzellan wird immer erst später zerschlagen –, ein Bethlehemgefühl. Die hochschwangere, übers ganze Gesicht strahlende junge Frau schmiegt sich an ihren frischgebackenen Ehemann, Dominiks Hand liegt stolz und bereit zum Beschirmen auf der Wölbung ihres Bauchs, der für die zwei nicht weniger als eine Weltkugel ist. Im Hintergrund aber wirft Alex' wohlbekannter tiefroter Samt leuchtende senkrechte Falten. *Wir haben einen Platz gefunden*, schreibt Wibke und setzt ein Zwinkeremoji dazu und zwei weitere. Eigentlich war das nur ein schräger Einfall beim Ausräumen des Kellers: Alex könnte ein Stück des Bühnenvorhangs, der seinerzeit Wibkes und Frau Mattmanns gemeinsamem Bereich Bedeutung verlieh, nun aber schon mehr als ein Jahrzehnt herumgammelte, zum Einwickeln des Hochzeitsgeschenks nehmen. Was ihr gefiel, der Akt des Entzweischneidens, des Teilens. Das Zerstören um einer neuen Bestimmung willen. Alex hat die asymmetrischen Reste, das breite und das nun schmale Stück, zwar mitgenommen und in den Lagerraum gelegt, der im Gemeinschaftshaus brav nummeriert ihrer Parzelle zugeordnet ist, doch ein Theatervorhang wird das nicht mehr. Diese Lagerräume sind ohnehin etwas Zweischneidiges. Anfangs schien er ihr total praktisch, aber sie sollte ihn aufgeben. Keine Eichhörnchendepots, denkt sie mit plötzlicher Entschiedenheit. Die machen dich nur zu einem Eichhörnchen. Wibke hat aus ihrem Teil des Vorhangs etwas gemacht. Ist das vielleicht sogar das zukünftige Kinderzimmer, wo er hängt? Zu Wibke würde es passen.

Vorhang auf! Raus mit Applaus! Hallo, kleiner Mensch, auf der Welt, welche Rolle soll's denn sein? Okay, der erste Akt wird ein Krippenspiel. Muss wohl. Ich gebe den Heiligen König. Und alles Weitere sehen wir mal.

Am Tag nach ihrer Hochzeit hat Wibke sich Zeit für sie genommen. Alex hatte damit nicht gerechnet. Sie dachte, wahrscheinlich geht es gleich in die Flitterwochen, jedenfalls haben sie eine Menge zu tun und wichtigere Gäste als mich. Richtig mitfeiern und dann geschmeidig verschwinden, das war der Plan. Sie wollte pflegeleicht sein. Doch nun sah Wibke sie an: »Und wie geht es dir? Ich meine, wirklich?« Die Art, wie ihre Ex-Schülerin mit ihr sprach, war, man kann es nicht anders sagen, eine mütterliche.

Das berührte Alex, und zugleich wurde sie traurig. Am Morgen, als sie mit Wibkes Schwiegervater vor der golden besonnten Landschaft gesessen hatte, war sie noch völlig aufgeräumt gewesen.

»Es ist schon eine seltsame Situation«, sagte sie zögernd.

»Wegen der Schule oder wegen dem Umzug? Oder …?«

»Es ist ja nicht mal ein richtiger Umzug. Irgendwie weniger, aber natürlich auch mehr.«

»Hast du eigentlich noch mal Theater gemacht?«, fragte Wibke.

»Nein«, Alex schüttelte den Kopf.

»Warum nicht? Das war dein großes Talent. Fanden wir alle. Du warst eine Künstlerin.«

»Nein«, sagt Alex plötzlich entschieden. »Ich war keine Künstlerin. Ich war eure Lehrerin.«

»Klar, auch. Für mich warst du eine wahnsinnig wichtige Lehrerin. *Nicht privat werden!* Erinnerst du dich? Wir haben dir nach einem Stück einen Hoodie geschenkt, wo das draufstand. Weil das dein Mantra in den Proben war. Niemals aus der Rolle fallen, immer die Spannung halten, nicht schwätzen. Wir waren theaterbegeistert, aber wir waren auch jung.« Wibke lacht.

»Das hat mich ein bisschen getroffen. Der Pulli. Weil ich dachte, ich bin euch nah. Und jetzt schenkt ihr mir so was.«

»So war das doch nicht gemeint.«

»Das wusste ich. Und trotzdem. Ich hab ihn nie angezogen. Ich hab ihn heute noch.«

»Nicht weggeworfen? Bei so einem Umzug oder wie du es nennst muss man doch total viel wegwerfen, oder?«

Alex nickt. »Ich trinke auch noch meinen Kaffee aus dem Becher mit unserem Gruppenfoto. An der neuen Schule war es nicht mehr dasselbe. Jetzt sage ich noch neue Schule, dabei war ich da zwölf Jahre, und das ist jetzt auch Geschichte.«

»Aber warum sagst du, dass du keine Künstlerin warst?«

»Ihr wart die Künstler. Ich war bloß kreativ. Ariane und Friedemann hattest du nicht eingeladen?«

»Die hatten ihre Hochzeit schon.« Wibke formuliert es locker, doch klingt Traurigkeit durch.

»Ach was. Die beiden, miteinander?«

Wibke nickt.

»Das hätte ich nicht erwartet. Die zwei? Schon ein Kind?«

»Ich weiß nur, dass es schwierig war. Aber ich bin nicht auf dem letzten Stand. Wir haben uns ehrlich gesagt etwas aus den Augen verloren. Sie hätten sicher Bilder gesendet.

Ich habe dir das übel genommen.« Wibke sieht sie an, mit einem Blick, als läge die Schuld im Übelnehmen und damit bei ihr selbst. »Dass du damals einfach von der Schule verschwunden bist. Einen Leistungskurs lässt man nicht allein, ein Jahr vor dem Abi. Und das mit dem Theater war für mich fast noch schlimmer. Es wäre unsere letzte Produktion geworden, unser Schlusspunkt. *Antigone.* Es wäre meine erste Hauptrolle geworden. Na, zur Bestatterin habe ich es auch so gebracht«, sie lacht. »Wir hatten uns vorgenommen, noch mal alles rauszuhauen. Im Scherz haben wir gesagt, wir ziehen uns auf der Bühne kollektiv nackt aus, und du fliegst von der Schule. Dann gehen wir alle gemeinsam. So warst du einfach weg, und wir kriegen nur eine dürre Mail, mitten in den Ferien. Das Schlimmste war der Tonfall, das hörte sich so erwachsen und distanziert an: *zu meinem großen Bedauern*. Als hättest das gar nicht du verfasst. Als hätte es die drei Jahre davor nicht gegeben. *Bedauern* ist wie *Beileid*. Du hättest es uns schon erklären können. Wir hätten es verstanden«, sagt Wibke.

»Du hast ja recht«, sagt Alex mit einem Seufzer.

»Ihr wart zusammen, nicht wahr? Herr Dr. Egyptien und du. Das hat keiner von uns gewusst. Das war surreal, als du bei dieser Riesenbeerdigung vorne gestanden bist und das Gedicht gesprochen hast. Als uns klargeworden ist, was das bedeutet. Da wollte ich dich so gerne in den Arm nehmen.«

Alex sieht das Menschenmeer noch vor sich. Ein Friedhof ist normalerweise ein steinerner, streng parzellierter Ort. Vom All aus ein flach gelegter Setzkasten. Verwest wird im Geheimen. Verwest wird, wenn sich die Menschenflut wieder verlaufen hat. Eine Beerdigung, zu der die halbe Stadt erscheint, kann dich nur zur einsamen Insel machen, Trauer ist nicht dran an so einem Tag. Ein Signalfeuer hat sie entzündet, sie, die Theaterfrau, auf weithin sichtbarem Felsen. Wie im *Herr der Fliegen*. Eine Geste. Später saß sie auf dem Trockenen. Trauer ist keine Geste. Bei uns gibt es keine Klageweiber. Trauer ist Realismus, das Realisieren einer Nicht-mehr-Realität. Trauer ist trocken. Das macht sie so hart. Wie altes Brot.

»Weshalb ich gegangen bin, das konnte ich euch nicht schreiben. Ihr solltet ein gutes Abi machen, ich wollte euch nicht in meinen Konflikt mit reinziehen. Rüdiger wurde ja Sebastians Nachfolger. Herr Knebel. Dieses Bürschlein. Ich hatte ihn von Anfang an für einen Streber und Schleimer gehalten. Bei Sebastian konnte er damit nicht landen. Jetzt sah er seine Chance. Alles entstauben wollte er. Humanismus ganz neu denken. Das waren seine Schlagworte. Seine erste Amtshandlung – da war er noch nicht ernannt – war, mir die Theater-AG zu streichen. So hat er es natürlich nicht gesagt. Die Eier hatte er nicht. Er wolle diesen künstlerischen Leuchtturm, wie er sich ausdrückte, weiterentwickeln … breitere Schülergruppen ansprechen … raus aus der Nische im Keller, viel zu schade dafür, große Aufführungen vor der ganzen Schulgemeinschaft … Kooperationen … ein multimediales Team … Auf gut Deutsch sollte sein Freund, dieser Filmfuzzi, die Hälfte meiner Stunden kriegen und mir nun überall reinreden. Aber nicht mit mir! Unter Rüdiger Lehrerin zu sein konnte ich mir keine Sekunde vorstellen. Ich habe alle Hebel in Bewegung gesetzt, bis rauf zum Ministerium. Die Depression kam später.

Der Spielraum ist übrigens abgesoffen«, sagt Alex leichthin. »Bei der Flut vor zwei Jahren. Eine Kollegin hat es mir erzählt. Ich meine, diese Stadterweiterung aus der Kaiserzeit, auf der das Humanistische Gymnasium steht … Das ist ja alles künstlich dem Rhein abgerungen, und irgendwann schlägt er zurück. Da muss man sich nicht wundern.«

»Wir haben auf einem Vulkan Theater gespielt.« Wibke sieht Alex an. Auf einmal ist der Satz auf eine andere Weise wahr. Das spüren sie beide. Eine Naturkatastrophe ist ihnen damals nicht widerfahren, aber das Schultheater selbst hatte etwas von einem Vulkan. Hier durfte etwas ausbrechen. Ihr Spielraum war eine Druckkammer, und eine Schatzkammer war er auch.

»Ich hab mich bei der Abifeier mit Herrn Knebel angelegt«, sagt Wibke. »Aber so richtig.«

»Braves Kind.«

»Komm mal her.« Die Schwangere öffnet die tätowierten Arme. Sie nehmen Alex auf, schließen sich um sie, drücken die alte Lehrerin an ihr Fleisch, das mit dreißig jünger ist als mit fünfzehn, an die zum Säugen, scheint es, schon bereiten Brüste. Alex steht leicht gekrümmt, sie will keinen Druck auf den Babybauch ausüben, trotzdem meint sie die andere Festigkeit der Kugel zu spüren, das dünner Gespannte bewohnten Raums. Das ist nicht etwas, sondern schon jemand. Wibke ist größer als sie, ihre Hände reiben Schulter und Rücken der Älteren. Massieren etwas aus Alex heraus, massieren etwas, etwas Gutes, nachdrücklich in sie ein. Als sie sich schließlich lösen und anblicken, tut Alex das mit feuchten Augen. Jetzt am Strand erinnert sie sich an das zugige Gefühl beim Lächeln.

Sie zieht sich aus. Sie denkt an die Triathletinnen, die sie im Fernsehen gesehen hat. Wie badende Mädels rannten sie noch vor Sonnenaufgang in ein im Überflug der Kamera beängstigend großes, bleiglänzendes Gewässer, kaum drin, mutierten sie zu Profis, die sich auf eine einsame Reise zu sich selbst machten. Was Alex vorhat, ist kein Sport, hier laufen keine Sekunden mit und gegen sie, doch weiß sie, jetzt hat jeder Schritt unverzüglich dem vorigen zu folgen. Dann kriegt man vieles hin, viel mehr, als man denkt. Nicht denken, im Sinne von zaudern, darum geht es. Eine Frau der Tat sein. Sich wärmend einhüllen in die unmittelbare Zukunft, die, auf die man zukommen kann. Sie hat ihre Kleidung als ordentlichen Stapel in den Sand gelegt, der ihre bloßen Füße in kühler Schmiegsamkeit empfängt. Sie geht los. Im Fokus einer Wärmebildkamera, irgendwer sieht uns ja immer zu, wäre das eine leuchtend rote Gestalt mitten im Schwarzen. Sie geht über den Streifen aus Muschelsplittern einfach drüber, und es tut nicht weh. Zügig überquert sie den glatten Spülsaum. Alex geht ins Meer hinein. Sie versucht, obwohl ihre Füße die fast schneeartige Masse immer höher zu schieben haben, ihr Tempo zu halten. Als sie ihr bis zum Schritt reicht, holt sie einmal tief Luft, geht in die Knie, und schon hat sie die Hände zum Bug zusammengelegt und ist losgeschwommen. Es ist eisig, natürlich, aber sie hat damit gerechnet und keucht nur kurz. Nun geht es darum, Züge zu machen, und das tut sie. Nicht hastig wie ein Kind, das ängstlich schwimmen lernt, aber auch nicht stockend. Flüssige Abläufe. Ihr einziger Tribut an den Winter ist, dass sie den Kopf wie die alten Damen mit ihren barocken Badekappen im Nacken hält und nicht wie sonst zwischen den gepfeilten Armen eintaucht. So sieht sie, in der Nacht verborgen und unerschwimmbar natürlich, doch eigentlich ohne Hindernis dazwischen, das Ausland vor sich, Dänemark.

5

Ich habe – noch keinen – Pinselstrich – getan, denkt der schweißnasse Kopf im schweren Zweiertakt, in dem er in die Pedale tritt. Tempo halten, alter Sack. Doch hinter dem letzten Nest, ein rosa und graues Klötzchenspiel im Staubgrün des Hangs, wird es noch deutlich steiler. Sechzehn Prozent zeigt der GPS-gestützte Tacho an, stolze Zahl. Gott sei Dank, er hat den allerkleinsten Gang rechtzeitig reingekriegt. Das hier ist kein Mountainbike und eines mit Motor schon gar nicht. Das ist ein, wie es der Hersteller nennt, Fitnessbike. Der Lenker will wie ein Pferd steigen, mit aller Kraft drückt er ihn nieder, nur um sich ein paar Meter weiter aus dem Sattel zu stemmen: Wie-ge-tritt, Wie-ge-tritt. So gut es geht, fährt er Schlangenlinien, aber die Straße ist schmal, und die Kurven sind schwierig, das Vorderrad knickt zur falschen Seite weg, fast ein Sturz. Anhalten ist keine Option, er käme vermutlich gar nicht schnell genug aus den Klickpedalen. Und hier wieder anfahren? Nein, er muss diese verflixte Rampe schaffen. An der Ecke da oben wird es ein bisschen flacher, oder ist das nur eine optische Täuschung?

Der Einzige, der hier hinaufwill, ist er. Nicht das Rad, nicht die wie verdrillten Olivenbäume, die gedrungenen Steineichen, die Feigen mit ihren biblischen Blättern, nicht die Trockensteinmauern, die die Hänge schraffieren und terrassieren. Nur er, Johann. Saumpfad, das Wort kommt ihm, ein altes, schönes Wort, wo kommt es her? Es passt. Er ist säumig. Er ist nun schon fast zwei Monate in Italien und hat sich noch nicht als Maler versucht, obwohl das doch seine Hierseinsberechtigung ist. Auch an Renats Rustico hat er noch nichts Nennenswertes gemacht. Wie ein Obdachloser schläft er in einem auf simpler Isomatte ausgerollten Schlafsack, den er vorher auf Schlangen und Skorpione untersucht.

Was er gerade tut, ist typisch deutsch. Aber vielleicht ist es auch nur typisch deutsch, das anzunehmen. Fakt ist, ein nicht mehr junger, nicht ganz schlanker Mann in der papageienbunten Pelle von Trikot und Radlerhose quält sich, oben Helm und unten Schuhe, die beim Gehen klacken wie die eines Steppers, auf einen der Bergrücken, die abends so friedlich daliegen wie eine Herde großer, genügsamer Tiere, deren Hirtin einmal mehr ihr Tagwerk getan hat. Die Sonne ist niemals säumig.

Endlich oben angekommen, sitzt er keuchend mit über der Brust aufgerissenem Reißverschluss auf der Mauer, die das kleine Plateau umschließt, auf dem eine uralte Kapelle thront, als wär's eine Miniarche auf einem Ararat von sechshundert Metern über dem Meer. Minuten voller Genuss! Hier ist er zu Hause, im Schweißglanz seiner Haut und in der abendlichen Weite. Auch als er wieder zu Atem gekommen ist, sitzt er eine ganze Weile einfach nur da. Wie raumgreifend die Haufenwolke dort oben hinter schlierigem Grau emporquillt. Nichts so dreidimensional wie das Ephemere. Gleißend weiß werden ihre blumenkohlhaften Bäusche angestrahlt und etwas später leuchtend gelb. Nun ist aber Zeit, Renats Tagebuch, immerhin heraufgeschafftes Zusatzgewicht, vom Gepäckträger zu holen.

Es ist ein eigentümliches Buch. Die Texte sind kurze, schlichte, fast kindliche Tagebucheinträge: was es zu essen gab, ob er in der Trattoria einen oder zwei Wein getrunken hat. Manchmal zieht er am Ende die Summe: *Es hat gut geschmeckt. Es war sehr schön.* Zwischendrin, eiliger notiert, Italienisches, was Johann nur teilweise versteht, es geht um irgendwelche Haussachen, Handwerker oder Versicherungen. Einmal in sorgfältigen Druckbuchstaben ein Lektürezitat, er nennt den Urheber: Cesare Pavese. Das Hauptgewicht des Buchs liegt jedoch eindeutig auf den Bildern. Allesamt Zeichnungen, meist mit einem weichen Bleistift oder Kohle. Hier ist die Gleichförmigkeit noch größer. Renat hat die Stämme der Olivenbäume gezeichnet. Ihre Geäste, die ja etwas Groteskes haben und grafisch reizvoll ein Blatt strukturieren könnten, haben ihn nicht so sehr interessiert. Er ist näher rangegangen.

Das Buch ist fast voll geworden. Vier Seiten fehlen. Auf der letzten steht als Einziges unten am Rand: *Finde die Zikade.*

Deshalb hat Johann es mit heraufgenommen. Um sich die Bilder eins nach dem anderen in Ruhe und anderer Beleuchtung anzusehen. Um das Bilderrätsel zu lösen oder sich zu vergewissern, dass Renat keine versteckt hat. Sie vielleicht noch verstecken wollte auf den letzten Seiten. Und dann kam ihm der Tod in die Quere.

Jedenfalls, das wird Johann jetzt so richtig klar, zielt dieses Buch ganz bewusst auf einen Fremden. Die drei Worte am Schluss treiben ein Spiel mit ihm. Renat hat sich ausgemalt, wie ein anderer die Nase hineinsteckt. Was, wenn er sich – als wäre das Leben nach ihm ein von ihm erdachtes Computerspiel – das alles genau so vorgestellt hat? Inklusive Wolke? Inklusive Johanns Säumigkeit? Dann wäre es gar keine, dann wäre er im Plan. In dem eines Toten.

Es hat etwas Meditatives, die Zeichnungen zu betrachten. Es fällt schwer, Distanz zu halten, sie strukturiert abzusuchen, das Auge wird in die Wellenlinien hineingezogen. Sie gleichen Flüssen, diese Stämme. Die Hauptfließrichtung ist senkrecht, aber jeder fließt irgendwie schräg und hat Strudel. Es gibt ja diese computergenerierten ornamentalen Muster, die man vor den Augen verschwimmen lassen muss, damit sich eine Tiefendimension auftut. Johann sieht das darin Verborgene nie. Nora hat es immer gleich gesehen.

Gestern hat ihn ein Mädchen an sie erinnert. Er saß in der Pizzeria der kleinen Stadt, die er zu Fuß erreichen kann und aus der er nach einer Flasche Wein noch problemlos heimfindet. Über die Brücke und dann links, immer am Fluss entlang. Fluss ist ein viel zu großes Wort, aber Bach ist auch falsch. Er führt nicht viel Wasser, doch liegt er tief unter Straßenniveau, hat sich so beharrlich in den felsigen

Talgrund geschnitten, dass er nachts, und besonders unter der mittelalterlichen Steinbrücke mit ihrem hochgewölbten Bogen, voll dichter Schwärze ist, in der das Volk der Frösche haust. Jetzt in der Fortpflanzungszeit ein ohrenbetäubendes, unermüdliches, kakophones Konzert, aber sehen kann man, selbst wo Laternenlicht hinunterdringt und auf dem pechschwarzen Wasser glitzert, keinen einzigen Sänger. Finde den Frosch …

Dieses Land ist voller vorlauter, unsichtbarer Tiere. Auch nachts, während du zur Decke schaust, die Eselsschreie, das Hundegekläff, Babystimmen kämpfender Katzen und irgendwann das Hähnekrähen. Lauter Selbstbehauptungen, und doch scheinen sie aufeinander zu antworten, scheint, was wir Tal nennen, ein Familiengespräch.

Eine Handvoll jugendlicher Aussteiger – so zwischen Punks und Hippies – lungerte neben den auf die Steinplatten der Piazza gestellten, kariert gedeckten Plastiktischen. Es besteht eine friedliche Koexistenz: Die jungen Leute betteln nur Passanten an und nicht im Lokal, und mit dem Geld kaufen sie Wein aus der Kühlvitrine. Vermutlich ihretwegen führt Antonio überhaupt die billige Sorte im Tetrapak. Johann will die Gruppe nicht ignorieren, daher hat er sich angewöhnt, ihnen freundlich zuzunicken, und wenn er schon am Nicken ist, noch etwas in sich hinein. Er glaubt, sie halten ihn, den Alleinzecher, der den Wirt beim Vornamen nennt – »Tutto bene?« – »Tutto bene!« –, für einsam. Er hätte niemals so sein wollen wie diese Aussteiger, auch nicht, als er jung war. Hätte es gar nicht gekonnt.

Aber er beneidet sie ein wenig. Welchen Sex die vielleicht 21-Jährige mit den blonden Dreadlocks ausstrahlt. Sie zeigt, dass Jugend eigentlich ein anderes Wort für Natur ist – würde eine Alte sich so verhalten, es wäre abstoßend. Sie zeigt die unrasierten Achselhöhlen, lässt ihren Bauchnabel sehen und sich unter das etwas fleckige Trägershirt schauen – sie trägt keinen BH –, mitten auf dem Platz performt sie mit rauer Stimme und Unterwassertanzbewegungen einen Song für den südländisch dunklen, kühnen Alphamann des Rudels, der ihr Freund oder Lover ist oder den sie gerne als solchen hätte – all das weiß man nicht genau. Der jungen Frau ist egal, was die Touristen aus München und die ligurischen Bürger von ihr denken. Natürlich ist das Pose, alles. Aber Johann glaubt, dahinter ist es ihr tatsächlich egal. Und das schafft eine beneidenswerte Freiheit, ein Sein im Jetzt und Hier mit so viel unangebrochener Zukunft.

Das andere Mädchen hatte schwarze Haare. Es war das erste Mal dabei und drehte sich, als ihre Blicke sich trafen, weg. Es war zierlicher als die mit den Dreadlocks. Er sah sie auf dem Mäuerchen hocken, eine Hand im Bausch des Haars, sodass der Unterarm das Gesicht verdeckte, und zu ihren Leuten hinüberlachend. Plötzlich durchfuhr es ihn: wenn das Nora ist … Rasch blickte er weg, zum Kirchturm hinauf, in dem die Glocke frei gegen das letzte Licht hing, ein potenzielles Dröhnen. Er hatte ihre nackten Schenkel gemustert. Wie die Tomaten am Marktstand … Wenn das seine verlorene Tochter war … Was war er für ein Vater? Eine Tochter ist nicht Natur, wir sind keine Tiere. Eine

Tochter ist etwas in einer Schale, sie öffnet sich und verschließt sich, und du kannst nur hineinsehen, wenn sie es erlaubt. Deshalb hält sich das kleine Mädchen, das sie war und nie mehr sein wird, so hartnäckig in dir. Papas kleine Meerjungfrau. Aber nun diese schlanken Schenkel im orangenen Schein einer Piazza, auf der die Nacht jung war ... Er versuchte, sich Klarheit zu verschaffen. War sie's, oder war sie's nicht? Erkannte er am Schluss die eigene Tochter nicht mehr? Den einen kurzen Blickkontakt rief er sich vor Augen, aber alles, was er sagen konnte, war, ihre waren sehr dunkel gewesen – verstärkt durch die Schminke –, ein Trichter, Tunnel. Er zahlte bei nächster Gelegenheit und nickte beim Gehen niemandem zu. Ja und dann die Frösche, wie gesagt, gestern Abend waren es Rufer in seine Wüste.

Im hellen Morgenlicht war ihm klar, dass sie es nicht gewesen war. Es wäre ein viel zu großer Zufall gewesen. Es war nur ein Hirngespinst. Projektion, mehr nicht.

Er sieht sich die Kapelle näher an. Sie sieht ganz anders aus als die Liebfrauenkirche bei ihm zu Hause, und trotzdem erinnert sie ihn an diese. Uralte Mauern erinnern an uralte Mauern. Ob hier wohl Trauungen stattfinden? Sicher eher als Beerdigungen. Hier oben gibt es keinen Friedhof, man müsste alles hochschaffen und wieder hinunter. Dieses Kirchlein stammt, wie ein Schild verrät, aus dem vierzehnten Jahrhundert, ein aus ockergelben und schmutzig weißen Bruchsteinen gefügter Bau von nicht mehr als zehn Meter Länge, sechs Meter Breite, vielleicht fünf Meter

Höhe inklusive des flachen Walmdachs. Sie haben die Steine, größere in Bändern, dazwischen kleinere und Splitter, geschichtet, wie's gerade kam. Deshalb und auch weil kaum etwas wirklich senkrecht oder rechtwinklig ist, wirkt die Kapelle körperhaft, wie der Fruchtkörper eines Pilzes oder ein Iglu aus Erde. An der Traufkante der Seitenmauer sind zwei aus Sandstein gehauene Frieselemente mit je drei vertieften Spitzbögen eingelassen. Er stellt sich vor, sie waren bei einem städtischen Kirchenbau übrig und wurden als etwas Vornehmes in die bäuerliche Kapelle integriert. Er stellt sich die Erbauer dieses Gotteshäusleins so tüchtig wie kindlich vor. Er umrundet es. Es hat keine Fenster. Hinten ist die scheunentorartige Kirchentür verschlossen. Links und rechts davon befindet sich je ein kleines quadratisches Loch in der Mauer, in dessen Laibung ein Eisengitter eingelassen ist, als wär's ein Gefängnis. Der Sinn ist aber ein geradezu entgegengesetzter: Durch dieses Gitter kann man – darunter ist ein Vorsprung auf der Höhe, dass, wer darauf kniet, zum Altar sehen kann – beten. Und auf einmal meint Johann zu verstehen, vielleicht zum ersten Mal im Leben, was beten heißt. Die Idee, es hieße mit Gott reden, kam ihm immer zu konkret und damit kindisch vor. Wer Beten für ein Ferngespräch hält, den muss es doch, wenn er nicht psychotisch ist, verdammt einsam machen. Wie oft hatte er diesen Eindruck bei Trauerfeiern. Es wäre etwas tief Sinnentleertes, es wäre wie immer wieder dieselbe Nummer wählen, die nicht vergeben ist. So nicht vergeben, dass es nicht mal eine Bandansage gibt. Nein, denkt er, Beten ist etwas anderes. Das hier. Draußen sein und doch Anteil haben – befände sich an der Stelle des Gitters eine

Glasscheibe, es wäre bloßer Voyeurismus. So aber atmet er, der sich der Prothese wegen etwas umständlich auf den glattgeknieten Stein hinuntergelassen hat, dieselbe Luft, kühlere Steinluft zwischen den rostigen Stäben hindurch, vorbei an den drinnen aufs Sims gestellten Plastikblumen. Es geht beim Beten um Innenräume. Den heiligen kann er nicht betreten, aber das Heilige seinen.

Auf einmal ist er mit sich konfrontiert. Was macht er hier? Seine Familie hält zu Hause den Laden am Laufen, die Arbeit liegt auf ihren Schultern. Sie klagen am Telefon nicht. Sie fragen, wie es ihm geht. Als wäre er in Kur. Oder als wäre er ein groß gewordenes Kind, das nach der Schule ausfliegt, das auf einmal meint, die großen Zusammenhänge verstanden zu haben. Er sieht seinen Enkel vor sich. Mein erster Enkel. Wenn nicht Nora … Nein, das will er sich nicht ausmalen. Er ist Opa. Hier kniet in der bunten Pelle ein Opa. Zu Hause wies er das Wort zurück: »Er soll mich *nonno* nennen.« Nun gebrauchen sie es so pflichtschuldig und vermeiden das O-Wort so konsequent, dass es ihm seine Verlogenheit vor Augen führt. Sie reiben ihm nichts unter die Nase. Sie sind gute Menschen. Aber sie halten ihm den Spiegel vor. Wer sich was vormacht, muss selber draufkommen.

Louis. Ohne o ist der Name in Deutschland, hat Johann gelesen, momentan einer der beliebtesten. Mit eher selten. Kleine Abweichungen sind eine Kunst für sich. Große Abweichungen, wirkliche Abweichungen, machen einsam. Mein Läusle. Als Vater hat er sie als Proppen genommen,

Wonne- oder Brüllproppen, Letzteres öfter, und irgendwann als Brocken. Als Opa hat er Angst, was falsch zu machen. Die zierlichen Glieder zu zerbrechen. Ist das zu rechtfertigen, dass er hier sein Ding macht, während sie sich zu Hause, am meisten natürlich die Schwiegertochter, aber letztlich alle drei, abzappeln zwischen Babygeschrei und eingelieferten Leichen?

»Ach, wusstest du das nicht?«, hat Marion am Telefon erstaunt gefragt. »Klar war Renat schwul.« Für die jungen Leute heute ist das keine große Sache mehr. Johann ist noch in anderen Zeiten groß geworden. Schwuchtel war in der Fußballumkleide eine schlimmere Beleidigung als Arschloch. Es hieß nicht, dass einer Männer liebt, es hieß, dass einer kein echter Mann ist. Ist das der Grund, warum Marion selbstverständlicher mit dem Thema Homosexualität umgeht: weil sie eine solche Angst in ihrer Jugend nicht haben musste?

Ihr Sexleben war schon länger weitgehend eingeschlafen. Das geht den meisten so, oder? Er weiß, dass Marion mit ihren Freundinnen über solche Themen redet. Johann tut das nicht. So persönliche Freundschaften hat er nicht. Er wüsste auch nicht, wen er hierher einladen könnte. Wenn einer vorbeikäme, sie würden sich schulterklopfend begrüßen, aber hätten sich wohl bald nicht mehr viel zu sagen.

In der Reha, mit dem frisch eingebauten Hightech-Metall im Fleisch, flammten erotische Träume auf. Ein Wort wie Kurschatten gibt es nicht umsonst. Bei ihm war es keine

Mitpatientin, es waren seine Physiotherapeutinnen. Beide. Die kurzhaarige Angelika – er siezte sie, duzte sie aber im Kopf – war fürs Massieren zuständig. Sie war nicht sonderlich attraktiv, aber nahm gegen die Regel, sobald sie die Tür von *Behandlung 3* geschlossen hatte, die Maske ab. Er tat es ihr nach, bevor er sein Gesicht ins Loch der Liege passte. Ein offenes Geheimnis ist immer erregend. Angelika fasste ihn geübt an. Wenn ihre Hand sich durch den Teig, der er willig wurde, Richtung Hüftknochen drückte und schob, dachte der Kopf, stopp nicht, Angie, geh mir an den Hintern. Er ist Teig, er ist auch nur Teig, unter deinen Händen sei alles Teig. Kirstin mit dem Pferdeschwanz war ebenso wenig attraktiv. Aber es ging bei beiden nicht um die Erscheinung. Sie waren Priesterinnen einer wahrhaft fleischlichen Religion und er Teil ihres Rituals. Sie waren Vollzugsbeamtinnen. Kirstin hätte nie die Maske abgenommen. Sie ließ ihm nichts durchgehen, ließ ihn vorturnen, mit Vorliebe ließ sie ihn anstrengende Positionen bis zum Gehtnichtmehr halten, während sie mit vorbeikommenden Kolleginnen scherzte. »Ist das dein fittes Knie?« – »Heute ist er ein bisschen schlapp«, zeigte sich Kirstin leise enttäuscht. Auch im Traum trugen sie die hellblauen Poloshirts mit Kliniklogo, auch im Traum legten sie sich weder zu ihm noch küssten sie sich, und doch waren es erotische Träume. Der einzige Unterschied zur Realität war – aber das war ein großer –, im Traum standen sie gemeinsam an seiner Liege. Wie Eltern für ihr Kind hatten sie einen Plan für ihn und ein Geheimnis vor ihm. Das machte die herben jungen Frauen zum Paar, das machte das Ganze so erregend.

Ein einzelnes Auto kommt herauf, das erste, seit er hier ist. Es scheint ein älteres Modell zu sein, nach jeder Kehre wird der protestierende Motor im kleinen Gang hochgezwungen. Vielleicht ist es auch überladen. Gleich wird er hier oben nicht mehr allein sein. Wird eine laute einheimische Familie herausklettern? Wie in albernen Komödien, wo aus einer Wagentür viel mehr Menschen aussteigen, als drinnen Platz gehabt haben können …

Alex hat ihm geschrieben. Wibkes Lieblingslehrerin. Die mit dem Tinyhouse auf dem Rücken. Dabei ist sie alles andere als eine Schnecke. Alex hat auch mit über sechzig festes Fleisch. Sie ist besser in Form als er – mit Radfahren nimmt man nicht wirklich ab. Findet Johann sie attraktiv? Sie haben sich einmal gesehen, und das ist auch schon wieder ein Dreivierteljahr her. Aber es gibt eine Erinnerung an ihren Körper in ihm. Sein Körper erinnert sich, wie sie sich, ohne einander zu berühren, nahe waren. So wie sich vielleicht zwei Planeten aneinander erinnern. Zwei auf ihren Bahnen, mit je eigenem Tempo, die dann und wann beieinander vorbeikommen. Diese Präsenz von Alex, dieses, wie soll man es nennen?, Kraftwerkhafte, Sein und nicht bloß Schönsein – das ist sie auch –, das hat bestimmt damit zu tun, dass sie so viel Theater gemacht hat. Was hat er für eine Präsenz? Hat er eine? Ein Bestatter.

Alex hat ihn an Sonja erinnert. Gar nicht vom Aussehen her. Vom Blick. Von der Art, ihn anzuschauen, leicht spöttisch, undurchschaubar, katzenhaft. In ihren Augen war er ein Spiel wert. Sonja, sein einziger Seitensprung in dreiunddreißig Ehejahren. Was mag aus ihr geworden sein? Manche haben viel mehr Affären. Führen ein Doppel- oder sogar Dreifachleben. Aber viele würden auch sagen, ein Seitensprung ist einer zu viel, bedeutet den Absturz. Ist die Ehe ein schmaler Grat? Ein hohes Seil gar? Und wenn, wohin ist es gespannt? Was man immer wieder liest: Man soll es für sich behalten. Ein Gentleman genießt und schweigt. Man beichte doch nur zur eigenen Entlastung. Dieser Geständnisgestus sei lediglich eine Verlogenheit mehr, man wolle sich nur den Stein von der einsamen Seele wälzen. Na, insofern hat er wenigstens richtig gehandelt. *Einer trage des anderen Last; so werdet ihr das Gesetz Christi erfüllen.* Ihr Trauspruch. Er fand schon damals, dass das in einem Bestattungsunternehmen nicht ohne Witz ist, er war anscheinend der Einzige. Mit der Toten hat Marion ihn erwischt, mit der Lebenden nicht. Sonja war sehr lebendig. Alex auch. Frauen kommen ihm überhaupt lebendiger als Männer vor. So wie ihm Italiener lebendiger als Deutsche vorkommen und Schwule lebendiger als Stoffel seines Schlags.

Diese Tote, die er zu zeichnen versuchte, das hat er, glaubt er, deshalb getan, weil ihr Gesicht so gültig schien. Angekommen und zugleich den Kategorien enthoben, alterslos und zwischen den Geschlechtern hin und her pendelnd. Sah man es als Frau an, lag da, geschlossenen Lids zur Gewölbedecke starrend, ein Mann, aber wenn man es als Mann ansah, wurde, der sich auf kein Spiel der Welt mehr einlassen würde, wieder zur Frau.

Alex geht es nicht gut. Sie sagt es nicht direkt, aber man hört es heraus. So wie sie ihre Tinyhouse-Siedlung an der Ostsee beschreibt, scheint es eine Ansammlung von Menschen mit sozialen Schwierigkeiten. Sie kehren nicht nur den Städten und Dörfern den Rücken, sondern leider auch einander. *Aber der Frühling an der See ist ganz wunderbar*, schreibt sie. Damit hat sie zweifelsohne recht. Gerade als er aufspringt und um die Kapelle herum zum Parkplatz läuft, von wo aus man das blaue Meer in der Ferne fotografieren kann, fährt das Auto vor, ein verdellter weißer Kombi. Zwei Männer steigen aus. Der vordere begrüßt ihn: »Ah, il nipote di Renat!« – »Pantani«, sagt er anerkennend, als er das Rad erblickt. So gut kennt Johann die Einheimischen mittlerweile: Marco Pantani ist in Italien auch fast zwanzig Jahre nach seinem Tod ein nationales Denkmal. Als Johann letztens in der Trattoria unvorsichtigerweise fallenließ, er habe doch gedopt, das hätten damals ja alle getan, Jan Ullrich genauso, wurde ihm wortreich erklärt, no, no, Pantani sei das Opfer eines Komplotts gewesen und sogar eines Mordanschlags. Ein Heiliger muss sich nicht dopen, dass ihm am Berg Flügel wachsen – zumal ein solcher, ihr elefantino, der leicht wie eine Feder war und Ohren wie Dumbo besaß.

Die Männer öffnen mit einem großen Schlüssel die Kirchentür. Ein Fest ist vorzubereiten. Sie tragen Plastikboxen und Kartons mit Zeug herbei. Er überlegt kurz, ob er ihnen Hilfe anbieten soll. Er will ja hier nicht bloß Tourist sein. Doch sind die beiden auf ihren Wegen gleich so in Diskussionen verstrickt, was wo hingehört und was noch fehlt, dass er sie machen lässt und sein Foto schießt. Im letzten Licht ist die Landschaft ein Spielfeld von Riesen für Riesen, der menschliche Blick fällt gewissermaßen von der Seite darauf. Gefaltete, dicke Decken sind die Höhenzüge, bei denen die Falten dinglicher wirken als der Stoff. Die Brückenbögen der Autostrada und ein großes weißes Schiff draußen auf dem schon dunklen Meer leuchten unwirklich. An den Straßen und in den Häusern sind unzählige orangene Lichtpunkte angegangen. Jede Nacht eine Erstbesiedelung, jede Nacht macht uns zum Insektenvolk. *Komm vorbei, wenn du magst*, schreibt er unter das Bild, und schon hat sein Finger auf den Pfeil zum Absenden getippt.

Auf der Abfahrt kommt er sich sehr italienisch vor, wie er bei fünfzig Stundenkilometern mit der Linken gestikuliert, statt den Lenker zu umklammern. Er schreit eine hübsche blonde Autofahrerin durch ihr offenes Fenster an, weil sie ihn drängelnd angehupt hat und nun mit kaum einem halben Meter Abstand vorbeiprescht.

*

Als es im Oberstübchen des achteckigen Aluminiumkännchens zu brodeln beginnt, dreht Johann die Flamme ab, eine von zwei, die an diesem Gasherd noch funktionieren, und trägt das Kännchen hinaus zum Campingtisch.

»Ihr Deutschen liebt die Moka«, sagt der Besucher mit einem feinen Lächeln.

»Ihr nicht? Ich dachte, das wäre was typisch Italienisches.«

»Jeder hat natürlich noch eine im Schrank. Aber der Kaffee aus dem Vollautomaten ist besser. Immer frisch gemahlen, und du kannst alles genau einstellen. Aber danke. Willst du hier länger bleiben?«

»Ich weiß es noch nicht.«

Bekommt er solch einfache Fragen gestellt, empfindet Johann es als Mangel, keine klare Antwort zu haben. Solange er jedoch ungefragt in den Tag hinein lebt, hat er das Gefühl, gerade das Unbestimmte bringe ihn auf die richtige Spur. Wo es in Serpentinen hin und her geht, da ist der Berg.

»Wo kommst du her?«, fragt der Besucher.

»Aus dem Westerwald.«

»Westerwald.« Der Italiener spricht es in der bekannten Art aus, in der Menschen anderer Zungen das Deutsche nachahmen. Nicht dass er es übertreibt, doch denkt Johann natürlich gleich an Hitler. »Wo liegt das?«

»In der Mitte von Deutschland.«

»Dann bist du aus der Mitte weggezogen«, stellt der Besucher trocken fest. »Hast du eine Frau?«

»Ja«, sagt Johann. Er belässt es erst mal dabei.

Der andere fragt auch nicht nach. Stattdessen sagt er: »Meine Frau ist gegangen.«

Lorenzo ist schon oft auf der anderen Flussseite – immer dieses zu große Wort – vorbeigekommen. Immer vormittags. Er ist Mitte sechzig, groß, hager, trägt stets ein gebügeltes Hemd und hat volles, leuchtend weißes Haar, das er über der gelbbraunen, gegerbten Stirn schwungvoll zurückkämmt. Wie blau seine Augen sind, hat Johann erst heute gesehen. Lorenzos Schritt wirkt langsamer, als er tatsächlich ist, anders als bei den gleichaltrigen deutschen Wanderern in ihrer Funktionskleidung. Bei denen ist es immer ein zielgerichtetes Marschieren. Lorenzo geht jedes Mal Richtung Stadt, nie sieht man ihn zurückkommen. Ob es hinter dem Haus am Hang durch die Olivenhaine, die licht stehenden, niedrigen Bäume und das Gestrüpp einen zweiten Weg gibt? Johann hat noch keinen entdeckt.

Man hatte sich bislang nur zugewinkt. Es hatte etwas Vornehmes, wie der Passierende die Hand zum Gruß hob. Heute stand Lorenzo dann plötzlich mitten auf der Brücke. An dieser Straße hat jedes Grundstück seine eigene. Hundertjährige gerade Stahlkonstruktionen und noch ältere aus Felsgestein gefügte Bögen. Der Stahl wirkt verwittert, der Stein zeitlos. Johann hat eine Steinbrücke. »Hanno bisogno di fertilizzante«, wies der Besucher statt eines Grußes auf die Oleanderbüsche am Haus. Johann kannte das Wort »fertilizzante« nicht, und bis geklärt war, dass es

Dünger hieß, hatte er dem anderen schon einen Kaffee angeboten. »Oleander braucht von allem viel: viel Sonne, viel Wasser, viel Dünger. Viel Hunger und Durst. Und was macht diese Pflanze daraus? Gift. Am Oleander ist alles giftig. Schönes, duftendes Gift.« Auch da lächelte Lorenzo sein feines Lächeln.

»Bist du auch ein Maler?«, fragt er nun.

»Auch?«

»Wie Renat.«

»Ich will malen«, sagt Johann. Auf Italienisch ist sein Wortschatz eingeschränkt, das macht die Aussagen nachdrücklicher.

»Kennst du das Fest der Türen?«

»Das Fest der Türen?«

»Ja, oben in Lucinasco.«

»Lucinasco kenne ich«, sagt Johann. »Mit dem Rad war ich dort.«

»Du bist ein Sportler.«

»Nein, nein«, wehrt er ab. »Kein Maler und kein Sportler.« Aber er ist geschmeichelt.

»Es ist im Juli.«

»Was?«

»Das Fest der Türen. Du musst wissen, Lucinasco war verfallen und fast ausgestorben, als jemand diese Idee hatte. Die Deutschen sind kreativ, lasst sie eure Türen anmalen! Die Aktion gibt es jetzt schon seit vierzig Jahren. Längst kommen sie von überallher. *Wie die Heuschrecken*, sagt man bei euch nicht so? Jetzt sind die Häuser wieder etwas wert. Lucinasco ist renoviert. Lucinasco ist bunt.«

»Gehst du hin?«

»Alle gehen hin. Es gibt Spanferkel und eine Band.«

Als der Besucher seiner Wege gegangen ist, steht Johann zwischen den Oleanderbüschen, deren Knospen, die rosaroten und die violetten, kräftiger sein dürften, und denkt diesen Satz: Beim Fest werden sie Alex für Marion halten. Heute früh, um 04:58 Uhr, um genau zu sein, hat sie auf seine Spontannachricht von vor drei Tagen mit exakt einem Wort reagiert: *Gerne!*

Sie werden das Teil über die Brücke kriegen müssen. Wo sollen wir es hinstellen, auf welche Stufe? Man wird vorab die Befestigungsmauer zu überprüfen haben. Das sind ja Trockenmauern, ohne Mörtel. Im Nachbartal sah er einen mobilen Kran, signalgelb, die Stempel der Ausleger sorgfältig mit Unterlegbrettern vergrößert und mit hoch ausgefahrenem Arm, an dessen Seil ein Baucontainer schwebte und ganz leicht hin und her schwang. Aus der Froschperspektive war er doppelt so kastig wie am Boden und irgendwie ohne Maßstab. Als hätte er es geahnt, hat er ein paar Fotos geschossen. Er zoomt in eines hinein: Die rote Aufschrift auf dem Kranwagen ist gut zu lesen. Gleich heute wird er bei dem Unternehmen anrufen.

Was wird Marion zu der Sache sagen? Nun ist es schon zu spät, sie vorher zu fragen. Dass Alex kommt, ist jetzt eine Tatsache. Wenige Worte haben genügt, dass etwas passiert. Irgendwie gefällt ihm das. Und zwar auch und vielleicht am meisten, dass er seiner Frau etwas vorsetzt. Etwas ganz Konkretes, geradezu das Ding-an-sich. »Achtung, jetzt kommt ein Karton!«, hieß es mal in einer Fernschsendung, und dann kam er auch, wie vom Himmel gefallen. Etwas ganz Konkretes kommt genau hierher und etwas völlig Offenes. Was ist drin?

Lorenzo und Renat haben sich gekannt, natürlich. Lorenzo hat Renat als Maler, pittore, bezeichnet. Johann hat noch kein einziges Gemälde von ihm gesehen. Es gibt nur die bunten Spuren im Waschbecken, die Spritzer auf dem Steinfußboden, einen Strauß Pinsel in einem schmutzblinden Glas und ein paar eingetrocknete Farben. Der Raum im zum Fluss hin ebenerdigen Kellergeschoss, der eine niedrige Gewölbedecke hat und aus dem ihm seine spinnenbeinige Staffelei in hölzerner Leere entgegenleuchtet, war auch Renats Atelier. Aber hinterlassen hat er nichts, nur das Skizzenbuch. Finde die Zikade. Hat jemand die

Bilder entfernt, gestohlen? Aus welchen Gründen? Waren sie so gut, dass man sie zu Geld machen konnte? Oder wollte der Jemand nicht, dass andere sie zu Gesicht bekommen? Oder war es am Ende Renat selbst? Hat er sie zerstört?

In Lucinasco, denkt Johann auf einmal: Da könnte ein Bild von Renat erhalten sein. Eine Tür von Renat. Vielleicht eine Tür zu Renat. Johann wird etwas aufgeregt. Die Dinge entwickeln sich, scheinbar aus sich selbst heraus, in einer Weise, dass es Entdeckungen zu machen gibt.

ZWEITER TEIL

Ankern

cikaderne findes
(Inger Christensen: alfabet)

The eagle has landed. Auf der mittleren Ebene des Hanggartens, umgeben von den kryptischen Krakeln alter Olivenbäume, steht eine weiße Box, bei der frisches Grün Fensterrahmen, Säulchen und den keck in den Himmel zeigenden kleinen Giebel betont und keinen Zweifel daran lässt: Was hier angeflogen kam, ist ein Haus.

Es steht auf gleicher Höhe mit den Räumen, in denen Johann haust. Das ist nach wie vor das passende Wort. Sie haben das Tinyhouse hier platziert, weil es eines der wenigen freien Rasenstücke war, aber auch, weil es ihnen gefiel, dass ihre Türen auf einer Ebene liegen.

Alex' Heim sitzt auf den Zwillingsrädern einer Doppelachse und nun an allen vier Ecken auf stützenden Steinen. Seines geht in die Tiefe. Oben ist die Wand in einem verblichenen und schmutzig gewordenen Rosa getüncht, darunter ist es unverputzt. Man sieht das Mauerwerk aus dicken beigen Steinen. Da das Rustico halb in den Hang hineingebaut ist, hat das Kellergeschoss zum Fluss hin Fenstertüren, mit Bögen und dunkelgrünen Läden, von denen der Lack abblättert. Sie sind geschlossen. An seinen Fenstern darüber, die keine Bögen haben, sind die Läden aufgeschlagen. Einer hängt schief in der Angel. Einen Giebel hat es nicht, sondern das flache Walmdach der Gegend, auf dem ein paar Ziegel fehlen.

Wenn er sich dieses Beschnuppern so vom anderen Ufer betrachtet, der Neuzugang wirkt in seinem Garten wie ein Fremdkörper. Ja, Körper: Die Box ist, obwohl natürlich unvergleichlich viel leichter als das alte Gemäuer, eindeutig körperlicher. Das Rustico fügt sich harmonisch in den Hintergrund der bewachsenen Bergflanke ein, verschwindet geradezu im Gesamtbild. Die Box ist ein Jemand. Er hat Besuch vom Planeten der unternehmungslustigen Häuser. Hat er anderes erwartet? Hat er nicht genau das erhofft?

Das Tinyhouse dorthin zu bekommen, war eine Wissenschaft für sich. Erst dachten sie, es wäre günstig, es an der Anhängerkupplung auf die Brücke zu fahren. Von dort wäre der Flug kürzer gewesen. Doch dann stellte sich heraus, dabei wäre die große Pinie im Weg gewesen, sie hätten einen kräftigen Ast absägen müssen. Das wollten sie nicht. Es musste anders gehen. Schließlich sperrten sie, hier ist die Polizei wirklich noch dein Freund und Helfer, für eine halbe Stunde die Straße auf fast der gesamten Breite, nur Mofas konnten passieren. Und natürlich Fahrräder, eines kam in der ganzen Zeit. Wie die moderne Version eines Dinosauriers machte es sich der Kranwagen auf seinen ausgefahrenen Füßen bequem, stellte die eckigen Knie aus, stemmte sogar die Reifen ein paar Handbreit vom Boden. Ein Liegestütz, bei dem nichts zitterte, den er, anders als die Menschen, ewig zu halten vermochte, schien es. Wie lang man seinen starren Ast von Arm ausfahren konnte, immer war noch ein Ende darin verborgen und noch eines. Eine Himmelsleiter, beinahe. Schräges wirkt gerader als Senkrechtes. Das war alles geprüft, Maximalgewicht und so, das waren Profis. Er bezahlt sie. »Wenn du kommst, ich, wenn du gehst, du.« So hat er es am Telefon zu Alex gesagt. Die Formel war ihm vor allen Zahlen und weiteren Gedanken zum Mund heraus- und in den Hörer hineingeschlüpft. Das war alles geprüft, wie gesagt. Und trotzdem, der Augenschein sprach dagegen. Als das Tinyhouse dort oben wie ein Tier, das nicht weiß, wie ihm geschieht, baumelte – zappliges Säugetier und stoische Echse, Rücknahme der Evolution –, dachte er plötzlich: Jetzt. Jetzt kippt es. Jetzt kippt das Ganze um, und unser Projekt endet, bevor es begonnen hat, in einer Katastrophe. Aufschlag, Krach, Staubwolke. Er sah den himmelstürmenden Ausleger schon quer überm Fluss liegen wie einen Baumstamm nach einem Sturm. Wie eine neue Pionierbrücke.

Natürlich passierte nichts. Er kritzelt sein Autogramm unter das ungelesene Formular, das ihm der Kranführer auf einem Klemmbrett unter die Nase hält. Dass kein Missverständnis aufkommt, in Italien geht es mindestens so bürokratisch zu wie in Deutschland. Doch so etwas wie die spontane Straßensperrung eben, dass Uniformierte sich in aller Amtlichkeit das Anliegen eines Normalbürgers und gar eines Ausländers zu eigen machen – und zwar ohne Bakschisch –, das würde, denkt er, bei uns so nicht geschehen. Bei uns … Irgendwie ist das gerade ein seltsamer Ausdruck. Er drückt dem Kranführer ein anständiges Trinkgeld in die Hand und entlässt ihn und seinen Assistenten. Der Kran samt Mannschaft wird nach angebrochenen Stunden abgerechnet.

*

Es ist nicht schlimm, dass sie nicht schlafen kann. Für die erste Nacht an einem neuen Ort gelten eigene Gesetze. Sie schaut hinauf in den ligurischen Himmel. Zu den ligurischen Sternen. Zu den fernen, fernen Fixpunkten für alle Menschen und Länder des kleinen Erdballs. Zur Allmende des Alls.

Hier ist es auch nachts warm, es kühlt weniger ab. Ein Laken reicht ihr als Zudecke. Ein Zipfel, den man über den Körper ziehen kann. Oder auch wegschieben. Dass Luft an die Haut kommt. Sie hört ein Tier sehr fern sehr laut schreien. Ist das ein Esel? Ist er einsam? Irgendwie hat es nicht so geklungen. Es hat so geklungen, als schreie er, weil er es kann. Was man kann, daran hat man auch Freude. Vielleicht schläft er sogar dabei. Wie ein Schlafwandler: ein Schlafschreier. Alex hat von Tieren gehört, die die erstaunlichsten Dinge tun, während sie schlafen. Von Tieren, die nur kurz oder immer nur halb schlafen, mit einer Gehirnhälfte, und ihr schlafbedürftiges Hirn streift der Gedanke, die Blackouts unserer Nächte und die tagtägliche Wiedergeburt unseres Bewusstseins machten uns Menschen zu dem, was wir sind. Schliefen wir nicht, wir wären ganz andere. Wir sind schlafophil. Der Traum ist der Königsweg zum Unbewussten. Freud, oder? Der Schlaf ist der Königsweg zum Menschen überhaupt. Das dunkle Dahinter, hinter allem Deutbaren, auch noch hinter unseren Träumen. Das große schwarze Loch. Zitat von Alex. Sie ist die Urheberin. Und nun schläft sie ein.

*

Nach wenigen Minuten kommt Alex zurück. Diesmal nimmt sie den Pfad, der talseitig am Tinyhouse entlangführt. Er erinnert an die schmalen Balkone italienischer Stadthäuser, freilich ohne Geländer. Ihre Finger gleiten an den Brettern entlang, doch als die Box endet und sie auf Sicherheitsabstand zur Kante gehen könnte, beginnt sie stattdessen, offenbar eine Herausforderung annehmend, auf der schattengetigerten Krone der Stützmauer zu balancieren. Diese fällt einen Meter neben ihr ab, wenn nicht anderthalb – Johann kann von seinem Gartenstuhl aus nicht auf die nächsttiefere Terrasse hinuntersehen. Alex trägt ein knielanges, einfach geschnittenes olivgrünes Kleid. Sie ist barfuß. Die straffen Unterschenkel einer Tänzerin, er muss daran denken, wie er sie bei der Hochzeit seines Sohns das erste Mal sah. Ihre roten Nägel leuchten. Wohl weil sie das Aufsetzen eines Fußes verzögert, gerät sie aus dem Gleichgewicht. Die Arme werden zu den Tragflächen eines kurvenden Flugzeugs, einen Moment steht sie sich biegend auf der Kippe. Aber sie fängt sich, hat ihren Schwerpunkt wieder unter den Füßen, kann das Kinn frei heben. Als sie die Kante verlässt, ein kurzer Blick zu ihm: Hast du etwa Angst um mich gehabt?

Seine neue Nachbarin spielt eine junge Frau und ist es. So wie Menschen, die künstlich lachen, tatsächlich fröhlich werden. Das ist wissenschaftlich erwiesen, er hat es gelesen. Zwei Dörfer weiter den Berg hoch bietet ein Yogazentrum derartige Kurse an. Als er einmal auf dem Rad vorbeikeuchte, hörte er das Hahaha einer Gruppe, die unter einer Pinie im Kreis stand. Ihr vereintes schallendes Stakkato war von echtem Lachen nicht zu unterscheiden. Er fand es lustig, aber war froh, nicht daneben zu wohnen.

»Und? Was machen wir jetzt mit diesem schönen Tag?«

Alex schaut ihn mit ihren dunklen Augen erwartungsvoll an. Johann in seinem Monoblockstuhl wird klar, sie sind noch nicht synchronisiert. Sie ist eben erst angekommen. Jetzt soll es losgehen, genau jetzt. Fast kindliche Ungeduld. Beim Frühstück bot sie noch ein anderes Bild. Freundlich abwesend und wortkarg saß sie neben ihm, bewegte jeden Schluck Kaffee ein wenig im Mund, wie um ihn zu testen. Blähte die Nasenflügel, sog die hiesige Luft ein, die selten frisch ist, immer voll mit Blühen und einem Unterton von Fäulnis. Er ist schneller und langsamer. Für ihn waren sie schon, als er sich gestern schlafen legte, ein Team. Alles hatte ja reibungslos geklappt, Anreise, Aufstellung, Anschlüsse.

Noch etwas wird Johann so allmählich klar: Es ist mehr als ein Besuch. Bei jemandem, der mit einem Tinyhouse anrückt, ist alles mehr – oder weniger. Mit ihrer kleinen Frage macht sie ihn jedenfalls zum Gastgeber. Macht sie ihn zu jemandem, der hier auf einen Schlag zu Hause ist.

»Was wir machen? Einen Ausflug.«

»Oh. Wohin? Berge oder Meer? Hier liegt ja beides vor der Haustür.«

Er löst die Arme von den Lehnen und zeigt, ein plötzlich reicher Mann, die Handflächen: »Du hast die Wahl.«

»Es kommt einem paradiesisch vor«, sagt sie. »Als ich gestern durch die Berge fuhr – das war mir nicht klar, dass es nach der Poebene noch mal so bergig wird – und das Tal sich plötzlich öffnete und das blaue Meer tief unten vor einem lag, da dachte ich, das ist das Land der Fülle. Der Norden ist karg. Man macht ein Gewese um das goldene Licht, um den feinen Sand, um den Bernstein. Aber er ist karg.«

Wenn Johann jetzt eine Superidee hätte, idealerweise sogar zwei Superideen. Dann könnte er ihr einen Supertag bieten. Ihr und sich und dem neuen Gespann, das sie nun sind. Aber was er so macht hier, die Ziele, die er aufsucht, eins wie's andere erscheint ihm wenig präsentabel. Seine Kapelle wäre höchstens abends etwas, wenn man blauviolette Schatten auf das Goldocker der ofenwarmen Mauer wirft und die Hügellinie die Welt so gut einteilt in nahbare Hänge und einen dünn ausgespannten, sehnsüchtig machenden Himmel. Aber für sich genommen ist diese Bauernkapelle keine Sehenswürdigkeit. Sie ist etwas, wo sich etwas zeigt. So was mag er. Es kommt ihm privat und fast ein wenig peinlich vor, mit so wenig zufrieden zu sein, wo sie doch gerade von der paradiesischen Fülle Liguriens geschwärmt hat.

Was er auf einmal deutlich spürt, ist ein Wunsch. Der kam schon auf, als Alex und er ihr erstes richtiges Gespräch führten, letzten Sommer in der Heimat, am Morgen nach Dominiks und Wibkes Hochzeitsfest. Dieser Wunsch, wenn sie darauf eingeht, würde ihrem Zusammensein ein erstes Ziel verleihen. Die Rollen klar verteilen, auch nach außen hin.

Alex' Sommerkleid ist so weit ausgeschnitten, dass die zarte Architektur der Schlüsselbeine sichtbar ist. Johann mag die altmodischen Ausdrücke für die Plätze dort, Salzfässchen und Drosselgrube. Darüber wächst der Hals sehnig empor, ohne Anstrengung trägt er den Schädel. Die Kieferbögen und die Brauenlinie haben etwas Entschiedenes, fast Männliches, was sie – das klingt nur paradox – zu einer schöneren, ausdrucksvolleren Frau macht. Johann kann nicht einfach *Ich würde gerne* sagen. Eben wollte er noch alles ihr überlassen. Um die gegenläufigen Impulse zusammenzubinden, greift er zu alten Sprüchen: »Weißt du was, erst die Arbeit, dann das Vergnügen. Vor den Erfolg haben die Götter den Schweiß gesetzt oder wie das bei euch Lateinern heißt.«

»Ich war nie eine Lateinerin. Ich war an einem humanistischen Gymnasium, das ist alles. Und das ist auch lange her.«

»Aber du warst doch mit Sebastian …?«

»Du definierst doch nicht etwa eine Frau über den Beruf ihres Mannes?«

»Wart ihr verheiratet?«

»Welchen Unterschied würde das machen?«

Wie sind sie so plötzlich auf dieses Terrain geraten? In diesen Sumpf, in dem spitze Pfähle lauern? Auf einmal steht er als Mann da, der Frauen als untergeordnet betrachtet. Dabei wollte er nur das aufgreifen, wovon sie ihm vor ein paar Tagen bei einem späten Telefonat unvermittelt erzählt hat. »Sebastian war meine letzte große Liebe.« Der Doppelsinn von *letzte* fiel ihm auf, und er fragte sich, da hatten sie bereits aufgelegt, ob ihr das auch bewusst war. Irgendwie dachte er: Nein. Obwohl sie die Deutschlehrerin war und er nur ein Unstudierter. Dass er eben Sebastian ansprach, damit wollte er ihr doch lediglich zeigen, er ist ein guter Zuhörer.

Zum Glück wechselt sie das Thema.

»Das ist ein Mühlstein, oder?«

Er sieht zur Hauswand hin, nickt der dicken grauen Scheibe mit den eingemeißelten Rillen, die daran lehnt, zu. »M-hm.«

»War das mal eine Mühle?«

»Das Gebäude hier nicht. Die Ruine jenseits der Brücke vermutlich«, er zeigt mit der Stirn nach hinten, die Bewegung eines Kopfballspielers. Uwe Seeler hat so mal ein berühmtes Tor erzielt. In seiner Jugend war Johann kein übler Fußballer. Kopfballtore waren etwas Besonderes, wer eines gemacht hatte, war in den Augen der anderen ein halber Profi. Heute wollen sie das den Kindern verbieten, weil es Hirnschäden verursacht. Manches kommt ihm übertrieben vor. Aber es ist heutzutage nicht leicht, für etwas einzutreten, nur weil es früher normal war. Die Zeit hat Tempo aufgenommen und drängt einen in die Defensive.

»Die Ruine gehört auch noch zu unserem Grundstück. Das Dach fehlt, und der Efeu hat die Mauern längst im Würgegriff. Er zerstört die Wände und hält sie zusammen, er macht sich unentbehrlich, der alte Kulturfolger.

Hier im Tal gibt's viele Ölmühlen. Frantoio. Heißt Ölmühle. Anfangs dachte ich, es hieße etwas wie Bruderschaft, wegen dem Fra-. Kann man sich doch vorstellen, dass das was Rituelles, Heiliges ist, Öl pressen. Natives Öl. Extra vergine. Jungfräuliche Salbung und ewiger Frieden. Immerhin waren es Mönche, die den Olivenanbau vor tausend Jahren hier eingeführt haben. Die haben sämtliche Hänge terrassiert, eine gewaltige Leistung. Na ja, Frieden und mittelalterliche Mönche passt wohl auch nicht immer, wenn ich an den *Namen der Rose* denke.«

»Du bist auch kein Lateiner«, sagt sie spöttisch. Aber es ist versöhnlich gemeint. »Sag mal, wenn hier niemand ist, wem erzählst du all das dann? Deinen Kopfinhalt.«

»Ich kann gut schweigen«, antwortet er. »Glaubt man nicht, was? Aber es stimmt: Du hast mich entkorkt.«

»Das ist schön«, sagt sie.

Doch dann fügt erst einmal keiner von beiden etwas hinzu.

Er sieht sie an. Sie ist fast ein bisschen verlegen. Sie geht zwei Schritte zu einem Oleander hin, entfernt ein paar schon verblühte Blüten.

»Du kannst gerne welche nehmen. Du kannst alles nehmen, was du willst. Hinterher sollte man Hände waschen. Aber das weißt du sicher«, setzt er hinzu. Nur nicht als belehrender Mann erscheinen.

»Welche Arbeit meinst du?«, fragt sie.

»Arbeit?«

»Vor dem Ausflug? Sollen wir hier was auf Vordermann bringen? Du hast doch einen Grund, warum du mich eingeladen hast, gib's zu.«

»Ich würde dich gerne porträtieren.«

»Oh.«

Nun hat er sie überrascht.

Sie und sich selbst auch. Auf einmal war er schnell. Bei der Einladung an sie lief es ähnlich. Irgendwas geht von dieser Frau aus, was ihm solche Stupse gibt.

»Okay.« Ihre Stimme geht am Ende hoch. »Damit willst du gleich heute anfangen?«

»Wieso nicht?« Sie hat den Wunsch geäußert, porträtiert zu werden, in dem ersten Gespräch damals, er weiß es noch genau. Sie hat zwar nicht gesagt, von wem, aber seither war es in seiner unterseeischen Pipeline.

»Okay. Aber zu lange sitze ich dir heute nicht. Ich will auch gerne raus.«

»Versteht sich. Ich brauch sowieso mehrere Schichten. Ein Picasso bin ich nicht.«

»Eins noch. Wenn du das machst, will ich, dass du ehrlich bist. Wenn du was siehst, musst du es auch genau so malen. Versprichst du mir das?«

Es gibt zwei Johanns. Da ist der Einbetter, der sich selbst so lange eingebettet hat in seine Abläufe. Den hat er nicht in Deutschland beerdigt, dem geht das malerische Mühlrad oft im Kopf herum. Aber heute ist da auch der Abenteurer.

Er will diese Frau auf seiner Leinwand aus seiner Farbe entstehen lassen. Er wird ihr das Bild erst ganz am Schluss zeigen. Das zu wissen macht ein umrissenes Projekt daraus, sein Projekt und zugleich ein gemeinsames. Wird es ihm gelingen, dass Alex sich erkennt? Aber dass es auch nichts banal Abgemaltes ist – sonst könnte er ja ein Foto als Vorlage nehmen. Er will keine Vorlage, er will die Wirklichkeit vor sich sitzen haben. Am Ende soll sie sich, ohne das abweisen zu können, erkennen, und sie soll erstaunt sein, beides, beides zugleich. Er muss, auch wenn das bei der möglichst getreuen Darstellung des Äußeren paradox klingt, in die Tiefe vordringen. Kurz gesagt: Er will Schönheit. Ein Übersetzer sein. In den Fluss springen, Risiko.

Johann sieht Alex an und nickt ein paarmal nachwippend ein Ich-habe-verstanden. Dann drückt er sich aus dem vergraut weißen Stuhl hoch, und ohne weitere Worte gehen sie in das alte Haus.

*

Lucinasco liegt seitlich am Tal auf einem Vorsprung des Bergs. Die Beifahrerin schaut von der sich hochwindenden Straße hinauf, durch die Vorderscheibe und das offene Seitenfenster. Solche friedlichen Festungen haben es ihr seit jeher angetan. Die Rücken der Häuser sind teils mehrere Stockwerke in die Tiefe verlängert, stützen sich direkt auf den grauen Fels. Über dem Dorf ein wolkenloser Himmel. Kein Grün ragt heraus, doch am Ortseingang rollt man unter eine Reihe schattenspendender Bäume. Johann lässt

Alex aussteigen und fädelt seinen alten Wagen in eine enge Lücke ein. Links und rechts machen sich SUVs aus Bayern und Baden-Württemberg breit – nicht nur den Nummernschildern, auch den edlen Marken nach. Er windet sich aus der Tür, sorgfältig darauf bedacht, dem geschwollenen Nachbarn keinen Kratzer im Lack zu hinterlassen. Sie wäre da großzügiger. Italienische Verhältnisse, denkt sie und erinnert sich daran, wie in Florenz, als sie jung und Stoßstangen noch Stoßstangen waren, einer direkt vor ihrem Straßencafé einparkte. Hinten dagegen, vorne dagegen, dass es vernehmlich schepperte, und schon stieg er aus und nahm am Nebentisch Platz. Diese Lockerheit, diese Angstfreiheit. Dieses Gegockel, das immer etwas Spielerisches hatte und dahinter einen Familienmenschen, einen Patriarchen im guten Sinne, versprach. Hätte er sie angesprochen, hätte nicht ihr Ehemann neben ihr gesessen, mit diesem Mann wäre sie in die Nacht hinein gefahren, sofort. Wo wäre sie heute? Eine italienische Mamma vielleicht ... Sie muss lächeln.

»Was ist?«, fragt Johann noch aus dem scharf begrenzten Schatten.

»Nichts. Und hier ist sie also versteckt, die Tür von deinem Vorgänger?«

»Das wissen wir ja noch nicht.«

»Woran willst du sie eigentlich erkennen? Meinst du, er hat auch hier einen Olivenstamm hinterlassen?«

»Irgendwie denke ich, ich erkenne seinen Strich.«

»Von Künstler zu Künstler?«

Beim zweiten Mal hebt er die Schultern etwas länger.

»Vielleicht schafft das ja eine mystische Verbindung, das gleiche Haus zu bewohnen.« Manchmal bringt Alex Sätze, von denen sie selbst nicht weiß, ob sie sie ironisch meint.

»Oder das gleiche Grundstück.« Johann sieht sie schelmisch an.

Vor der Trattoria stehen unbesetzte Tische. Die eine Reihe nutzt den Sims, der aus der Mauer der wuchtigen gelben Kirche vorspringt, als Bank. Gerade ist es wohl noch zu früh, aber nachher könnten sie hier etwas trinken oder sogar essen. Wie im Zeitraffer sieht sie, wenn die Schatten länger werden, die Plätze sich füllen, mit ihnen mittendrin. Das mag sie: Wenn es ins Offene geht, sie aber für danach eine Idee in der Hinterhand hat. Johann lenkt seine Schritte um die Apsis herum in eine schmale Gasse.

Lucinasco nimmt sie sofort auf, gerade weil man niemandem begegnet. Wäre sie allein, bräuchte sie eine Erklärung, was sie hier sucht. Jedenfalls hätte sie dieses Gefühl. Alex genießt es, zu zweit zu sein. Paaren wird Neugier zugestanden. Wer einander hat, darf die Welt haben. Das Leben spielt sich um diese Nachmittagsstunde hinter den Türen und zur Gasse hin kleinen, mit Läden versehenen Fenstern ab. Es bleibt weitgehend verborgen. Manchmal hat man Einblicke, in eine dunkle Küche oder sogar durchs Haus hindurch und zu den größeren Fenstern der anderen Seite hinaus ins Sonnige. Essensgeruch und Kindergeschrei, doch gedämpft. Ein Hund schlägt an und hört wieder auf. Einen Menschen haben sie auch nach dem dritten Abbiegen noch nicht zu Gesicht bekommen. Alex hat schon jetzt die Orientierung verloren. Sie hat sie in unbewusster Bereitwilligkeit abgegeben. Es ist schön, sich zu verlaufen. Die Häuser sind so an- und übereinandergebaut, auch quer über die Straße mit Bogendurchgängen und abzweigenden Treppenwegen rauf und runter, dass sie absolut eine Einheit bilden. Lucinasco ist ein steinernes Ganzes und zugleich ein Organismus, mit Wegen wie Blutgefäßen.

Ungefähr die Hälfte der Häuser ist verblasst und verwittert, die andere renoviert. Das gleiche Rosa, Taubenblau und Ockergelb, jedoch bonbongrell auf speckdickem Putz. Absichtlich gelassene Löcher ahmen, unregelmäßig gerundet, das Abblättern der Farbe nach. Bislang sind sie vielleicht an einem halben Dutzend bemalter Türen vorbeigekommen. Nach Johanns Erzählung hat Alex sie sich auffälliger vorgestellt. Natürlich sind das keine großen Kunstwerke, aber manches ist witzig: Bei dem braungebrannten Italiener im Unterhemd, der eine Stiege Tomaten und einen Korb Auberginen über die Schwelle hinauszutragen scheint, dachte sie aus dem Augenwinkel, er sei echt. Vor dieser Tür bleibt Johann stehen: »Das hat bestimmt ein Deutscher gemalt. So klischeehaft.«

Er wischt sich den Schweiß von der Stirn. Er schwitzt schnell, denkt sie. Ihm verleiht es Energie, sich aufzuregen: »Diese überrenovierten Häuser, diese naiven Türen. Dabei hätte das so viel ursprünglichen Charme.«

»Muss denn Charme immer ursprünglich sein?«

»Du weißt doch, was ich meine.« Sie hat das Gefühl, er redet mit seiner Frau. Wie soll Alex nach einem Tag wissen, was er meint? Andererseits hat sie schon ein Bild von Johann gewonnen. Als er sich heute Vormittag an ihr Porträt machte, vergaß er sich über seinem Tun bald selbst, und sie bekam Einblicke. Er summte vor sich hin und erzählte, was ihm durch den Kopf ging. Dann wieder mutierte er zum Operateur, der Ein-Wort-Anweisungen gab, die keinen Widerspruch duldeten: »Kreuz«, was hieß, sie sollte bitteschön unverwandt den bäuerlichen Herrgott anstarren, den Renat oder jemand noch Früheres in den Winkel gehängt hat. Es gefiel Alex, so sachlich angeschaut zu werden, gewissermaßen Stück für Stück. Gelesen zu werden und nicht interpretiert. Sie hatte irgendwann kein Zeitgefühl mehr. Johann sagte: »So, jetzt machen wir Schluss für heute«, aber dann wollte er irgendwas noch hinkriegen, friemelte an einer Stelle herum, fluchte und stach ein letztes Mal grob mit dem Pinsel zu. Einen Blick auf das entstehende Bild hat sie nicht werfen dürfen, da war er streng. Direkt hinaus. Gehen Sie nicht über Los.

Sein Kunstanspruch gefällt ihr eigentlich. Dass er nicht einfach was hinpinselt und sie das dann toll finden muss. Dass er ein bisschen Aura schafft, ein Geheimnis, aufgespannt auf sechzig mal neunzig. Das ist entschieden seine männliche Seite, wenn er sie von seinem Hocker ohne jede Scheu ansieht, intensiv und stumpf. Dunkel wie ein Tunneleingang, obwohl seine Augen hell sind und irgendwie hintersinnig. Sie erkannte sich auch wieder, die Theatermacherin, die sie gewesen war. Das Findenwollen der einen richtigen Lösung, die Suche nach dem Funken. Gerade nervt er sie aber. Es kommt ihr scheuklappenhaft vor, wie er mit kurzen Blicken die Türen links und rechts verwirft. Diese Bilder wollen doch gar nicht mehr sein, als sie sind. Sie sind doch nicht auf einer Studiosus-Reise, wo nur Hochkultur zählt. Sie ist doch keine typische Oberstudienrätin im Ruhestand – hält er sie etwa dafür? Macht er das Ziel, das er ja ausgesucht hat, lieber selbst schlecht, bevor sie es tut? Oder muss er ihr beweisen, dass er ein Kunstkenner ist – weil es mit seiner eigenen Kunst noch nicht rundlief?

Alex macht sich davon unabhängig. Sie lässt Lucinasco verschwimmen. Friedliches Nebeneinander des Nicht-Herausragenden, kunterbunter Stilmix, der geheime Sinn des Gassengewirrs, warmer Staubgeruch. Ein ähnliches Gefühl hatte sie früher, wenn sie beim Sommerfest des Gymnasiums die Schülerausstellung durchwanderte. Lauter epigonale Werke, aber in allen steckt irgendwo der Mensch, der sie gemacht hat, sich gemüht hat. Dieser gesammelte unangekränkelte Werkstolz. Bei den Schülern stimmte er einen zukunftsfroh, bei den vermutlich längst erwachsenen Hobbymalern zeigt er eine kindliche Seite. »In Lucinasco gibt es ein berühmtes Fest«, hat Johann erzählt. Alex ist überzeugt, die Leute hier, ob Einheimische oder Deutsche, Engländer, Niederländer, vielleicht gerade im bunten Mix, verstehen viel besser zu feiern als zu malen.

Auf einmal hören sie deutsche Worte. Als sie auf einen kleinen Platz hinaustreten, stehen in der Sonne ein Mann mit einem ungefähr Dreijährigen und einem am Bauch spannenden T-Shirt und eine Frau im hellen Sommerkleid mit kleinen blauen Blüten. Sie hat eine ähnliche Figur wie Alex, trägt die blondierten Haare jedoch vermutlich schulterlang. Der Ansatz ist herausgewachsen, sie sind mit einem bordeauxroten Gummi zusammengemacht. Ihre Stimme hat einen eher italienischen als deutschen Klang, durchdringend und kehlig: »Man hat eine zweite Heimat. Man hat eine zweite Heimat *im Kopf*. Man nimmt die mit.« Der Mann nickt. Das Kind nähert sich einer im Schatten kauernden Katze an. Die Frau gefällt Alex, und sie fragt sich, ob sie auch Johann gefällt.

»Seid ihr gerade angekommen?«, wendet die Frau sich umstandslos an die Hinzugetretenen. »Sucht ihr die Adresse? Das ist hier nicht einfach. Aber ich kenne jedes Haus.«

»Nein, nein«, wehrt Johann ab. »Wir sind nur wegen der Türen hier.«

»Willst du eine bemalen?«

»Nein, nein. Aber wie kommen Sie, kommst du darauf?«

»Du hast Farbe an den Fingern. Ich bin Simone. Seit zwanzig Jahren immer ein halbes Jahr hier.«

»Johann.«

»Alex. – Dann weißt du bestimmt bei vielen Türen, wer sie angemalt hat.«

»Bei so ziemlich allen. Gemalt wird ja immer in den Tagen vor dem Sommerfest. Das ist dann sozusagen die Vernissage. Damit geht es los.«

»Gibt's da ein … Ich meine, muss man sich da bewerben?«, fragt Johann.

»Bei mir.« Simone lacht. Man weiß nicht, ob das ernst gemeint war oder ein Scherz, man hat das Gefühl, es ist auch egal.

»Malst du auch?«

Simone schüttelt den Kopf.

»Ich auch nicht«, sagt Alex. »Obwohl, vielleicht fange ich noch mal an.« Sie sagt das vor allem als Versuchsballon in Johanns Richtung. Wie er das fände, wenn sie zwei Malende wären. Vielleicht sogar Einander-Malende. Seit sie auf die anderen getroffen sind, ist er gehemmt, fast ein wenig unterwürfig. Wenn er die ›Ausstellung‹ doch miserabel findet, warum gibt er sich dann interessiert?

Das Kind hat die Katze anfassen wollen und eine mit der Tatze gefangen. Es war abzusehen. Der Vater verfolgt offenbar einen Laisser-faire-Erziehungsstil. Mit Tieren machen solche Kinder ihre Erfahrungen – mit dem Echten, dem Anderen. Das Kind kommt heulend gelaufen. »Böse Katze«, sagt der Vater, aber selbst das klingt nicht entschieden, sondern erschöpft.

»Renat Hagspiel«, fragt Alex: »Gibt's von dem eine Tür?«

»Wie kommst du gerade auf Renat?«

Alex sieht zu Johann hin.

»Ich wohne zurzeit in seinem Haus.«

»Ach, du bist das«, sagt Simone.

»Ich wohne im Garten. In einem Tinyhouse. Seit gestern. Also in seinem Garten.«

»Ah ja.« Simones Blick gleitet von Alex zu Johann.

»Es war die beste Tür. Renat war eigensinnig. Er hat sie vor dem eigentlichen Zeitraum geschaffen. Eines Tages war sie einfach da. Er mochte das Happeninghafte nicht. ›Beim Malen und beim Beten sollte man sich nicht zuschauen lassen.‹ Es war ein Farbenfeuerwerk. Die ganze Tür in diesem bleichen Haus war aus Splittern und Sicheln in Gelb- und Rottönen zusammengesetzt, mit etwas Lila und Braun.

Ich habe die Gestalt auf den ersten Blick erkannt. Viele nicht. Denen konntest du mit dem Finger zeigen, da ist das und da ist das, sie haben es einfach nicht gesehen.«

»Woher wusstest du überhaupt, dass die Tür von ihm ist?«

»Ach, das war ein offenes Geheimnis. So was konnte sonst ja keiner.«

»Wem hat denn das Haus gehört?«

»Einem Freund«, bescheidet sie Simone knapp, ohne ihren Faden zu verlieren. »Ich habe zu Renat gesagt: ›Weißt du, wie du es nennen solltest? *Akt, das Haus verlassend.* Damit alle wissen, was es ist.‹ Er hat natürlich weiter geleugnet. Das war ein Spiel zwischen uns. Renat konnte unnachahmlich grinsen.«

»Warum sagst du, es *war* die beste Tür?«, schaltet sich Johann ein. Er ist nun weniger schüler- und mehr kommissarhaft. So gefällt er Alex besser.

»Er hat sie übermalt. Ebenfalls in einer Nacht-und-Nebel-Aktion. Die meisten sagen, es war jemand anders. Verschiedene Verdächtige werden genannt und verschiedene Motive: Neid, Eifersucht. Übermalen ist in Lucinasco ein absolutes No-Go, müsst ihr wissen. Selbst wenn es dein Eigentum ist. Hier darf alles leben.

Diese Initiative gibt es jetzt seit fast vierzig Jahren. Ursprünglich ging es darum, das Dorf am Leben zu erhalten. Dann ist was draus gewachsen. So läuft's ja meistens. In der Zeit wurden ein paar Häuser abgerissen, aber deren Türen wurden für die Rückwand der Bar am Festplatz genommen.

Ich bin überzeugt, er hat es selbst getan. Einen Sommer lang hat er uns sein Kunstwerk sehen lassen, und dann hat er es zerstört. So war Renat. Konnte er sein.«

Simone hat feuchte Augen. Sie schnäuzt sich. Das Kind starrt sie an. Zum ersten Mal liebenswert.

*

Auf dem Heimweg – sie war ein Leben lang schnell damit, von Heimweg zu sprechen – ging es wieder in unzähligen tornanti die Berge hinunter und hinauf. Die Nacht hatte sich schon in der struppigen macchia verfangen. Die Beifahrerin sah die Scheinwerfer immer neu Einzelnes dingfest machen, krumme Stämme, krauses Hartlaub, weiße Kilometersteine. Die ertappte Natur stellte sich leblos, aber war, dachte Alex, wie die Kinder im Schlafsaal: Sobald man die Tür schloss, war wieder alles voller Energie. Wispern, Lachen, barfüßiges Rennen. Noch eine Haarnadelkurve, und sie steuern auf einem Bergrücken geradewegs aufs Meer zu. Es ruht sicherlich dreihundert Meter unter ihnen. Jetzt am Abend ist es wirklich das andere Element. Etwas glänzend Abgeschlossenes: ein Edelstein in der Krappenfassung der dunklen Bucht. Als könnte er schon ihre Gedanken lesen, lenkt Johann den Wagen auf die kleine Plattform, zu der sich der Kurventeller am Ende des abschüssigen Straßenstücks weitet. Alex hat ihre Sandalen in den Fußraum gestreift, sie lässt sie beim Aussteigen liegen. Das Gras ist kurz und dürr, ein angenehmer Kitzel an den Sohlen. Aber sollte es nicht im Frühsommer grüner sein, sollte das Vertrocknen nicht später einsetzen?

Zwei niedrige Bäume stehen seitlich an ihrem Aussichtspunkt. Auf dem vorderen lässt eine Zikade ihr durchdringendes Schaben hören, hin und her, hin und her. Alex erinnert es an das Aufziehen von Spielzeugautos. Immer die gleiche Druckbewegung der Hand knapp über den Boden hin. Als Kind zog sie die Autos immer ewig auf, versuchte sie mit Spannung voller zu füllen als eigentlich möglich. Ließ die Hand sie dann doch los, rasten sie gegen die nächste Wand und kippten um. Oder das unaufhörliche Schaben erinnert – sie muss an Max Frischs Metaphernspiel denken, das Vater und Tochter in der letzten Nacht ihrer inzestuösen Beziehung spielen: das fand sie immer die beste Stelle im *Homo faber* – an den letzten Schliff eines perfektionistischen Schreiners. Kurz denkt sie an Volker. Kurz hatten sie eine intensive Beziehung. Ein gemeinsames Baby. Damals hat sie sich auch für den Mann dahinter interessiert: Er ging darin auf, sein Ding zu machen. Durch und durch ein Selbstständiger, was bei ihr die Frage aufwarf, an welchen Nagel er nach Feierabend sein Herz hängt. Kein Frauenname fiel. Es war eine Trennung, mit ihrem individuell konfigurierten und kastig materialisierten Wunsch vom Hof zu rollen. Eine Wand in Volkers Büro hing voll mit Fotos seiner Produkte vor Postkartenpanoramen. Jedes ein lonely planet. Er war ein Samenspender und kein Vater. »Du schickst mir ein Bild, versprich mir das«, hat er gesagt, und sie: »Auf jeden Fall, du hörst von mir!« Bislang hat sie sich nicht gemeldet. Wenn sie ihn jetzt besuchen würde, sie weiß nicht, ob sie viel zu reden hätten.

»Eigentlich wollte ich ihm einen Namen geben«, sagt Alex nachdenklich.

»Wem?«

»Meinem Tinyhouse.«

»Warum hast du es nicht getan?«

»Ich dachte, der richtige kommt mir. Ich stoße drauf.«

»Und du bist nicht drauf gestoßen?«

Sie blickt in die Weite. Das glitzernde Meer, von oben ist es vollkommen überschaubar. Du darfst nur nicht hineinfallen, irgendwo mitten hinein. Du wärst ein Nichts. Über dem Horizont zeugt eine letzte braunrote Strieme von den Kräften, die viel größer sind als wir.

»Du könntest deinem Rustico auch einen Namen geben.«

»*Casa Bellavista* ... Namen tragen hier nur Ferienhäuser zum Vermieten, glaube ich.«

»Die müsste dann schon hier oben stehen.«

»Wer?«

»Die Casa Bellavista.«

»Da hast du recht.«

»Das ist so schön hier.«

Schweigen.

»Du kannst überallhin ziehen. Grundsätzlich.«

»Du doch auch«, sagt Alex.

Wieder Schweigen.

»Jetzt hat sie aufgehört«, sagt Alex.

»Stimmt.«

»Das ist eh komisch, dass sie noch so lange in die Nacht hinein« – sie sucht das treffende Wort – »sägen.«

»Sie haben Zeitdruck. Jahrelang leben sie unterirdisch. Fressen, Wachsen, sich Häuten. Und das Ganze von vorn. Hier oben sind sie dann nur ein paar Wochen. Hauptaufgabe: Partner finden. Imago. Heißt das. Das Endstadium, das ausgewachsene Insekt, mit Flügeln.«

»Können sie fliegen?«

»Ja, aber sie springen lieber. Wie Heuschrecken. Sie sind jedoch nicht verwandt.«

»Du bist gut informiert.«

»Ich weiß gern Dinge.«

»Willst du in eine Quizshow? Millionär werden?« Sie lacht.

»Das Schöne an Fakten über Tiere ist, sie sind schlicht und einfach wahr. Keine Meinungen, also auch keine zwei Meinungen. Daneben hat man immer den Eindruck, irgendwie sagt das auch was über uns Menschen aus. Oder?«

»Imago. Gottes Ebenbild.«

»Ich glaube, das ist platonisch. Nach seiner Ideenlehre, dass sie erst am Ende zum Bild ihrer Art werden. Alles davor war nur die Vorform.«

»Wir brauchen also Flügel für unsere Vollform.«

»So könnte man es zusammenfassen.«

»Und dann sind wir am Ziel.«

»Oder wir fliegen hin.«

»Oder wir springen.«

»Oder das.«

Und dann fängt die Zikade einfach wieder an. Macht weiter, wo sie aufgehört hat. Kein Crescendo oder Decrescendo, ein An/Aus-Wesen.

»Wolltest du damals eigentlich Bestatter werden?«

»Wie kommst du jetzt darauf?«

Weil sie hier und heute spürt, dass Tage nicht einfach vergehen, sondern ein jeder stirbt, könnte sie sagen. Weil man kurz nach Sonnenuntergang einen Moment inmitten der Schönheit der Schöpfung allein ist. Laut sagt sie: »Ich frage mich, ob ein junger Mensch das wollen kann.«

»Wibke?« Johann öffnet die Hand, als ließe er einen Vogel fliegen.

»Ja, zu Wibke passt das. Sie ist richtig aufgeblüht.«

»Gerade ist sie vor allem übermüdet. Louis kommt jede Nacht dreimal, wenn's reicht.«

»Telefonierst du oft mit daheim?«

»Nicht zu oft. Das bringt nichts. Ihnen nicht und mir nicht.«

»Was sagt eigentlich deine Frau dazu, dass mein Tinyhouse jetzt in deinem Garten steht?«

»Ich habe sie nicht gefragt.« Johanns Stimme geht am Ende nach oben, so als wäre er selbst erstaunt über sich. »Marion sagt bei so was: ›Ach.‹ Sie weiß genau, was sie will, aber sie lässt mich auch machen. Jeder in seinem Bereich.«

»Das ist wahrscheinlich klug.«

»Manchmal habe ich schon auch ein schlechtes Gewissen. Dass ich sie allein lasse. In all den Neuaufstellungsprozessen, wie sie es nennt. Marion beschwert sich nie. Never complain, never explain. Aber wie fordernd das Kind für Wibke ist, das lässt sie mich ausführlich wissen. Louis akzeptiert keinen anderen Arm. Marion kann ihn kurz mal nehmen. Aber Dominik kann ihn rumtragen, wiegen, Kopfstand machen: Er schreit. Mama muss es sein. – Wie hat man das eigentlich früher hingekriegt, mit mehr als einem?«

Sie sagt nichts.

»Ehrlich gesagt habe ich mich das mit sechzehn nicht gefragt«, kommt Johann auf ihre vorige Frage zurück, »ob ich Bestatter werden will oder nicht. Mein Vater hatte das Unternehmen gegründet, und es lief gut. ›Sterben tun die Leute immer‹, das war der Spruch meiner Mutter. ›Früher oder später landen sie alle bei uns.‹ Wir waren der einzige Bestatter in der Kleinstadt. Zwei Kirchen, aber eine Pietät.«

»Hättest du denn fragen dürfen?«

Er macht mit geschlossenen Lippen ein Lachgeräusch. »Eine gute Frage.«

»Und Dominik?«

»Dominik?«

»War das für ihn auch einfach klar, dass er in den Betrieb einsteigt?«

Johann schüttelt entschieden den Kopf. »Im Gegenteil. Lange hat er gesagt: ›Bloß nicht.‹ Gar nicht so sehr deshalb, weil man die ganze Zeit mit dem Tod zu tun hat. Er wollte nicht ins Kaff zurück.«

»Aber dann …«

»… kam Wibke. Genau. Ich hatte schon mehr als einmal zu Marion gesagt: ›Ein Unternehmen kann man auch verkaufen. Es gibt gute Hände, in die man es geben kann. Auch wenn in denen nicht dein eigenes Blut fließt.‹«

»Sie war sehr froh über die Schwiegertochter.«

»Du kennst Wibke. Wer wäre nicht froh über sie? – Marion ist das wirklich schwergefallen. Keinen Druck auf Dominik auszuüben. Bei mir fällt ihr das, wie gesagt, leichter. Ich bin nicht so wichtig. Ich glaube, wenn sie ihn gedrängt hätte, er wäre nicht zurückgekommen. Ich habe eine kluge Frau. Jetzt hat er gleich doppelt ›Ja, ich will‹ gesagt – aus vollem Herzen. Hoffe ich.«

»Ist denn Druck immer was Schlechtes?«

Johann dreht den Kopf zu der neben ihm Sitzenden. Sie spürt, wie er sie anschaut, und erwidert den Blick mit fragend gehobenen Brauen. Im letzten Licht ist sein Gesicht aus Glanz und Dunkel gemacht, wie die Felsen hinter ihm.

»Ich tu mich schwer damit, auf irgendwen Druck auszuüben«, sagt er, wieder nach vorne blickend.

»Liebst du sie?«, fragt sie.

»Schon. Ich habe großen Respekt vor ihr. Vor ihrer Toughheit. Sie ist beides, zupackend und anpassungsfähig. Irgendwie hat sich auch bei der Liebe die Frage nicht gestellt. Sie wollte mich damals, mit sechzehn. Ich fand das toll, von jemand gewollt zu werden. Es war wie ein Gefäß. Ein anderes Gefäß als die Särge. ›Sterben tun die Leute immer.‹ Vielleicht kann man auch sagen: ›Lieben tun die Leute immer.‹«

»Ich habe meinen Mann damals hochkant rausgeschmissen. Als er mich betrogen hat. Das ist über dreißig Jahre her. Heute kann ich nicht mehr verstehen, warum ich ihn geheiratet habe. Mit ihm habe ich ein Haus gebaut. Vielleicht deshalb jetzt eines auf Rädern. Da habe ich mich gespürt, als ich hart geblieben bin und ihm die Tür gewiesen habe, als ich laut geworden bin, ohne jede Hysterie. Ich war die, die sagt, was jetzt Sache ist. Er hat keine Träne gesehen.«

Wieder die parallelen Blicke von Anglern. Diese eigentümliche Nähe der Körper, wenn jeder seinen Gedanken nachhängt. Geht es nur ihr so?

»Bei Nora hätte der größte Druck nichts gebracht. Bei ihr führte schon der kleinste Druck zum Gegenteil. Trotzdem, ich hätte die Dinge nicht so laufen lassen sollen.«

»Wer ist Nora?«

»Unsere Tochter.«

»Ihr habt eine Tochter?«

Er nickt. »Nora habe ich sehr geliebt. Sie war das Vaterkind und Dominik das Mutterkind.«

»Ihr habt für alles Bereiche.« Plötzlich kommt Alex eine schlimme Idee: »Aber Nora lebt noch?«

»Hoffentlich«, sagt er, ohne sie anzusehen.

*

In einem Schweigen – es ist mittlerweile dunkel geworden – wird ihr das Zirpen wieder bewusst. Dass der Winzling so lange durchhält. Offenbar erfolglos. Im einen Moment ist ihr, als ziele das Geräusch ins Zentrum ihres Hirns, im nächsten Moment denkt sie, der ligurischen Zikade ist nichts egaler als wir. Sie ist kein Zirkustier, das ist keine Nummer. Sie beschließen, nun Renats Aufforderung Folge zu leisten. Dieses Exemplar ist hartnäckig genug, um als würdiger Vertreter seiner geheimnisvollen Gattung zu gelten. Sobald sie aufgestanden sind, die Angst, sie flieht. Daher schleichen sie sich an, an die Verdichtung des Dunkels, die ein Stamm in der Nacht ist. Im pechschwarzen vertikalen Fluss badet sie im eigenen Lärm. Wie ein Kommissarsduo die Pistolen, zücken sie die Handytaschenlampen. Sie werden nicht fündig. Dabei schauen sie genau, versuchen, auch eine perfekte Tarnung zu durchschauen. Wie schon auf der Autofahrt wirkt die angestrahlte Natur leblos, die Rinde plastikartig. Doch nicht, dass das schrille Zirpen aufgehört hätte. Im Bestreben, seinen Ursprung zu lokalisieren, bekommt Alex das Gefühl, es würde an ihrem eigenen Schädelknochen erzeugt. Sie ist die Zikade. Da fasst sie ihr Begleiter an der Schulter und zeigt auf den anderen Baum dahinter. Ohne dass man eine Bewegung wahrgenommen hätte, kommt es auf einmal von dort, eindeutig.

Alex hat eine Eingebung: Es sind zwei.

»Wie beim Hasen und den beiden Igeln«, sagt sie belustigt. »Aber die hier sind kein altes Ehepaar. Weißt du, was das ist? Eine Balkonszene! Er hat unermüdlich um sie geworben. Sogar als wir kamen – für die sind wir ja Riesen, Naturereignisse –, hat er nicht aufgehört. Sein Mut hat sie überzeugt. Sie will keinen, der nur hartnäckig ist, das ist ihr zu wenig. Sie will einen, der für sie sterben würde. Jetzt gibt sie ihm Antwort.«

»Sie hat ihn erhört«, sagt der Mann neben ihr. »Aber woher willst du wissen, dass es so rum ist?«

»Du meinst, das Weibchen könnte auch die Werbende sein? Du bist der Tierexperte.« Sie wendet sich ihm im Dunkeln zu. »Gibt's das im Zikadenreich?«

»Ich habe keine Ahnung«, lacht er. Seine Zähne blinken. »Meinst du, sie finden das schön?«

»Was?«

»Ihr – Ratschen.«

»O ja, das glaube ich. In ihren Ohren ist das Musik«, sagt sie. »Haben sie überhaupt Ohren? Ich finde das immer komisch, wenn Tiere hören können, aber nicht die kleinste äußere Ohrmuschel haben.«

»Sie sind uns wohl insgesamt sehr fremd.« Auf einmal klingt Johann nachdenklich. »Es gab Zeiten in meinem Leben, da habe ich bei jedem fremden Wesen gedacht, so könnte ich nie sein. Aber es ist glücklicher als ich. Als Zikade wäre ich glücklicher …«

»Und die sind vorbei …? Diese Zeiten?«

»Schon einige Jahre. Ein Medikament nehme ich noch. Nur zur Sicherheit. Nur noch eine minimale Dosis.«

»Kriegst du das denn hier?«

»Das ist kein Problem. Das ist ja heute auch nicht mehr so, dass die solche Nebenwirkungen haben. Ich fühle mich völlig normal. Nur schlafen könnte ich besser.«

»Ich wache auch auf. Das ist das Alter.«

»Du bist doch nicht alt.«

Das war nicht einfach eine charmante Replik – kann es sein, dass er das ernst meint?

Eine Kurve aus Lichtpunkten zieht eine orange Grenze zwischen der schwarzen Landmasse und dem überglitzerten Meer. Dem fantastischen Reich des Mondes. Sie stehen auf dem Bug von Europa. Unter ihnen geht das unsinkbare Riesenschiff durch bis oben, wo Alex zuletzt wohnhaft war, wobei *Wohnen* nicht das richtige Wort für ihren verlängerten Winter in der Siedlung ist. Deshalb bin ich hergekommen, denkt sie auf einmal: Hier möchte ich wohnen. Dass sie die Einladung in Johanns Garten angenommen hat, scheint im Widerspruch dazu zu stehen. Da kann sie ja nur Gast sein. Aber auf den zweiten Blick passt es gerade. Wohnen muss nicht Wurzelnschlagen heißen. Wohnen bedeutet für sie, dass es konzentrische Kreise zwischen Ich und Welt, eine Art Treppe, gibt: die vier Wände der Box, der etwas größere, den eben der gemeinsame Garten bildet, und noch größere, Kleinstadt, Küstenstrich, neues Land. Wohnen braucht Umlaufbahnen, sonst wäre es ja nur Rückzug und der Sarg das ideale Eigenheim. Tinyhäuser in die letzte Wildnis zu setzen, als Vorposten einer sich angeblich downsizenden, tatsächlich aber noch den hintersten Winkel erobernden Menschheit, davon hält sie wenig. Das wirkt nur auf Fotos cool. Wohnen ist eigentlich nichts Cooles.

»Das ist auch eine Form«, sagt sie, »wie Simone das macht. Halbes Jahr hier, halbes dort.«

»Ich mache das ja so.«

Da hat sie gerade gar nicht dran gedacht. Aber natürlich.

»Habe ich zumindest vor. Muss jetzt nicht genau ein halbes Jahr sein jeweils.«

»Gibt's da Absprachen?«

Er schüttelt den Kopf. Gesten des Nebenmannes nimmt man im Dunkeln anders wahr. Es ist nicht so sehr die Bewegung eines Körperteils, der dunkle Mensch insgesamt ist die Geste.

»Wir wollen sehen, wie es sich entwickelt.«

»Ist das für Marion okay? Ich meine, diese Offenheit.«

»Bislang schon. Du kannst dann natürlich bleiben. Kann dich ja schlecht einladen und dann von mir abhängig machen. Nee, klar«, betont er, als hätte sie sorgenvoll gefragt. Hat sie nicht. Sie hat gerade keine Sorgen.

Es ist seltsam, das festzuhalten. Und als Satz vielleicht auch schon falsch.

Sie hat Lust, ihn zu küssen.

*

Sie sitzen noch immer am selben Platz, als sich Alex auf einmal vorstellt, Johanns Frau beobachtet sie. Sie stellt sich vor, dass die Autotür hinter ihnen satt ins Schloss fällt und sie, als sie sich erschrocken umsehen, das zur Wut erweckte Scheinwerferpaar blendet. Knirschend steuert Marion auf die Straße und gibt Gas. Sie lässt sie in der nächtlichen Pampa sitzen. Alex wirft einen verstohlenen Blick über die Schulter: Die Blechkiste steht so dunkel da wie zuvor. Johann scheint frei von solchen Gedanken zu sein.

*

Als er zwei Nächte später, irgendwann zwischen zwei und drei, aus der Tür tritt, ist sein geisterweißer Plastikstuhl besetzt. Schultern und ein verstrubbelter Hinterkopf. »Willst du?« Von hinten hält er ihr das Becherglas hin, das er am Wasserhahn der Küche gefüllt hat. Sie nimmt es, ohne hinzuschauen, trinkt. Dann hält sie es wieder seitlich heraus, es geht zurück in seine Hand, und nun trinkt er, hinter ihr stehend. Mit der anderen Hand fährt er ihr vom Nacken herauf, streicht das Haar in umgekehrter Richtung wieder glatt. Alex singt leise ein Lied von Don McLean, das er gleich erkennt: *»Starry, starry night / Paint your palette blue and gray / Look out on a summer's day / With eyes* dadi dadi dadi dadah.« Seine Hände auf ihren Schultern. Sie lehnt sich zurück. Ihr Kopf am Kissen seines Bauchs.

»*Weißt du, wie viel Sternlein stehen.* Hab ich Nora früher immer vorgesungen.«

»Kannst du singen?«

»So wenig wie tanzen.«

»Deshalb habe ich so gern Theater mit Schülern gemacht. Im Theater ist es die größere Kunst, was nicht zu können und es trotzdem zu machen. Im Schülertheater hast du den totalen Grobmotoriker, wenn der sich zur Musik wiegt. Dann lieben ihn plötzlich alle.«

»Vermisst du das?«

»Pubertäre Grobmotoriker? Den Iltisgeruch, wenn eine achte Klasse davor Sport hatte? Oder wenn alle sich überschreien? Vermissen ist nicht das richtige Wort. Aber es war Leben. Frau Mattmann, das war ein Titel und nicht nur ein Name.«

»Ich glaube, du warst eine wunderbare Lehrerin.«

»Ich glaube nicht, dass du ein schlechter Vater warst, Johann.«

»Ich habe sie totgeschwiegen. Wir alle, aber ich voran. Du hast es ja live mitbekommen, auf der Hochzeit. Der stolze Vater, der noch eine Rede hält. Du warst die, die von außen kam. Die Einzige, die wirklich von außen kam. Du fragst ja durchaus direkt. Wir haben es geschickt gemacht. – Manchmal sehe ich sie. Denke, das ist Nora. Ist sie natürlich nicht.«

»Hier?«

»Gerade hier. Also nicht hier im Stuhl, aber …«

»Vielleicht bin ich ja auch ein Geist. Du hast einen Geist gerufen.«

»Ich würde sie gern rufen.«

»Warum tust du's nicht?«

»Weil … Ich bin schuld, dass sie gegangen ist, Alex.«

Pause.

»Klar, die Hauptauseinandersetzungen liefen zwischen Mutter und Tochter. Da wurde es laut, Schreiereien, Heulen und

Türengeknalle, kein Tag ohne, und irgendwann nicht mal mehr das. Das war dann der Anfang vom Ende.«

»Worum haben sie sich denn immerzu gestritten?«

»Ach, Kleinigkeiten. Andererseits natürlich immer das große Ganze …«

»War das nicht einfach die Pubertät? In Elterngesprächen hab ich so oft gehört: ›Bei Ihnen ist sie, oder er, noch Zucker. Sie sollten mal bei uns daheim sein. Da fliegen die Fetzen.‹«

»Klar muss Ablösung sein. Aber bei Nora war es so anders als bei Dominik. Okay, Kinder sind verschieden. Weiß man ja. Manchmal hat sie mich, ehrlich wahr, an den *Exorzist* erinnert, an die Besessene. Wie wenn das gar nicht mehr sie selbst wäre.

Manchmal hatte ich das Gefühl, sie hätten *einen* Körper, Mutter und Tochter. Wie siamesische Zwillinge. Obwohl sie so unterschiedlich waren. Sind. Auch körperlich. Nora kam gar nicht nach Marion, war klein und zart. Weißt du, wie wenn die Pubertät über jemanden kommt, der eigentlich noch gar nicht bereit dafür ist. Eine fremde Besatzungsmacht. *Ein* weiblicher Körper war das, zu dem ich nicht gehörte. Ablösung klingt so abgeklärt. Nora musste sich ab*reißen*. Marion hat was Massives. Als die Kinder klein waren, war das toll, hat mich das tief berührt, was für ein Muttertier sie war, wie sie im Sofa lag, das Baby auf dem

Bauch, und beide ihre ganz eigene Sprache hatten. Eine Sprache, die nur aus Nähe und Verstehen gemacht war. Gäste konnten um sie sein, laut konnte es zugehen – auch bei uns war früher manchmal Leben in der Bude –, die beiden waren in ihrer Blase. Irgendwie verstehe ich, dass Nora ein Meer zwischen sich und ihre Mutter bringen musste.«

»Pubertier und Muttertier«, sagt Alex nachdenklich, und dann: »Mère und mer sind ja auch nah beieinander.«

»Du meinst, man entgeht ihr gar nicht?«

»Warum gibst du dir die Schuld?«

»Weil ich – nicht da war. Ich meine nicht, physisch. Ich meine … Damals bekam ich auch die Depression. Aber das soll keine Ausrede sein. Kinder brauchen dich, egal wie's dir geht.

›Du verschwindest hinter Mama!‹ Das hat sie mir vorgeworfen, einmal sogar: ›Du bist völlig *in* Mama verschwunden!‹

Sie war mir aber auch fremd. Wenn ich ehrlich bin. Richtig unheimlich. Wie wenn da eine sitzt, die das kleine Mädchen, das sie vor Kurzem noch war, umgebracht hat.

›Sarg dich doch ein!‹ Hat sie zu mir gesagt, als sie mal sehr wütend war. ›Sarg – dich – doch – ein.‹

Am Ende war es das Tattoo. Jetzt bei Wibke findet Marion Tattoos gut. Sie besprechen sie kennerhaft. Die Strichführung. Wobei es ja lauter Punkte sind. Aber es soll eine möglichst feine, regelmäßige Linie entstehen. Der eine Teil hält trotz des Schmerzes still, und der andere Teil hat die göttlich ruhige Hand mit der Maschine darin. Ich verstehe, was daran attraktiv ist. Marion hat sogar schon gesagt, sie überlegt ernsthaft, ob sie sich auch noch eines machen lässt.

Aber damals, als Nora sich eines stechen lassen wollte: Das war ein Drama. ›An deinem achtzehnten Geburtstag kannst du das machen, und keinen Tag früher. Wenn du damit ankommst, fliegst du raus.‹ – ›Okay‹, hat Nora nur gesagt und ist gegangen.

Ich wollte ihr noch anbieten, sie zu fahren. Zum Tattoostudio. Sie wollte ein großflächiges, gleich den ganzen Rücken. ›Ein richtiges Bild‹, hat sie gesagt. Dann wäre sie vielleicht noch hier.«

»Wärst du dann hier? Ich meine, was hätte Marion gemacht, wenn du offen in Opposition zu ihr gegangen wärst?«

»Vielleicht wäre ich für immer hier.«

Er geht an ihr vorbei. Die Hand bleibt auf ihrer Schulter liegen, bis sie abgleitet. In seinen Boxershorts stellt er sich ein wenig breitbeinig auf die Kante der Stützmauer, spürt die Nacht an der nackten Haut, spürt die Härchen sich aufstellen. Ein fast voller Mond prangt überm Tal, nimmt friedlich die Mitte zwischen den Hängen ein. *Ein a formierend und ein z, dass keiner groß zu denken hätt':* Er nimmt ab. Der silbrige Olivenhain auf den vielleicht jahrhundertealten Stufen gegenüber: ein verzaubertes Glockenspiel. Im Flüsschen zu seinen nackten Füßen, das vor den steinernen Pfeilern der Brücke ein kleines Becken formt – »mein Pool«, hat er es Alex vorgestellt, obwohl er noch nie drin war –, leuchten weiße Felsen wie Walbäuche. In seinem Hinterkopf regt sich was, dass Wale eine heimliche Beziehung zum Mond unterhalten. Umgekehrt stranden sie manchmal, wie Sattelzüge mit dem Navi von Kleinwagen, und sterben in den Fettschichten ihres Eigensinns.

»Ich sollte mir eine Matratze kaufen. Und eine leichte Decke. Auf Dauer ist die Isomatte nichts. Obwohl ich nicht Rücken habe. Der Schlafsack ist im Sommer einfach zu dick. Ich liege schon jetzt wie in einer aufgeplatzten Schote.«

»Taugt denn das Bettgestell was?«

»Ausprobieren.« Er wirft ihr einen Blick über die Schulter zu und trifft den ihren.

»Du solltest sie mal kennenlernen. Ihr würdet euch verstehen.«

»Ich war immer die Frau für die schwierigen Fälle«, sagt sie lachend.

*

Wenn sie sich rührt, durchläuft den Korbstuhl ein Knistern, so als würde er auf seine alten Tage lebendig werden. Sie versucht ganz still zu sitzen. Sie ist nackt. Er hat ihr, fürsorglich, zwei Kissen hineingelegt. An der Seite piekst das brüchige Geflecht trotzdem. Sie versucht allmählich und lautlos ihre Haltung zu verändern. Sie hat ein Internetfilmchen von einem Zauberer gesehen, der am Ende sagte: »Hast du eigentlich gemerkt, dass mein T-Shirt die Farbe gewechselt hat?« Natürlich hatte sie nichts gemerkt, es war verblüffend. Man kann so vieles einschneidend verändern, wenn man es nur geschmeidig genug geschehen lässt.

Johann sitzt auf einem Impressionistenhockerchen hinter der Staffelei und ist bis auf die Shorts ebenfalls nackt. Er ist braungebrannter als sie. Er hat eine bunte Nase und abstehendes Haar. Sieht wie ein Clown aus, doch sind es Zeichen heiligen Ernsts. Er arbeitet mit allem, was er hat, Pinsel und umgedrehtem Pinsel und Finger, und fasst sich zwischendurch an den Kopf, ohne dass er es merkt. Es erregt sie, wie wichtig seine Augen die Sache nehmen. Er wendet sich zu, er wendet sich ab, zieht ihr ihr Bild vor, macht den Körper eifersüchtig. »Und, wird's was?« Sie will testen, ob er sich aus der Reserve locken lässt. »Du versuchst es immer wieder«, sagt er in einem befriedigten Ton.

Und wieder ist er in ihr versunken. Scheint ganz mit ihrer Oberfläche beschäftigt und ist doch tief drin.

*

Dass er sie schön findet, macht die Sache nicht leichter. Schönheit setzt dem Abgemaltwerden Widerstand entgegen. Die alten Meister, die konnten das. Aber für die war Malen auch etwas anderes, demütiger Dienst und feines Handwerk. Er kann es nicht. Er braucht einen Zugriff, er muss sie, auch wenn das blöd klingt, knacken. Er hat Angst, dass es zur Karikatur gerät. Dass er sie verletzt. Er verbessert zu viel. Mit der Nasenspitze auf der Leinwand kann man nicht malen. Wenn man jeden harten Pinselstrich gleich wieder verwischt, kommt man nicht voran. Er erhebt sich vom Hocker, schiebt ihn mit dem Knie seitlich weg, sodass er umkippt und zusammenfällt. Er will ihre Gestalt nun aus dem Arm heraus umfahren, ohne abzusetzen. Mit dem richtigen Schwung und Druck, mit der richtigen Lockerheit und, ja, Eleganz. Vielleicht kann er doch tanzen. Er zielt.

Nora hat damals gesagt: »Pferde kann ich. Apfelbäume kann ich. Sonnenuntergänge überm Meer kann ich.« Picasso hat gesagt, er möchte malen wie ein Kind. Johann möchte nichts können. Das hier soll mein allererstes Bild sein, denkt er. Eine wahre Schöpfung. Er will keinem bekannten Weg folgen, sein Malen soll ein Pfad durch den Dschungel sein.

So. Und jetzt gehe ich nasser zu Werke, jetzt lasse ich die Farbe laufen. Ab jetzt lasse ich alle Fehler stehen. Wie hieß das in Lucinasco, bei Simone? Alles darf leben …

Plötzlich wird Alex' Blick abgezogen, und als Johann sich umdreht, steht Lorenzo in der Tür.

»Oh, arte moderna«, sagt er.

*

Anfang Juli hören die heißen Tage gar nicht mehr auf. Aus einem blassen Mittagshimmel ohne Spannung feuert die gelbe Sonne, obwohl sie längst die totale Luftüberlegenheit errungen hat, unvermindert ihr weißes Licht. Nein, das ist ein schiefes Bild. Die Sonne führt keinen Krieg, gegen niemanden. Sie ist einfach nur übermächtig, wenn sie uns nackt entgegentritt. Das ist alles.

Alex ist weg. Als er vom Einkaufen kam, war ihr Parkplatz leer. Und diesmal klebte kein Post-it an seiner Tür. Ihre blassgelben Quadrate, oft mit Strichmännchen oder verspielten Reimen, bilden schon eine Wolke an seinem Kühlschrank. Drinnen stehen nun ihre Milch und ihr Joghurt. Den Rest der Bestellung hat er, obenauf ein Mitbringsel, auf ihrer Miniveranda platziert, diesem halb nostalgischen, halb ironischen Amerikazitat. Dieser kleinen großen Freiheit. Daneben lagen ihre Sandalen. Sie fährt auch barfuß Auto. Unterm Sitz hat sie ein Paar alte Halbschuhe, »für die Polizei«. »Omaschuhe«, hat er gesagt, es sollte ein Witz sein.

Eigentlich wollte er letzte Hand ans Bild anlegen. Mit ihr abgesprochen ist das nicht. Er hätte ihr auch nicht sagen wollen, dass heute das letzte Mal sein soll. Wenig Druck, viel Flow und irgendwann einfach aufstehen, zurücktreten, und wenn sie fragt: »Hängst du fest?«, einen Moment lang nichts sagen und dann: »Magst du's sehen?« So hat er es sich vorgestellt. Wenn er ehrlich ist, ist er durchaus stolz auf sein Werk. Vielleicht kann er es alleine fertig machen. Viel ist nicht mehr. Es könnte, wenn sie kommt, einfach oben stehen oder sogar an der Wand hängen. Doch als er unten im Atelier das darübergehängte Tuch sieht, lässt er es, wie es ist. Plötzlich hat er Angst, dass er alles kaputt macht, so allein mit ihr. Aber wenn es allzu leicht ginge, wäre das auch nicht gut. Das kann jetzt kein einsamer Höhepunkt werden. Von draußen hört er wieder Zikaden, sie sind mittlerweile überall. Und dennoch haben sie noch immer keine gesehen, in freier Wildbahn und voller Aktion.

Sie nerven ihn. Italien nervt ihn auf einmal sehr. Dieser schlaffe, schlaff machende Tag, dieser zu füllende, durchlöcherte Zeittank. Ist nicht unser ganzes Leben ein undichter Tank? Soll er sich aufs Rad schwingen? Es absichtlich in der größten Hitze tun wie der doofste Tourist? Sich auf den Berg hinaufquälen? Seit Alex da ist, war er kaum mehr bei seiner Kapelle. Soll er Herzanfall und Hitzschlag riskieren? Wie geht Sich-Ermannen? Aber er ist ja viel zu kraftlos, regelrecht gelähmt. Der Sinn ist stiften gegangen. Der Mittagsdämon ist auf Besuch.

*

Es ist spät, als Alex zurückkehrt. Er hat sich Sorgen gemacht. Eine Abfolge von Geräuschen in der Nacht hat sie angekündigt, das ferne Rauschen eines einzelnen Autos, das allmählich anschwoll, das Abbremsen an der richtigen Stelle, die rumpelnde Fahrt über die Brücke, das Knirschen der Räder auf dem gekiesten Parkplatz. Das Aussteigen und Zuschlagen der Tür, nicht absichtlich laut, doch auch nicht so leise wie möglich. Die Schritte. In Schuhen. Er sitzt im Dunkeln im Plastikstuhl, auf dem Gartentisch steht halb leer die zweite Flasche Wein. Sie will direkt zu ihrer Tür gehen.

»Guten Abend!«, sagt er laut.

»Ach, du bist ja noch wach.« Ihr Tonfall ist überrascht, aber nicht schuldbewusst. Sie kommt ein paar Schritte zurück. »Geht's dir nicht gut?«

»Am Berg lag ein Auto auf dem Dach. Umgekippt auf die nächsttiefere Terrasse. Freier Blick auf den Katalysator, surreal. Ein roter Fiat.«

»Du hast dir Sorgen gemacht.«

»Was denkst du denn?«

»Du hast mich gesucht.«

»Auf den ersten Blick sah es heil aus, aber wenn man runtergestiegen ist: alles eingedrückt. Totalschaden, da bin ich sicher.«

»Aber drin war keiner?«

»Natürlich nicht. Sonst hätte ich doch …«

»Ich weiß doch nicht, was du getan hast.«

»Ich weiß auch nicht, was *du* getan hast!« Es ist, als wäre er auf dieses Rammen zugesteuert, würde aber im letzten Moment alles dem Auto überlassen. Er ist angetrunken, doch er sieht sich von außen, den Betrunkenen, die Heimgekehrte. Die Szene, er will eine Szene. Vor ihrer Box, deren kleiner spitzer First sich vom Grau der Nacht abhebt. Niemals ist ein Tinyhouse ein Tier – höchstens so etwas wie ein Wolpertinger.

»Du, ich bin müde.«

»Manchmal redest du wie eine Therapeutin!« Die Stelle, wo das gepasst hätte, liegt schon etwas zurück. Das macht ihn angreifbar. Er will angegriffen werden. Sie sagt nur: »Ich bin nicht deine Therapeutin. Übrigens auch nicht dein Katalysator. Ich bin einfach nur müde, Johann. Morgen erzähle ich dir gerne von meinem Tag.«

Sie sind zwei erwachsene Menschen. Soll sie schlafen gehen. Er sollte das auch tun. Fast ist sie im Schatten ihres Heims verschwunden, als er sagt: »War's nett mit Lorenzo?«

Sie kommt zurück.

»Ja«, sagt sie. »Ja, es war nett. – Du hast viel getrunken. Nein, es ist deine Sache. Trink, wenn du Lust darauf hast.«

»Meinst du, ich mach das aus Lust?«

»Ich bin für meine Gefühle verantwortlich und du für deine. Anders kann man nicht zusammen in einem Garten leben.«

»Adam und Eva.«

Passt das? Vielleicht passt ja alles zu dem Moment, in dem es einem durch den Kopf gleitet.

Zu seinem Erstaunen nimmt Alex nun doch bei ihm Platz. Freilich nicht am Tisch. Sie fasst den zweiten Stuhl, schwingt ihn mit einer Hand heraus – ihre Kraft ist überraschend –, sie lässt ihn auf seine vier Plastikbeine fallen, setzt sich, lehnt sich mit einem Seufzer zurück.

»Ich sitze dir gerne Modell, Johann. Und ich bin echt gespannt auf dein Bild. Aber ich möchte nicht kontrolliert werden. Und auch kein schlechtes Gewissen haben. Wir haben keinen Vertrag.

Du hast mich eingeladen, und ich bin gekommen, und ich mochte die Leichtigkeit daran. Mag sie noch. Das Utopische. Du bist ein schwerer Mensch, das habe ich bald verstanden. Das berührt mich, wenn du leicht wirst, Johann. Du berührst mich. Aber das Paradies gibt es nicht, und wenn es es gibt, ist es nicht das Paradies, sondern nur ein zugeschlossener Garten. Je älter ich werde, umso mehr denke ich: Letztlich kommt es immer aufs Hier und Jetzt an. Nicht in so einer billigen Weise, dass man nur auf den Putz haut, YOLO haben das meine Schüler genannt – sondern auf eine tiefe Art. Offen sein, wirklich offen sein … Wirklich den Tag pflücken, vom Baum der Unschuld …

Wir haben eine Schlange gesehen. Sie war ihr eigenes Nest, hat sich friedlich gesonnt. Sie ist sofort geflüchtet. Diese seltsame Fortbewegung, ich habe versucht zu verstehen, wie sie das macht. Man hat den Eindruck, sie bewegt sich nur nach links und rechts, und trotzdem kommt sie schnell vorwärts. Im nächsten Augenblick war sie im dürren Gras verschwunden. Dieses silbrige Schlangengeräusch, das trockene Rascheln. Die Stille.

Wir haben vor ihnen Angst und sie vor uns. Ich glaube, die größte Angst der Schlange ist, dass wir ihr das Häuten verbieten. Was ist unsere größte Angst? Der Riemann, dieser Psychoanalytiker, teilt die Menschen danach ein. Habe ich dir doch von erzählt. Aber was wäre, was wäre, wenn wir keine Angst hätten?

I'm an absolute beginner but I'm absolutely sane.

Wenn du das nicht erträgst, musst du es sagen, Johann. Dass ich planen kann. Ein klein wenig muss ich mein Leben schon auch planen.«

»Was soll ich nicht ertragen?«

»Mich. – *With eyes completely open but nervous all the same.*«

Leise David Bowie singend, geht sie zur Treppe, die in den unteren Bereich des Gartens führt. Er möchte etwas sagen, lässt es aber. Einen Moment stützt er die Hände auf die Lehnen und sieht ihr nach, dann drückt er sich hoch. Die letzte Treppe führt geradewegs zum Ufer, sie ist ein Einschnitt in der aus Bruchstein geschichteten Mauer, die den Garten zum Fluss hin abschließt. Vielleicht zehn Stufen, er bleibt am oberen Ende stehen. Sie hat das Törchen aufgemacht, das keinen Einbrecher abzuwehren vermöchte und auch niemals verschlossen wird. Es quietscht in den Angeln. Es ist lange nicht geöffnet worden. Auf dem kleinen Rasenfleck davor entkleidet sie sich.

Sie sieht sich nicht um. Er hat das Gefühl, sie weiß, dass er ihr zusieht. Er kennt ihren unbekleideten Körper, trotzdem ist es etwas anderes, ob sich jemand zum Gemaltwerden auszieht oder zum nächtlichen Baden. Der Mond ist eine schräg stehende Sichel, Alex' Nacktheit schemenhaft und grau. Sie springt hinüber auf einen der im ölschwarzen Wasser liegenden Felsen, dann auf dessen Nachbarn. Dort bleibt sie stehen und bietet ihm, der mittlerweile am Ufer steht, die Rückenansicht, Schultern und Pobacken. Sie sieht zum sich von hier aus fast kirchenhoch wölbenden Brückenbogen hinauf, unter dem bis vor ein paar Wochen das Quakkonzert stattfand, für das sie ein Abo hatten, und dann in die andere Richtung, flussabwärts. Da kommt die kleine Stadt mit Antonios Trattoria und später die größere, die direkt am Meer liegt, auf einer bergigen Landzunge malerisch gestapelte palazzi, Arkadengänge, Kirchtürme. Die Städte sind schön, doch wird ihm in diesem Moment der Gegensatz schmerzhaft klar: Sie möchte hinaus – ins Leben, wie man so sagt –, er möchte hinein in etwas. Er könnte nicht genau sagen, in was. Es ist etwas Inneres, es gehört zu ihr und zu ihm. Diese Frau würde ihm zurzeit völlig reichen. Einen Moment hat er nicht hingeschaut – ein Plätschern ruft ihn zurück, es war kein Platscher. Der Walbauchfelsen ist leer.

Sie schwimmt im Bruststil, den Kopf bei der Streckung sportlich eintauchend, zum Ende des zum Bassin geweiteten Flussstücks, dort macht sie kehrt.

Das Wasser ist angenehm kühl, wachmachend, nüchternmachend. Man kann darin stehen, an einer Stelle, wo der Grund ein körniges Fußbett ist. Das Wasser umfließt einen. Es umfließt zwei. Er spürt ihre Hände an den Oberarmen, den Schultern. Die seinen fassen ihre Ellbogen, formen seitlich die Brüste nach. Doch nicht begierig, nur neugierig auf diese Frau, bei der ihn die Reihenfolge von fremd und vertraut durcheinanderbringt. Gibt es immer Reihenfolgen? Ihre kühle Haut in seinen kühlen Fingern, die Wärme, die von innen kommt, wenn man an einer Stelle verweilt. Alex ist aus Fleisch und Blut. Und er gerade auch. Sie sind am Leben. Auf diese Art war er mit Marion nie nackt, mitten im Freien, bekleidet nur von der Nacht, und mit dem

Gefühl, keine abgegrenzten Körper zu haben – die Nacktheit ist etwas, was sie teilen. Es ist aufregend, wie herausfordernd diese Frau ist und wie er, wenn er sich darauf einlässt, bei Vertrautem, aber nicht Bekanntem ankommt. Er versteht, was sie mit *Wenn du mich nicht erträgst* meint – gerade das macht sie aus. Er will nichts ertragen, er will diese Nähe, wo so vieles möglich ist. Ein Hauch von Frieren, im leichten Nachtwind Gänsehaut. Johann nimmt Alex' angehobenes Gesicht in seine Hände. Es passt hinein und ist flirrend warm. Er kennt dieses Gesicht in den Einzelheiten, hat es in seinem Aufbau – ein guter Maler muss ja immer ein Skulpteur sein – zu verstehen versucht. Im Dunkeln drinnen steht das fast fertige Ergebnis auf der Staffelei, noch verhüllt.

Dieses hier ist anders, es schaut ihn an. With eyes completely open.

*

»Diesmal also ein Künstler?«

»Was heißt das denn, Künstler? Er hat mich gemalt. Ich habe ihn aus seiner Schaffenskrise geholt.«

»Hand aufs Herz: Gefällt es dir?«

»Das Porträt?«

Von Uta kommt erst einmal keine Antwort. Alex hat es sich in der Sitzecke des Tinyhouse gemütlich gemacht. Sie pflegt old school zu telefonieren, das Smartphone an der Wange, die Stimme direkt im Ohr. Auf Lautsprecher zu schalten oder gar ein Videocall, das wäre ihr zu wenig intim.

Vor dem Panoramafenster ist es Nacht, die Scheibe zum Spiegel geworden. In der Lichtinsel der abgeschirmten Leselampe sieht Alex ihre im Schneidersitz aufgeklappten Knie. Die Dehnung fühlt sich straffend und sportlich an. Sie sieht den freien Arm manchmal eine Geste machen, so als wäre es gar nicht ihrer. Gelb erleuchtete Hautpartien. Ihr Kopf liegt im Dunkeln, und auch Uta befindet sich in einem Dunkel, in einem, das näher ist als das draußen. Sie kommunizieren von Kapsel zu Kapsel, Abstand egal. *Am I sitting in a tin can?*, Worte von David Bowie, die sie im Ohr hat. Alex schätzt diese Nähe mit ihrer alten Freundin, gerade weil Uta der laute, ungenierte Typ ist. Im Lokal dreht man sich an den Nachbartischen nach ihr um. Manchmal war es Alex unangenehm, aber manchmal waren sie auch weit über die Spießer ringsum hinaus.

»Es ist anders, als ich es erwartet hätte«, sagt sie.

»Aber wolltest du nicht überrascht werden?«

»Schon. Ich sehe so traurig darauf aus. Er sagt, es liegt an den dunklen Linien und an der Farbe, die an manchen Stellen runtergelaufen ist. Aber das ist es nicht. Es hat mit den

Augen zu tun. Sie sind intensiv – aber halt auch traurig. So als ob ich einsam wäre.«

»Bist du einsam?«

»Nee.« Sie lacht. »Manchmal. So Momente hat doch jeder, oder?«

»Was hat er gesagt, als du so reagiert hast?«

»Das war seltsam. ›So sehe ich dich‹, hat er gesagt. ›Ich finde dich schön so. Das macht dich doch aus. Mit einem Fotolächeln hätte ich dich nicht malen mögen.‹ Das kam ganz ehrlich.«

»Und wenn es ehrlich ist?«

»Meinst du? – Das ist aber auch eine komische Situation«, verschiebt Alex das Thema wieder etwas: »Die große Enthüllung am Ende.«

»Wenn er dich zwischendrin immer nach deiner Meinung gefragt hätte: Wäre das besser gewesen? Dann wäre das Bild doch so ’ne Art fauler Kompromiss.«

»Du hast recht. Eigentlich gut, dass er das nicht gebraucht hat. Dass er das gewagt hat. – Das hatte ich lange genug in meinem Leben. Schüler, die ständig gelaufen kommen und fragen, ob das so gut ist. Wie oft habe ich zurückgefragt: ›Findest du es denn selber gut?‹ Ich habe ihnen immer gepredigt: ›Hör auf deine innere Stimme. Wie siehst *du* die Dinge? Sonst sind alle Aufgaben doch nur sinnlose Pflichterfüllung, wie Kästchenausmalen.‹«

»Bei einem Porträt hängen halt zwei dran oder drin«, sagt Uta. »Dein Johann will nicht mehr Bestatter, sondern Maler sein, und wenn er dir jetzt sein Bild von dir zeigt, mit großem Schwung das Tuch wegzieht, dann will er im Grunde, dass du es liebst. Dass du ihn liebst. Auf den ersten Blick. Als das, was er sein möchte.«

»Das ist ein komisches Wort für diese Beziehung.«

»Liebe?«

»Hm. Irgendwie ist es nahe dran und irgendwie gar nicht. Manchmal hab ich das Gefühl, wir sind wie Jugendliche. So eine Coming-of-Age-Geschichte, wo alles passieren kann, aber noch keiner von Liebe spricht. *Weil* keiner von Liebe spricht.

Kennst du das nicht? Je älter ich werde, umso mehr habe ich das Gefühl, ich trage alle Lebensalter, die ich mal hatte, in mir. Mal bin ich dreißig und mal zwölf, und mal bin ich so alt, wie ich bin.

Ich meine, er ist sieben Jahre jünger. Ich frage mich schon auch, wie er mich sieht. Ich will mich nicht alt fühlen, aber manchmal tu ich's.

Aber manchmal fühle ich mich auch jung. Johann ist ja dieser leicht depressive Typ. Das hat ja auch was Gutes. Er gibt mir Raum, und das gibt mir Schwung.«

»Meinst du, er ist verliebt?«

»Ins Bett wollte er nicht mit mir.«

»Oh, wart ihr schon so weit?«

»Nicht konkret. Aber es gab so eine Situation, da hätte was passieren können. Da war er – zurückhaltend.«

»Immerhin ist er ein verheirateter Mann.«

»Oder ich bin ihm halt doch zu alt.«

Eine Pause tritt ein. Alex meint, Uta sich etwas einschenken und einen Schluck trinken zu hören. Die Leitung steht. Uta sagt nichts.

»Der, von dem sie das Haus hier geerbt haben, Johann und Marion, der hat sich umgebracht. Renat hat er geheißen. Wir haben gestern seinen Abschiedsbrief gefunden. Der muss allen davor entgangen sein. In einem Mauerspalt im Atelier, hinter einem Kruzifix, versiegelt mit einem Placken rote Acrylfarbe, in den er was reingekratzt hatte, ein Tier mit vielen Beinen. Ich hatte beim Sitzen lange genug draufgestarrt, und beim letzten Mal habe ich gesagt: ›Du, da ist was.‹ Der war eine Spielernatur. Ich glaube, der war wirklich ein Künstler, also in dem Sinne, dass er nichts anderes war. Es gibt doch diesen Spruch: Kunst kommt nicht von Können, sondern von Nicht-anders-Können.«

»Renat. Der Name passt dann ja wie die Faust aufs Auge. Und bei Johann machst du dir keine Sorgen?«

»Nein. Der hat genug mit dem Tod zu tun gehabt in seinem Leben. Der ist geimpft. Und er hat sich auch mit sich auseinandergesetzt. Das macht viel aus. Tun viele Männer ja nicht. Ich glaube, er sucht nicht den Tod, er sucht das Leben.«

»Und was suchst du?«

»Das mag ich an dir, Uta: dass du solche Fragen stellst.«

»Weich nicht aus.«

»Ich könnte mir ernsthaft vorstellen, hierzubleiben.«

»Bei Johann?«

»Ich möchte nicht seine Partnerin werden, wenn du das meinst.«

»Wenn ich an Marions Stelle wäre«, sagt Uta in aufgeräumtem Ton, »ich wäre froh um dich.«

»Ich glaube, wir würden uns verstehen«, sagt Alex. »Einmal sind wir uns begegnet, bei der Hochzeit ihres Sohnes. Da habe ich Johann ja kennengelernt. – Du, vielleicht mache ich hier ein kleines Theater auf.«

»In dem Spukhaus?«

»Er hat es nicht hier getan. – Nein, eher nicht direkt hier. Ich habe einen Einheimischen kennengelernt. Der hat Kontakte. In diesem Tal gibt's einigen Leerstand, trotz der Touris. Sobald du etwas vom Meer weg bist. Eine Deutsche in einem Nachbarort gibt es auch, die viele Connections hat. Hier wohnen zumindest den Sommer über viele Deutsche, die in die Jahre kommen, ich könnte ein bisschen Kultur hier einführen. Kultur und einen Treffpunkt. Vielleicht zweisprachig. Es geht ja immer um Mitten, oder? Dezentrale Mitten. In den Bergdörfern sind die Trattorien oder Bars längst zu, oft auch der alimentari. Vielleicht werde ich ja auf meine alten Tage ein Dario Fo mit einem Piccolo Teatro«, sie lacht.

»Und ich komme dann zur Premiere, Piccolo trinken. Meine Alex hat wieder Pläne.«

»Nein«, wehrt sie spielerisch ab, »ich habe Ideen. Was sich ergibt, und wenn's drauf ankommt, Geistesgegenwart. Das ist mein Motto. Früher habe ich *Spielraum* über den Treppenabgang im Schulhof geschrieben. Jetzt ist das mein Motto.«

»Bisschen lang für eine Leuchtschrift.«

»Also ich sehe sie.«

Sie lachen.

»Und dein Einheimischer? Wie heißt der?«

»Lorenzo.«

»Und Johann ist eifersüchtig?«

»Ein wenig.«

»Siehst du«, sagt Uta. »Er ist doch ein echter Mann.«

*

Immer wieder seltsam, wie einen ein langes Telefonat aussaugt. Hätten die Freundinnen real zusammengesessen, zwei Stunden wären nichts gewesen. So führt das allzu einfache ›Auflegen‹ mit einem Fingertippen zu einem Gefühl der Irrealität und des Verlusts. Eine Alex saust noch durchs Reich der Sternschnuppen, die andere findet sich in einem U-Boot auf Tauchgang wieder. Sie macht Musik an: David Bowie, *Space Oddity*.

Sie steht auf, geht in die ›Küche‹, gießt sich einen sehr kalten Weißwein ein, trägt das Stielglas ins ›Wohnzimmer‹. Ein Puppenhaus ist das. Sie nimmt den Probierschluck, macht, was man macht, wenn der Kellner vor einem steht, Gurgeln, Nachschmecken, Vorsichhinnicken, dann zu dem hinauf, der in dieser Situation seltsamerweise zur Autorität wird. Kurz geht ihr Samir durch den Kopf, ihr Referendar. Das ist er jetzt natürlich nicht mehr. Nicht mehr ihrer und fertiger Lehrer. Und Theatermacher in spe. Kinder sind ein nachwachsender Rohstoff, immer aufs Neue zu begeistern.

»Salute, Uta.« Alex hebt das Glas in die wohltemperierte Raumluft hinein. Die Freundin hat schon beim Telefonieren dem Wein zugesprochen. Sie ist diesmal zu kurz gekommen. Hätte von ihrer Problemtochter bestimmt mehr erzählen mögen. Kommt Uta in ihrer Freundschaft regelmäßig zu kurz? Gibt es eine Freundschaft, die ganz ausgeglichen wäre? Das Schicksal verteilt immer Rollen, und Rollen müssen komplementär sein, dass es passt. Wie Puzzleteile. Drüben im Haus – sie denkt einfach *Haus*, so als ob ihres kein richtiges wäre – hängt ein zum Bild zusammengeklebtes, mit einem klebrigen Klarlack überzogenes Riesenpuzzle von Pompeji. Das hat er doch nicht selbst gemacht, Renat. Oder doch? Die Formulierung *ins Rollen kommen* landet in Alex' Kopf, und plötzlich ist da der Gedanke: Was, wenn mich einer eines Nachts über die Kante schiebt, runterwirft? Ich merke es noch, aber machen kann ich, drin in meiner perfekten Box, nichts. Oder ein Erdbeben? Die gibt's ja in Italien, durchaus heftig – ob in dieser Gegend, weiß sie nicht. Hätte sie sich über landestypische Naturgewalten vorab informieren müssen?

Heute gibt es Warnungen vor so ziemlich allem. Wir wollen in möglichst alles bewusst einwilligen. Nichts soll uns einfach passieren. Aber die eine Naturgewalt, vor der hat uns keiner gewarnt, denkt Alex, und dabei ist es die natürlichste, die, die ausnahmslos alle betrifft, vom ersten Tag an. Sie heißt einfach – Altern. Unser Leben passiert. Im Wortsinn, es zieht vorbei. An wem zieht es vorbei? An uns selbst?

Vielleicht sollte sie doch Buddhistin werden. Sie stellt sich vor, eine Buddhastatue in ihrem Tinyhouse zu haben. Für sich fände sie das vielleicht sogar gut – aber andere würden es nicht verstehen, nicht richtig. Die Esoteriktante will sie keinesfalls sein.

Von außen sieht ihr Heim spezieller aus als von innen. Hier drin ist manches nach einem Jahr schon abgenutzt und wirkt aus der Nähe leicht schäbig. Ein Tinyhouse auf Rädern besteht nur aus Oberflächen, das kann schon aus Gewichtsgründen nicht anders sein. Es ist eine Bühne. Sie sagt nicht, dass das gut oder schlecht ist. Aber es ist eine Bühne ohne Hinterbühne. Das muss man sich klarmachen.

Nicht dass Alex ihr Singlesein eintauschen wollte. »Was suchst du?« Jedenfalls keinen Ehemann. Vor ihr müssen die braven Ehefrauen keine Angst haben. Und auch nicht Simones Ehemann … Alex will kein Scheidungsgrund sein. Auch wenn sie immer noch sehr ansehnlich ist.

Aber in dieser Sommernacht, in der die Klimaanlage durchläuft, spürt sie den Preis der Freiheit. Den Preis ihrer »Moves«, wie Uta das nennt. Klar, das weiß Alex natürlich, dass in ihren Pirouetten immer auch ein Wegdrehen steckt, ein Lösen von der jeweiligen Ground Control. Nur, manchmal macht sie das nicht frei, manchmal ist die Freiheit, wie für Major Tom, eine Blechdose. Ein anderes ihrer Lieblingslieder läuft, es ist von Tanita Tikaram. *Look my eyes are just holograms*, setzt der Refrain ein, als sie sich in der spiegelnden Scheibe begegnet. Sie schließt den Vorhang nicht. Soll zusehen, wer zusieht. *From my hands you know you'll never be / More than twist in my sobriety.* Alex tanzt.

Als sie ein nächstes passendes Lied sucht, sieht sie, dass Nora geschrieben hat. Ihr wird heiß. Es ist das erste Lebenszeichen von Johanns Tochter. Alex hat ihm nichts davon gesagt, dass sie schon vor über zwei Wochen eine Adresse kontaktiert hat, die klang, als könnte es die richtige sein. Ein Video hat sie aufgenommen, im Garten, die beiden Behausungen und natürlich sich selbst. Am Schluss das Meer in der Ferne. Johann war währenddessen nicht da. Nicht dass Alex sich in seine Familie reindrängen möchte. Sie dachte nur, vielleicht funktioniert das: sie als Brückenbauerin. Jemand Fremdes, der sich aber zeigt, den die bestimmt misstrauische Nora sehen und hören kann. Den Text hat Alex wörtlich aufgeschrieben und auswendig gelernt. Das hat sie als Lehrerin nie getan. Sie musste die ersten Aufnahmen auch gleich wieder löschen, es klang viel zu aufgesagt. Und dabei ist sie doch eine erfahrene Theaterfrau.

Hallo Nora! Ich bin Alex. Wir kennen uns noch nicht. Ich wohne zurzeit auf einem Grundstück in Norditalien, auf dem dein Vater auch wohnt. Er in diesem alten Haus und ich in einem Tinyhouse auf Rädern. Deine Mutter und dein Bruder mit Frau und Kind sind nicht hier. Dein Vater und ich sind befreundet. Wir sind aber kein Paar. Wie das alles gekommen ist, das ist eine längere Geschichte. Wenn du dich meldest, kann ich dir gerne mehr erzählen. Johann würde sich sehr freuen, von dir zu hören. Und ich auch. Hier ist es schön. Schau, das Mittelmeer.

Und nun kommt mitten in der Nacht, nachdem sie schon dachte, sie hätte ihr kleines Werk ins Nichts gesendet, zurück: *Hi Alex! Sieht aus, als wär da Platz. Kann ich kommen?*

Dezentrale Mitten. Die Bezeichnung hat sie vorhin am Telefon spontan erfunden, als es um mögliche Orte für ein Theater ging. Durch Noras Antwort scheint nun genau dieser Garten auf einmal eine solche dezentrale Mitte. Und wie wenn es von tief innen käme, ist ein Wort in Alex' Kopf: Wisperzimmer. Der Titel eines Gedichtbands. Sie hat die Lyrikerin vor Jahren auf einer Lesung gesehen und war beeindruckt. Eine blonde Frau Mitte dreißig, die so schien, als würde sie ein Leben lang ein Mädchen bleiben. Aber nicht auf die unreife Art. Sie machte nicht einen auf jung und hip, sie gab einem das Gefühl, ein Wesen von draußen zu sein, das nur mal kurz in der Tür der Welt stand. Mittlerweile ist sie tot. Auch Krebs. Bei der Lesung erzählte sie, in Workshops frage sie Schüler gerne, was sie sich unter einem

Wisperzimmer vorstellen. Da kämen die tollsten Sachen. »Die, die es nicht gibt, nicht real, das sind ja die spannendsten Orte.« Nun weiß Alex zwar noch nicht, ob sie wirklich ein Theater gründen wird – aber sie kennt immerhin schon seinen Namen. Das heißt, noch nicht ganz. Ein letzter Schritt, rasch ist die Übersetzung gegoogelt, und *camera dei sussurri* klingt für eine Bühne sogar noch besser – mehrstimmiger.

Alex öffnet das Fenster. Es hat kaum abgekühlt, wenn überhaupt. Die Luft steht als dunkles, warmes Volumen draußen. Seit mehr als einer Woche hat es nicht geregnet. Ist es dieser Stillstand, der zwei Katzen, eine hell, die andere dunkel, zur Raserei treibt? Die dunkle kennt Alex, sie ist öfter hier, lässt sich manchmal streicheln. Die weiße ist neu. Zwei Meter von der Beobachterin entfernt knurren sie sich auf dem schmalen Weg an, fauchen und stürzen sich aufeinander. Ein dumpfer Aufprall, ein graues Knäuel, es springt wie ein Ball. Empörte Kinderschreie, die durch Mark und Bein gehen. Auseinander und von Neuem zusammen, ein paarmal. Dann ist der Kampf auf einmal vorbei. Die Weiße nach unten gesprungen, die Schwarze von der Nacht verschluckt. Alex ist aufgewühlt. Verwickelt in die fremden Leben, verwickelt in ihre rätselhaften starken Willen. Nein, zur Buddhistin fehlt mir die Abgeklärtheit. Aber vielleicht bin ich mit meinen knapp vierundsechzig Jahren auch einfach zu jung. Noch in der Nirwana-Trotzphase. *Will you still need me, will you still feed me …* Das gute alte Beatles-Lied, die uralte Sehnsucht nach Stabilität … Ich will mich entwickeln, ich will mich verwickeln.

Ich will nicht, dass das aufhört. Am Fenster stehend, tippt sie eine kurze Nachricht an Nora.

*

Ein zufriedener Johann rollt abends zurück, indem er locker die Pedale kurbelt. Alex hat ihn animiert, mal wieder eine Runde zu drehen, und er hatte, im Radlerjargon gesprochen, überraschend gute Beine. Am Beginn der Steigung ist ihm die Kette abgesprungen und hat sich fies zwischen Zahnrad und Rahmen verklemmt, drohte gar zu reißen, aber er hat beherzt zugefasst, sie rausbekommen und drauf und weiter. In diesem Moment war er Rennfahrer und sein eigener aus dem Begleitfahrzeug springender Mechaniker. Es wurde heute kein Hauptsache-irgendwie-Hochkommen, man konnte es eine Bergwertung nennen, für die er die letzten dreißig Meter aus dem Sattel ging. Als er nun klackend ums Haus herumkommt, ein bisschen Fred Astaire, liegt der Garten zum größten Teil schon im Schatten. Zwei sitzen bei einem Drink, und es gibt keine Sekunde des Zweifels.

»Nora.«

»Hallo«, sagt sie und lächelt. »Hallo Papa.«

»Wo … kommst du denn …« Sprachlos steht er vor ihr.

»Schön habt ihr's hier.« Einen Gruß lang war sie schüchtern. Beim zweiten Satz ist sie eine ältere Verwandte, die auf Besuch kommt, das neue Heim begutachtet.

Sie trägt einen kurzen Rock und eine weiße Bluse, bei der so viele Knöpfe offen stehen, dass man den BH sieht. Dezente Spitze. Die dunklen Haare hat sie abgeschnitten, eine Sonnenbrille steckt darin. Ihre Augen haben die gleiche undefinierbare Farbe wie Johanns, etwas, wo alles drin ist außer Blau, und dazu noch goldene Sprenkel. Ihre Haut ist hell und zart. Als sie ging, war sie ein Mädchen, die, die hier sitzt, ist eine Frau. Sie ist schön. Er hat eine schöne Tochter.

»Du warst wohl noch nicht in der Sonne dieses Jahr«, sagt er.

»Ne-e …«, macht sie, als ob das überhaupt nicht naheliegen würde.

»Wir haben Sonnencreme. Faktor 30, oder? Mindestens«, sieht er zu Alex hin.

»Sagt ihr schon wir?«

»Mama ist nicht hier«, sagt er.

»Ich weiß. Sonst wäre ich nicht gekommen.«

»Wo warst du denn?«

»Ich möchte nicht darüber reden.«

»Das ist Alex«, sagt er, obwohl sie das sicher längst weiß, so vertraut, wie die zwei beim aperitivo sitzen.

»Limoncello Spritz«, die Tochter scheint seinen Gedanken gehört zu haben. »Habe ich noch nie gehabt. Aber ist echt lecker, Alex. Wenn sie nicht hier wäre, wär ich auch nicht gekommen.«

»Hast *du* …?« Er sieht seine Gefährtin an.

Diese nickt. »Soll ich dir auch einen machen, Johann?« Dass sie nun auch ihn beim Namen nennt, ist wie eine Hand auf seiner Schulter. Das Aussprechen der Namen zieht kräftige Verbindungslinien. Die Schenkel eines Dreiecks durchlaufen den ziemlich ausgetrockneten Garten. Der Angelpunkt heißt Alex.

Der Mann nickt bereitwillig, und die ältere Frau geht in ihr Haus.

»Ich bin ganz verschwitzt. Und außerdem …« Er zeigt seine Hände. Die Geste eines Magiers, der etwas hat verschwinden lassen. Bei ihm sind die Finger jedoch schwarz, und er lächelt entschuldigend dazu.

Die Tochter steht auf. Sie ist noch gewachsen. Oder er geschrumpft. Sie umarmt ihn, während er weiter mit Händehoch dasteht, nur so geht das ja. Ihr Kopf drückt sich einen Augenblick lang an die Stelle zwischen Schulter, Hals und Ohr, dann wieder weg. Wie gut sie riecht. Ein Schacht der Erinnerung mit einer unbekannten Note. Früher probierte sie Düfte aus, klaute was in der Parfümabteilung, das hier scheint ihrer.

Die Tochter klopft ihm auf die Schulter. »Du hast es auch nicht mehr ausgehalten. Willkommen im Club.«

*

Der Hitze wegen, die sich in den Julitagen breitmacht, sind sie am frühen Morgen joggen gegangen. Wie man es machen soll, sind sie zunächst nur so schnell gelaufen, dass sie sich noch unterhalten konnten. Dann ist Alex jedoch auf den schmalen Weg abgebogen, den sie kürzlich entdeckt hat und der, typisch für hier, über Buckel und Mulden einfach drüberführt, mal steil, mal abschüssig, insgesamt aber bergan, am langen, drahtumzäunten Spielfeld für die regionale Sportart Pallapugno und am steinernen Friedhof mit seinen Porträtfotos und Plastikblumen vorbei hinauf zu der renovierungsbedürftigen Villa, die über Tal und Ort residiert und laut Lorenzo schon vor Jahren an Ausländer verkauft wurde, die bei *vendesi* zuschlagen und dann doch nichts tun. »Die sind einfach zu reich«, mutmaßt Alex, als sie das eiserne, spitzenbewehrte Gitter erreichen. Nora stützt sich keuchend auf die Oberschenkel. Nicht ohne Genugtuung bemerkt die Ältere, dass die Junge länger braucht, um wieder zu Puste zu kommen. »Oder sie sind wie mein Vater«, stößt Nora hervor.

»Wo hast du eigentlich in Amerika gewohnt?«, lenkt Alex ab.

»Im Wald.« Nora blickt sie an, indem sie den Kopf in den Nacken biegt. Alex muss an Thoreaus Hütte denken. Dessen Aussteigerbibel *Walden* hat sie noch mal gelesen, als die Idee eines Tinyhouse in ihr aufkam. Obwohl das Buch fast zweihundert Jahre alt ist und obwohl ihr Motto nicht *Zurück zur Natur* lautet, hat es sie bestärkt. Das Einfach-Machen. Thoreau war ein radikaler Kritiker des Lebensstils einer jungen Nation und zugleich ein prototypischer Amerikaner. Er hat den Schuldienst früh quittiert, weil er keine Kinder schlagen wollte. Mit Mitte vierzig ist er gestorben, an Tuberkulose, meint sie sich zu erinnern, an dieser mystischen Krankheit, ohne die Kafka oder Thomas Mann nicht zu denken sind, die aber heute ihren Schrecken verloren hat. Ihr Tinyhouse ist so ziemlich das Gegenteil von Thoreaus Hütte geworden. Räder machen einen gewaltigen Unterschied. Alex hat sich im vergangenen Jahr nie zurückgezogen, sie strebte Ziele an, jedenfalls auf der Landkarte. Anders als in ihren letzten Schuljahren, als sich nur das Rad der Jahreszeiten drehte, wollte sie wo hin. Ob sich ihre Räder in näherer Zukunft wieder in Bewegung setzen werden? Was könnte ein Anlass sein, sie auf den vollen Luftdruck aufzupumpen? »Richtig im Wald?«, fragt sie.

»Nicht allein«, sagt Nora.

»Wie hieß er?«

»Bruce.«

»Was hat Bruce gesagt, als du gegangen bist?«

»Ich habe ihm erst vom Flughafen eine Nachricht geschrieben. Er hätte mein Vater sein können, fast.«

»Da habe ich ja Glück gehabt, dass du im Wald überhaupt Internet hattest.«

»Ich habe im nächsten Nest gekellnert. Da gab es kostenloses Wi-Fi.«

»Und wie bist du da hingekommen?«

»Zu Fuß.«

»Ach, es klang, als wäre das viele Meilen weit weg gewesen.«

»Von Europa aus denkt man, in Amerika ist alles viel größer. Habe ich damals auch gedacht. Wenn man erst mal dort ist, ist ein Kaff auch nur ein Kaff, und hinter dem letzten Haus fängt der Wald an. Die Welt ist überall klein, oder?«

»Ich war noch nie in Nordamerika.«

»Ernsthaft?« Nora blickt sie ungläubig an. Büßt Alex gerade etwas von ihrer Coolness ein? Irgendwie will sie das. Bei Wibke war es ähnlich. Alex will nicht alles kennen. Sie will gegenüber den jungen Frauen, die ihre Töchter sein könnten – es aber nicht sind, und beides ist gut –, nicht einfach die mit der abgehakten Bucketlist sein. Es soll Löcher geben bei ihr, Offengebliebenes. Sie will im einen Moment jung und unerfahren wirken und im nächsten alt und weise. Schwer zu greifen, aber nahbar. Sie dehnt ihre Wadenmuskulatur.

»Wahrscheinlich sterbe ich, ohne New York oder L. A. mit eigenen Augen gesehen zu haben. Ich hatte immer das Gefühl, die USA kenne ich schon aus den vielen Filmen und Liedern.«

»Und das hat dich nicht angezogen?«

»Es hat sich nicht ergeben. Es gab immer Spannenderes. Warum bist du dorthin …?«

»Nach Amerika?«

»Zu Brru-tsche.«

»Mein Geld war alle.«

»Ein Sugardaddy?«

»Dann hätte ich nicht kellnern müssen. Nee, so alt war er auch nicht, sechsunddreißig. Anfangs war er sehr nett, strahlte etwas Verlässliches aus. Er war gut im Bett und hatte einen sarkastischen Humor. Aber auch ganz feste Vorstellungen. Irgendwann habe ich kapiert, er hatte vor der gesamten Außenwelt Angst.«

»So Typen habe ich auch kennengelernt. In einer Tinyhouse-Siedlung an der Ostsee.«

»Bist du deshalb hierhergekommen?«

»Auch deshalb.«

»Und wegen meinem Vater?«

Alex zuckt die Schultern, sie tauschen ein Grinsen.

»Als deine Nachricht kam, weißt du, welche Stimme ich da plötzlich hörte? ›Du hast ganz vergessen, dass du jung bist.‹ Das hat sie wörtlich gesagt.«

»Oh. Hörst du oft Stimmen?«

»Eigentlich nie.«

»Als Johann von dir erzählt hat, war mein erster Gedanke: Sie möchte jung sein. Deshalb musste sie fort. Aber dann ist es dort ja wohl ganz anders gekommen.«

»Man rennt los, und irgendwann kann man nicht mehr«, sagt Nora.

»Aber jetzt können wir noch ein bisschen, oder?«

»Klar.« Die junge Frau trägt eng anliegende schwarze Laufhosen, modischer als Alex'. Noras Hintern ist ein Blickfang für Männer. Statt loszulaufen, fasst sie auf eine eiserne Spitze des Zauns, die sie so eben mit der Hand erreicht. »Kennst du *The Virgin Suicides*? Darin stürzt sich ein Mädchen absichtlich aus dem Fenster in so einen Zaun.«

»Das haben wir im Schülertheater gespielt.« Alex ist bewusst, dass das ihren Coolnessfaktor vermutlich wieder steigert, aber das ist nicht der Grund, warum sie es sagt. Es soll ein Türöffner sein. Alex hat für vieles in diesem Mädchen, in dem Augenblick ist Nora ein Mädchen für sie, einen Resonanzraum. Sie hat genug Erfahrung, um das zu spüren.

»Und wie habt ihr das mit dem Zaun gemacht?«

»Mit Puder. Alle haben getanzt, es geschieht ja während einer Party. Alle tanzen mit Fischmasken, die Jüngste, Cecilia, tritt in ihrem abgeschnittenen Hochzeitskleid heraus, zieht die Maske ab und drückt das Gesicht wortlos in einen Teller voller Puder. Dann schaut sie mit der weißen Pudermaske ausdruckslos ins Publikum. Theater ist nicht wie Film. Im Theater musst du Zeichen für die Dinge finden. Ich finde gerade das das Spannende am Theater.«

»Ich finde das feige.« Nora hat plötzlich einen strengen Ton.

Alex sieht sie an. »Dir fehlt das Blut.«

»Das ist eine absolut verstörende Szene. Kannst du dir vorstellen, aus dem Fenster da« – Nora weist auf eines im obersten Stock, dessen Läden wie alle der Villa geschlossen sind – »auf den Zaun zu springen? Selbst wenn man sich umbringen will – es so zu tun, ist krass. Ich könnte das nicht.«

»Gott sei Dank.«

»Aber das mit den Fischmasken finde ich gut. Machst du noch Theater?«

»Das erzähle ich dir unten. Wer Erster an der Zypresse ist.«

*

»Das ist schon cool. Hier drin hast du alles, was du brauchst. Du bist auf niemanden angewiesen. Ich mag deine Dusche. Dass das keine abgetrennte Kabine ist, sondern das ganze Bad im Grunde die Dusche ist. Das gibt einem irgendwie ein anderes Körpergefühl.«

»Ich wollte so wenig Wände wie möglich«, sagt Alex.

Hin und her läuft Nora durch das Tinyhouse, einmal mit einem Handtuch um, einmal nackt. Unbefangen, die Frauen sind ja unter sich. Sie ist schlank und hat straffe Haut. Sie ist zwanzig, da ist das normal. Wobei Wibke einen anderen Körper hatte. Die junge Generation betont immer, es gibt nicht das eine Normal, das eine Schönheitsideal. Das wäre ungerecht. Jede ist auf ihre Art schön, sagen sie, und vielleicht glauben sie es wirklich. Ältere Frauen bleiben in all der bunten Vielfalt nach wie vor weitgehend unsichtbar.

Mit dem dunklen Haar, das vom Frottieren verstrubbelt ist, und der sehr hellen Haut ist Nora tatsächlich etwas Besonderes. Zwei Tattoos entdeckt Alex. Das eine, am Knöchel, ist klein und zeigt eine Nixe. Das, das über dem rechten Schulterblatt ungefähr ein Viertel des Rückens füllt, ist ein opulentes Traumbild. Es ist nicht nur bläulich, auch rötlich, grünlich und schwärzlich. Alex bemerkt einen Totenkopf und einen Schmetterling, dazu einen Baum, der zur Hälfte kahl ist und zur anderen in vollem Laub steht. Sie kann nicht jedes Detail erkennen, dafür müsste die junge Frau still halten. Es ist jedenfalls eine überladene Kombination klischeehafter Symbole. Nora hat die Makellosigkeit ihrer jungen Haut eingetauscht gegen diesen Kitsch, den sie nun ein Leben lang mit sich herumtragen muss und an dem sie sich sicher eines Tages sattsehen wird. Und trotzdem, denkt Alex: Es war wichtig, das zu machen. Sich selbst zum Projekt zu machen, dem Schmerz einen Ort zu geben und einen Sinn.

»Komm mal her«, sagt Alex, »ich will dein Tattoo anschauen.« Bereitwillig stellt sich Nora, die mittlerweile einen Slip trägt, mit abgewandtem Gesicht vor sie hin. Alex erinnert sich, wie sie einer Schülerin im Schullandheim eine Zecke entfernte. Wie der kleine Blutsauger die Mädchen ganz aufgelöst sein ließ, heute können Dreizehnjährige sämtliche lebensbedrohlichen Komplikationen runterrattern. Wie sie etwas tat, was sie als Lehrerin rein rechtlich nicht durfte. »Halt jetzt still!«, hat sie die Pubertierende angeherrscht, und plötzlich stand ein Opferlamm vor ihr.

Alex verteilt eine Schliere von Noras Creme auf der blassen Haut. Sie streicht über den Übergang zur Tätowierung, er ist nicht zu fühlen. Die Fläche, unter der die Pigmente eingelagert sind, scheint noch dünner, noch glatter. Eine Membran. Die ältere Frau hat das Gefühl, die jüngere mag es, berührt zu werden. Nicht mit der ganzen Hand, doch auch nicht nur mit einer Fingerspitze. Sie hat das Gefühl, das Richtige zu tun. Zur Wirbelsäule hin stehen die Schulterblätter etwas ab, die Haut überspannt fragile Flügel. Einer Wurzel des Baums folgend, verlassen Alex' Finger das Bild seitlich, über die Rippen streicht sie zur Flanke. Nora hebt die Arme. Unter der rasierten Achsel hindurch sieht Alex die Wölbung der Brust. Sie wäre neugierig darauf, die Reise ihrer Finger noch nicht enden zu lassen, sie hat auch jetzt das Gefühl, die Jüngere hat nichts dagegen. Trotzdem bricht sie ab.

»Und?«, fragt Nora ohne einen Hauch von Intimität in der Stimme: »Gefällt es dir?«

»Es steht dir. Hat es eine Botschaft?«

»Nein, ich mochte die Motive einfach. Ich habe mir aus den Arbeitsproben etwas Eigenes zusammengestellt.«

»Du hast es selbst entworfen?«

»Nee, das war Bruce. Das am Knöchel ist von mir. Ein Kinderbild.«

»Hast du das extra nach Amerika mitgenommen?«

Nora schüttelt den Kopf. »Die Meerjungfrau war ein blinder Passagier. Sie lag in meinem Tagebuch. Als ich sie gefunden habe, habe ich gedacht: Schicksal. Sie wird mein erstes Tattoo.«

»Du hast erst zwei«, stellt Alex fest.

»Wieso ›erst‹?«

»Ich hätte gedacht, du bist über und über tätowiert. Nach dem, was Johann über deinen Abgang erzählt hat.«

»Er hätte sich längst scheiden lassen sollen«, sagt Nora.

»Hast du eben gesagt, Bruce hat das andere Tattoo entworfen?«

»Er hat es auch gestochen. So haben wir uns doch überhaupt kennengelernt.«

»Ach so. Aber dann …«

»… konnte er auf einmal nicht mehr. Ein Tremor, er konnte die Hände nicht mehr still halten. Je mehr er es versuchte, umso mehr haben sie gezittert. Sie haben die Ursache nicht rausgefunden. Er hat den Ärzten schon davor misstraut, außerdem hatte er keine Krankenversicherung. Ich glaube ja, es lag an irgendwas, was er genommen hat. Er hat viel genommen. Das ist tragisch für einen Tattoo Artist. Und das war er.«

Alex nickt. »Ja, das ist gut gezeichnet. Mit den Schattierungen wirkt es ganz räumlich.«

»Der Tremor war auch der Grund, wieso er in den Wald gegangen ist.«

»Und du mit.«

»Jetzt bin ich ja hier.« Es klingt, als hätte Alex sich um sie gesorgt, als wäre Nora deshalb zurückgekommen. Das leibhaftige Happy End. Die junge Frau dreht sich um. Von vorne, ohne Bild auf der Haut, ist sie auf eine offensive und zugleich verletzliche Weise nackt. Sie ist bestürzend schön. Die wunderbaren Formen der Brüste, ihre festen Spitzen mit den kleinen rosa Höfen. Man möchte sie in die Hände nehmen, man möchte die Natur in dieser jungen Frau verehren.

»Den Schneewittchen-Teint habe ich von meiner Mutter«, reagiert Nora auf Alex' Blick. »Die Augen von Papa, die Haut von ihr.«

»Und die Tattoos hast du von dir selber«, sagt Alex.

Nora sieht sie an. »Du bist seltsam. Du hast noch gar nicht gefragt, was ich werden möchte. Was ich jetzt machen möchte. Oder mir gesagt, ich soll wenigstens einen Schulabschluss machen. Damit ich was in der Tasche habe. Du bist eine schlechte Lehrerin.« Sie lächelt.

Im nächsten Moment ist ihr Ton bitter: »Ich will meine Mutter nicht sehen, weil sie vermutlich recht gehabt hat. Weil sie immer recht hat. Ich habe meinen Neffen noch nicht im Arm gehalten. Ich kenne meine Schwägerin kaum, habe die Hochzeit meines Bruders verpasst. Ohne Entschuldigung, ohne Gruß. Ich schlafe im Untergeschoss eines verfallenen Ferienhauses, in dem oben mein schnarchender Vater pennt, der entdeckt hat, dass er in Wahrheit ein Künstler ist. Davor bin ich viel zu lange bei einem echten Künstler geblieben, der aber ein Psycho war, der am Ende nur noch mit Waffe vor die Tür gegangen ist. Musst du dir vorstellen, das Gewehr in den zitternden Händen … Mein Glück war, dass ich Geld verdienen musste! Sonst wäre ich da nicht rausgekommen.«

»Jetzt bist du ja hier«, sagt Alex. »Morgen ist das Fest der Türen in Lucinasco. Du gehst doch mit? Es ist übrigens auch mein Geburtstag.«

»Ach, schön«, sagt Nora.

*

Sie haben einen Weg eingeschlagen, der auf halber Höhe den Hang entlangführt, taleinwärts. Auf einer Wanderkarte hat Renat Routen eingezeichnet, die er offenbar begangen hat. Italienischen Wanderkarten ist wenig zu trauen, manche

Linie wirkt freihändig durch eine große grüne Fläche gezogen, von Exaktheit oder klaren Wegmarken kann keine Rede sein. Doch diesen Rundweg hat Renats Stift beglaubigt. Sie werden ihn schon finden.

»Hast du dich gut eingecremt?« Johann konnte die väterliche Frage nicht lassen. »Papa …!«, hat die Tochter nur erwidert. Sie trägt lange Sachen, er kurze. Sie Sonnenhut, er Baseballkappe. Johann ist schon so bronzen gebräunt wie die einheimischen Straßenarbeiter, die sie mit nacktem Oberkörper den Rand des Asphaltbands reparieren gesehen haben. Einer hat »Ciao, bella!« gerufen, wenn Johann nicht dabei gewesen wäre, wäre wohl Anzüglicheres gekommen. Immer dieses Stückwerk, hat er gedacht: Wäre es nicht sinnvoller, einmal die gesamte Fahrbahn zu erneuern? Inklusive Unterbau, dann gibt es auch nicht so schnell wieder die tiefen Schlaglöcher, die eine echte Gefahr für Radfahrer darstellen. Mittlerweile kommt er sich besonders italienisch vor, wenn er über das Gewurstel der Obrigkeit schimpft oder ihnen unterstellt, in die eigene Tasche zu wirtschaften. Hier auf dem Land ist Italien noch ein allabendlich sich auf der Piazza zusammenfindender Männerchor. Alex hat es, halb im Spaß, mit dem antiken Theater verglichen. Die Ehefrauen kochen unterdessen.

»Irgendwann muss ich deiner Mutter sagen, dass du hier bist.« Der Weg ist ziemlich uneben, Löcher sind mit grobem Schotter gefüllt oder mit Ziegelscherben. Das hat ihn schon öfter geärgert, dass sie hier ihren Schutt einfach in die Landschaft kippen. Ein eigentlicher Wanderweg ist das noch nicht, sondern die Zufahrt zu Gartengrundstücken oder Plantagen. Alex wollte nach dem gemeinsamen Mittagessen noch etwas für sich sein, und Johann hatte das Gefühl, trotz der Hitze könnte ein Spaziergang die Gelegenheit bieten, mit Nora besser ins Gespräch zu kommen. Zu seinem Erstaunen hat sie gleich gesagt: »Okay.« Nun sagt sie aber: »Warum musst du das tun?«

»Weil ich …«

»Weil du hier für die Wahrheit zuständig bist?«

»Sie ist deine Mutter, Nora, immer noch. Und sie ist meine Frau.«

»Sagst du ihr deine Wahrheiten denn?«

»Ich habe nichts mit Alex, wenn du das meinst.«

»Für nichts habt ihr ganz schön viel.«

»Ich habe sie gemalt!«

»Nackt.«

»Ja, nackt.«

»Die nackte Wahrheit.« Die Tochter lacht.

»Nora …«

»Was willst du, Papa? Wie wäre es, du sagst mir einfach, was du willst?«

»Ich bin so froh, dass du wieder da bist. Das kannst du dir gar nicht vorstellen. Und ich will auf keinen Fall, dass du wieder verschwindest, einfach so.«

»Ich bin nicht ›einfach so‹ verschwunden.«

»Ich weiß …«

»Du hast dich damals dumm gestellt, und du stellst dich heute immer noch dumm. Der fatalistische Bestatter, es war die Rolle deines Lebens. Der Seufzende, der Depressive. Für dich war *So ist das Leben* eine tiefe Weisheit. Als Kind mochte ich das, das Weiche an dir. Deine Geduld beim Haarekämmen. Die Bildergeschichten, die du beim sonntäglichen Essengehen auf die Tischdecke gezeichnet hast. Aber als ich dich gebraucht hätte, warst du nicht da. Du warst bei dieser Sonja. Hast du nicht gemerkt, dass Mama und ich längst alles wussten? Das ist das Gute am Dummstellen, dann kann man von den anderen erwarten, dass sie dasselbe tun. Lasst uns alle dumm sein!«

»Deine Mutter möchte hier vorbeikommen.«

»Wann?«

»Wenn es passt, sie weiß es noch nicht genau. Ich kann nicht sagen: ›Komm nicht.‹«

»Kennen sie sich?«

»Wer?«

»Alex und sie.«

Johann zuckt die Achseln. »Von Dominiks Hochzeit. Kennen kann man das nicht nennen.«

»Aber sie weiß schon …«

Er nickt.

»Und was hat sie gesagt?«

»Nicht viel.«

Nora bleibt stehen und bindet sich den Schuh, zieht den Knoten energisch zu. »Siehst du, das ist das Problem.«

Johann sieht seine Tochter fragend an. Die luftig-leichte beige und pastellrosa Sommerkleidung steht ihr ausgesprochen gut. Auch wenn sie keinen langen Rock, sondern weite Hosen trägt und auch wenn es einen kleinen bauchfreien Streifen gibt, hat es etwas Altmodisches, jedenfalls in seinen Augen. Etwas Verspieltes, Fremdes. Nora ist ein Gast auf Sommerfrische. Nur dass es in diesen Tagen wahrlich nicht frisch ist.

»Wir haben nie geredet«, sagt sie.

»Ihr habt dauernd gestritten«, sagt er.

»Weil ich verzweifelt versucht habe, irgendwas klarzukriegen. Ich wollte eine Front, damit ich weiß, wo ich aufhöre und sie anfängt. Aber es war wie Schwimmen in einem Sumpf, du wirbelst nur immer mehr auf. Es war alles so dicht! Man hat keine Luft bekommen. Weißt du, wie reden geht? Wirkliches Reden?«

Johann setzt an, etwas zu erwidern, doch dann verzichtet er darauf und nickt: »Ich glaube, das bringt mir Alex gerade bei.«

»Ich habe dich lieb, Papa«, sagt die Tochter plötzlich. »Ich habe dich so vermisst. Ich musste ans andere Ende der Welt, um das zu spüren.«

»Warum hast du dich denn nie gemeldet?«

»Warum hast *du* dich nie gemeldet? Nicht ihr, Papa, du.« Sie steht etwas höher als er, sieht ihn von oben an. Er hält den Blick aus. Was sieht sie? Einen grau gewordenen Mann von neunzig Kilo, auf dessen T-Shirt sich zwischen Brust und Bauch ein großer, dunkler Schweißfleck abzeichnet. Sie dreht sich um und geht weiter, er folgt. »Bei uns wurde alles immer begraben. Ein echter Familienbetrieb.« Nora legt einen Schritt zu. »Seit wann malst du?«

»Seit du nicht mehr malst«, sagt der Vater, einer plötzlichen Eingebung folgend.

»Und wenn ich wieder anfange?«

»Das hat Alex auch gesagt.«

»Ach, sie auch?«

»Sie meint es nicht ernst. Sie will mich ärgern.«

»Wir machen eine Künstlerkommune auf. Warum ärgert dich das?«

»Es ärgert mich nicht. Aber es …«

»… holt dich aus deinem Versteck. Du versteckst dich, Papa, nach wie vor. Man kann sich hinter allem verstecken, auch hinter den eigenen Bildern. Kleine Kinder verstecken sich hinter ihren Händen, hinter ihren zugekniffenen Augen. Bei Kindern ist das süß. Ich will Louis sehen. Und Dominik und Wibke. Ich will mit Marion reden, von Frau zu Frau. Morgen fahre ich hin.«

»Morgen schon? Hast du das …?«

»Mein Leben verläuft geplanter, als du denkst. Du bist hier der, der in den Tag hinein lebt. Im Ernst, meinst du, ich bin damals einfach so ins Blaue hinein abgehauen? Wie früher, als man nach Hamburg getrampt ist und aufs nächstbeste Schiff. Das ist lange her, Papa. Da hieß das noch die Neue Welt.

Das Organisationstalent habe ich von Marion. Frauen sind die besseren Organisatoren. Mental Load, heißt das nicht auch in Deutschland jetzt so? Da bewundere ich meine Mutter: Beerdigungen müssen ja immer perfekt sein. Wenn da was fehlt. Den Kranz kann man nicht einen Tag später hinterherwerfen. Jetzt macht das wohl auch Wibke ganz toll.«

»Und Dominik.«

»Ja«, sagt Nora, »ich habe den besten Bruder der Welt.«

»Ich bin überflüssig«, sagt Johann. »Wie bei den Bienen die Drohnen.«

»Du willst es doch so. Oder?«

»Ausgehalten werden und keinen Stachel haben«, sagt er vor sich hin: »Das ist der Deal.«

»Soll Alex jetzt dein Leben in die Hand nehmen?«

»Nein. Natürlich nicht.«

»Oder ich?«

»Ich könnte dich malen.«

»Wie wär's, du malst dich erst mal selber?«

An einer Gabelung bleiben sie stehen. Der linke Weg scheint in einer Windung den Hang hinaufzuführen. Aber irgendwie sieht es anders aus, als er es im Kopf hat. Er zieht die Karte aus der Gesäßtasche. Er hat sie so oft gefaltet, sie ist ein kleines Kissen. So geschickt hat er es zu machen versucht, dass zweimal Auffalten reichen sollte, um den relevanten Ausschnitt vor sich zu haben. Irgendetwas macht er jedoch verkehrt, jedenfalls findet er sich in dem Stück Grün nicht zurecht. Wo sind sie, wo sind sie losgegangen? Diese italienischen Karten. Er faltet doch das ganze Blatt auseinander, es misst nahezu einen Quadratmeter. Er breitet es auf dem ausgebleichten, staubig-steinigen Grund aus, gebückt steht er darüber, schnaufend dreht er das Viereck. Er blickt zum Vergleich auf: In welcher Richtung kleben am anderen Hang die Häuschen mit dem Kirchturm? Der Borgo, was Weiler heißt und ein Wort ist, was ihm gefällt. Aber welcher Borgo auf der Karte ist der, den man zwischen fiedrigen Kiefern und Steineichen hindurch sieht, ein heller Fleck mit ziegelroten Dächern mitten im krausen Grün? Er dreht am Viereck, justiert. Die Tochter sieht ihm interessiert zu. »Wie früher, Papa«, sagt sie. »Wenn Mama sich dabei eingemischt hat, hast du sie angefahren. Du warst old school. ›Mit Navi kriegt man viel weniger von der Gegend mit.‹ Du wolltest der Gestresste sein. ›Schaut raus‹, hast du gesagt, ›genießt es.‹ Ich habe die ganze Zeit rausgestarrt, schon damit ich nicht spucken musste. Ich muss wie ein verschrecktes Hühnchen ausgesehen haben.

Einmal saßt du am Steuer und musstest dringend aufs Klo. Aber du wolltest partout nicht anhalten, bis du die Pension gefunden hattest. Du hast in die Hose gemacht.«

Johann richtet sich auf. Er atmet durch. Seine Tochter könnte gut und gerne ein Model sein, mit dem in Arkadien die Bildstrecke für eine Hochglanz-Zeitschrift aufgenommen wird. Seit ihrer Rückkehr sieht er sie mit anderen Augen an. Sie ist etwas Wertvolles, auf das er stolz ist.

»Soll ich doch mal in der Wander-App schauen?«

»Nein«, sagt er mit plötzlicher Lust daran, die Zeit zurückzudrehen, »Papa macht das.«

»Ich hätte ohnehin kaum noch Akku«, sagt sie leichthin.

»Doch nicht so perfekt organisiert?«

»Ich verlasse mich eben auf dich.«

Sie sehen sich an. Eine plötzliche Leichtigkeit zwischen Vater und Tochter. In diesem Moment ist er kein alternder, unentschlossener, sturer Stoffel, er ist der Mann im Leben dieser jungen Frau, der unersetzbar ist und ihr etwas mitgeben kann.

»Weißt du, Nora, du bist jung. Da will man alles verstehen. Du hast viel nachgedacht und sicher in vielem recht. Vielleicht in allem. Du hast einen scharfen Blick. Aber jetzt sage ich dir was: Menschen sind sehr unterschiedlich. Und sie verstehen sich oft selbst nicht. Irgendein kluger Mensch hat einmal gesagt, wir können das Leben im Rückblick verstehen, aber wir müssen es in die Zukunft hinein leben. Eine Familie ist im Grunde etwas Seltsames, eine Weggemeinschaft von Geheimnissen. Und Liebe macht uns nicht gleich. Sie lässt uns eher spüren, wie unterschiedlich wir sind. Es ist wunderbar, dass wir nun wieder eine kleine Wegstrecke gemeinsam zurücklegen. Meine schöne Tochter.«

»Und wo geht sie jetzt lang, unsere Wegstrecke?« Sie gibt sich amüsiert, um ihr Berührtsein zu überdecken.

»Irgendwie kriege ich Karte und Realität nicht ganz zur Deckung«, sagt er. »Aber ich glaube, wir machen nichts falsch, wenn wir hier raufgehen. Auf den Berg müssen wir auf jeden Fall.«

*

Ungefähr eine Viertelstunde später zeigt der Weg jedoch endgültig seinen Eigensinn. Statt auf die Höhe zu führen, windet er sich seitlich fort, den niedrigen Mauern folgend, die hier wie überall im Tal Zeilen in die Hänge ziehen. Am Rand steht ein hölzerner Wegweiser: Lucinasco. Da wollen sie nachher hin, jetzt aber noch nicht. Und natürlich nicht zu Fuß und verschwitzt. Johann wird sich fürs Fest nach langer Zeit einmal wieder schick anziehen. Er hat gleich mehrere Gründe, sich darauf zu freuen.

»Das ist schon mal falsch«, stellt er angesichts des pfeilförmigen Schilds fest.

»Dann müssen wir wohl geradeaus.«

»Ist das denn ein Weg?«, fragt der Vater. In dem Einschnitt im trockenen Gelbgrün mag man mit etwas Fantasie zwei Räderspuren erkennen, freilich zugewachsen mit langen, das Licht fangenden Rispengräsern und sogar dem einen oder anderen Spross eines Baums. Hier ist schon länger niemand mehr hochgefahren.

»Warum steht das Schild hier? Weil es eine Abzweigung ist«, argumentiert die Tochter.

»Nach oben zeigt aber kein Pfeil«, wendet er ein.

»Hier gibt es doch überhaupt nur ganz selten Schilder«, sagt sie. »Das ist nicht der Westerwald, wo an jeder Ecke alle Ziele mit genauer Kilometerangabe stehen. Du hast dich für dieses Land entschieden, Papa. Hast du jetzt Angst?«

Sie blitzt ihn an. Diesen Tonfall hat auch Alex. Man weiß nicht genau, was sie wirklich denkt, aber man spürt die Energie. Sonja hatte das auch, im Gegensatz zu Marion. Dieses Spielerische, dem er so gern verfällt. Weil er bei rätselhaften Frauen draufgängerisch sein kann. Vorhin hat er sich väterlich gefühlt, nun fühlt er sich wie ein abenteuerlustiger Junge.

Kurze Zeit später zupft sich Nora dutzendweise Kletten von den Schnürsenkeln: »Biester!« – »Die hängen gleich wieder an dir«, amüsiert er sich.

Klar ist nun, ein Fahrweg ist das nicht. Sie müssen Trockenmauern hoch, die offenbar schon seit Längerem nicht mehr unterhalten werden. Die ersten kann man noch wie Stufen mit einem großen Schritt nehmen. Es fühlt sich sportlich an, man bewältigt viele in rascher Folge, hat den Eindruck, sogar flinker zu sein als im Trott der Ebene. Johanns Knie spielt mit. Sie sind nun auch weniger der Sonne ausgesetzt, dichter werdendes Buschwerk, vermehrt Bäume. Die Ölbäume, die hier wachsen, hat niemand um der leichteren Ernte willen oben gekappt. Das hier ist keine Plantage, das ist schon ein Wald. Von allen Seiten das quietschende Schaben der Zikaden, hört eine auf, weil man ihr zu nahe kommt, macht die nächste nahtlos weiter. Johann kommt sich geschickt vor, wie er nach Stämmen und Ästen greift und sich hochzieht. Man muss nur aufpassen, dass man sich nicht sticht. Brombeerranken schieben sich in den Pfad, und etwas Federndes hängt einem vor der Nase, das Lianen ähnelt und Blätter hat, die man mit Efeu verwechseln kann, doch auch versteckte Dornen.

Sie sind im Rhythmus, er vorneweg, sie direkt dahinter. Ein Team beim Bergauf-Slalom – ohne innezuhalten entscheidet er aus der Bewegung heraus, ein Hindernis links zu passieren und das nächste rechts. Äste, die er wegbiegt, übergibt er ihr, ohne sich umzusehen. Eine Mauer ist höher als die vorigen. Er setzt den Fuß druckvoll auf die Kante, um sich mit Schwung hochzustemmen. Doch die Steine fallen unter seinem Tritt, eine kleine Lawine, sie trifft sein anderes Bein. »Autsch!« Er blutet am Schienbein. »Pass auf, Papa!« – »Ach was, das ist nur ’ne Schramme.« – »Pass trotzdem auf.« – »Sollen wir umdrehen?« – »Wir sind doch schon halb oben. Oben läuft doch der andere Weg, oder?« – »Jetzt hole ich die Karte nicht raus. Die ist viel zu ungenau. Wir sind irgendwo mittendrin. Komm, das schaffen wir.«

Efeu und Brombeerranken kriechen über den Boden, auf dem kaum mehr verdorrtes Gras wächst. Ginster, irgendwas mit vertrockneten Knospen und Disteln. Kratzer bleiben nicht aus. Ihn erwischt es doppelt, wegen seiner kurzen Hose und weil er in den Schuhen nur Füßlinge trägt. Johann will nicht das deutsche Klischee sein, in Tennissocken und Sandalen. Es sollte ein Spaziergang werden, nicht mehr. Jetzt müssen sie da durch. Nora ist mit der Hose hängengeblieben, ein Riss. Auch braune Spuren. Sie nimmt es hin. Er ist außer Atem, doch gönnt sich und ihr keine Pause. »Auf geht's!« Aber als sie von einer vorspringenden Stelle hinaufblicken können, erkennt man: Bis oben scheint es noch genauso weit wie am Anfang, wenn nicht weiter. Das hat man vorhin nicht gesehen, was noch alles vor dem blassen Himmel kommt. Grüne, krause Wildnis. »Das schaffen wir nicht. Das wird immer steiler. Lass uns quer rüber gehen.« – »Gehen ist gut«, versucht sie es mit Humor.

*

Mühsam arbeiten sie sich den zugewucherten Hang entlang. Längst hat es alles Spielerische verloren. Die mediterrane Flora ist es gewohnt, sich zu behaupten, abgehärtet. Alles spröde, störrisch, nichts schmiegsam. Ein einzelner Feigenbaum winkt wie zum Hohn mit den großen, glänzenden Blättern, die Früchte, die er präsentiert, sind noch grün und unreif. Schartig Abgerissenes, scharf Abgeknicktes. Dornige Ruten und Schlingen, die ihnen die Kleider zerreißen, sich darunterschieben, sie hochrollen. Längst führen sie nicht mehr Buch über ihre Wunden. Aber dann türmt sich vor ihm, der nach wie vor die Führung hat, ein Brombeergestrüpp von mindestens fünf Metern Höhe und unabsehbarer Breite.

Das ist das Böse: das Innere eines riesigen Brombeergestrüpps, in das er hineinblickt, unterhalb der verführerischen schwarzen Beeren und der sonnenhungrigen Blätter. Ein dunkler Verhau aus Hunderten verholzter Ranken. Jede dicht besetzt mit Stacheln, spitz wie Haifischzähne. Kreuz und quer und ineinander verhakt. Einer Maus oder Schlange mag das Unterschlupf bieten, sie aber stehen wie die ersten Menschen davor. Für nackte Hände ist es das Feindliche schlechthin. Einen Moment hat er die Fantasie, mit seinen Schuhen obendrüber gehen zu können, federnden Schritts … Hat er schon Halluzinationen?

»Aua«, hört er die Tochter hinter sich, kindlich-kläglich. Als er sich umdreht – das ist nicht leicht in der Enge –, steht sie nahe an seinem verschwitzten Rücken. Ihr Hut ist weg, sie muss ihn verloren haben. Sie fasst sich oben an den

Kopf, zieht einen stachligen Zweig aus dem Haar, offenbar hat er die Kopfhaut verletzt, sie schaut auf das Blut an den Fingern. Sie darf das Brombeergestrüpp nicht sehen, denkt er. Laut sagt er: »Das hat keinen Zweck. Wir müssen runter. Unten stoßen wir auf jeden Fall auf den Weg, den sind wir ja gekommen.« Schon hat er sich eine Mauer heruntergelassen und reicht ihr die Hand.

*

Alex ist vierundsechzig und allein. Mittags haben sie im kleinen Kreis gefeiert, am Abend wird auf dem Fest sicherlich auf sie angestoßen werden. So gut kennt sie die Leute hier mittlerweile, das lassen sie sich nicht entgehen. Wie ein Mädchen wird sie dastehen, wenn Simone oder wer auch immer das Wort ergreift, vielleicht gar mit Mikro, und alle die Gläser erheben. *Tanti auguri a te* … In der Fremde, als Neue, ist ihr, ehrlich wahr, ein wenig nach Kindergeburtstag.

Auf dem Rücken liegend, blickt sie durch ihr Dachfenster ins Blaue. Die Pinie spendet Schatten. Das Gebläse der Klimaanlage rauscht dezent.

Gut, dass sie ins Gespräch kommen, Vater und Tochter. Jetzt denke ich schon so, als ob wir eine Familie wären. Fühle mich schon verantwortlich für sie, für uns. Will ich Marion doch ausbooten?

Was sie spürt, sie will Bindung. Ver-Bindlichkeit. Das braucht keine offizielle Bezeichnung, sie will niemandem etwas wegnehmen oder gar etwas zerstören. Das ist immer noch nicht gelogen. Andererseits haben Bindungen eben immer einen Anteil Exklusivität, wenn man ehrlich ist, gehört das dazu. Was Nähe schafft, schafft woanders weniger Nähe. Und Berührungen? Bedeutsame Berührungen müssen exklusiv sein. Sonst wären es keine. Nur eine Verklumpung. Bei einer wirklichen Berührung ist man wie Land und Meer. Ja, Alex hat Sehnsucht.

In der Schule war die Sache klar: Sie konnte die Vertraute junger Mädchen sein, manchmal auch von Jungs. Sie konnte die verständnisvolle Zuhörerin all der Mütter am Limit sein und sogar des einen oder anderen Vaters. Am Ende war sie immer Frau Mattmann. Ein Katalysator, wenn's gut lief – man kennt es aus der Chemie, er erleichtert eine Reaktion, eine neue Bindung, aber er reagiert nicht selbst mit. Baut sich nicht ein. Der Katalysator ist der, dem man am Ende dankt.

Das wäre ihr jetzt zu wenig. Alex will weder Johanns noch Noras Dank.

Letztes Jahr hat sie sich eingebaut, in die perfekte Alexbox. Dieses Jahr ist Öffnung dran. Das Fest der Türen … Netzwerken, das hört sich nach jungen Leuten an, mit hippen Freunden in anderen Metropolen. Sie tut das hier, in den ligurischen Bergen. Mit vierundsechzig. Sie hat Lust, heute Abend eine kleine Rede zu halten. Erst das errötende Mädchen und dann die gestandene Frau, die einen Plan hat.

Heute Mittag hatte *sie* Grund, sich zu bedanken. Nora, die erst gestern von ihrem Geburtstag erfahren hat, hat ihr ein rührendes Geschenk gemacht. Sie hat gebacken, und so lecker! Zum ersten Mal in ihrem Leben hat sie sich an Brandteig versucht: »Das ist ja typisch für hier.« Vögel hat sie geformt und mit heller und dunkler Creme gefüllt. Zwei saßen in der Mitte des Tabletts, Schnabel an Schnabel. »Was sind das für Vögel?« Die Bäckerin hat die Hände gehoben und ein lustiges Gesicht gezogen: »Schwäne? Erkennt man es nicht?« – »Man erkennt, dass sie sich mögen.«

Johann hat, wie ein Vierzehnjähriger, eine lebensechte Plastikzikade unter dem Rand ihres Tellers versteckt. »Damit du weißt, wie sie aussehen«, hat er gegrinst. Sein eigentliches Geschenk war jedoch ein Bild. Kein Porträt, es war überhaupt kein Mensch darauf. Es war fraglich, ob überhaupt etwas ›darauf‹ war. Vielleicht waren es auch nur, aber was heißt nur, blaue und weiße und grüne Pinselgesten. Die meisten horizontal, ein paar vertikal davorgesetzt. Diesmal nicht Acryl auf Leinwand: Tusche auf Transparentpapier. »Ist das von dir?« – »Aus meiner Serie *Il mare*.« – »Oh, aus einer Serie. Wie groß ist die denn?« – »Das ist Nummer eins.« – »Und das schenkst du her?« Johann hat die Schultern gehoben und gelächelt: »Ich habe gedacht, dreißig mal dreißig kann man sich gut in ein Tinyhouse hängen. Du hast ja kein einziges Bild an der Wand, oder?« – »Nummer eins«, hat sie gesagt. Sie hat das zarte Blatt, das er sorgsam in eine Mappe aus zwei Pappen gelegt hatte, in den Alkoven mitgenommen. Alex dreht sich auf die Seite, stützt die Wange in die Hand und betrachtet es, indem sie die freie

Hand die Pinselzüge in der Luft nachfahren lässt. Was für ein lockerer Strich, kein Vergleich mit dem Porträt. Es steht immer noch im Atelier, sie haben nie besprochen, wem es nun eigentlich gehört. Vielleicht ist es egal. Dieses kleine Bild hier gefällt ihr wirklich.

*

Etliche halb verfallene Mauern sind sie schon im Dickicht herabgeklettert. Es war viel mühsamer als der umgekehrte Weg, den sie weiter links, unklar in welcher Entfernung, genommen haben. Lange scheint das her, das Zeitgefühl ist ihnen verlorengegangen. Allmählich sind sie erschöpft. Auch wenn sie selten Sonnenstrahlen treffen, steht die Hitze des späten Nachmittags drückend im Hang. Überall die Zikaden – der große Gesang von der Gleichgültigkeit. Der Tinnitus der Schöpfung. Aber dann auf einmal: ein Weg. Zumindest eine nicht bewachsene Stelle, eine gut einen halben Meter breite Schneise im Dschungel, ein abwärtsführender Tunnel im Grün. »Du, da ist ein Pfad!«, sagt er heiser. »Der stammt bestimmt aus den Zeiten, als das hier genutzt wurde. Vielleicht führt er direkt runter zum Weg …« Sie rutschen ihn hinab, auf Sohlen und Hintern, die Tochter rutscht in den Vater hinein. Doch dann hört die Schneise einfach wieder auf, es war nur der nackte Fels, glatt und mit abgesplitterten Schichten, Schiefer oder so. Deshalb wuchs da nichts, nur deshalb.

Nun wird es noch steiler. Johann versucht sich auf einer Kante sitzend hinunterzulassen, doch dann fehlt ihm die

Kraft in den Armen, und er fällt mehr, als dass er springt, hinein in eine Schlinge, die ihm fast den Hals abschnürt. Er greift in die Dornen, zieht sie sich rücksichtslos ab. Irgendwie machen ihm die hohen Mauern Mut, je schneller sie runterkommen, desto schneller kommen sie hier raus. Sie landen am Fuß von einer, die gut und gerne zwei Meter misst.

Hier ist nicht viel Platz. Den Rücken zur Mauer, die einst Menschenhände aufgeschichtet haben müssen, können sie eben nebeneinander stehen. Der Vater und die Tochter. Er sieht zu ihr. Sie steht im Schatten, einzelne Sonnenflecke auf Gesicht und Oberkörper. Ihre helle Kleidung ist zerrissen und verschmutzt. Vermutlich hinüber. Gerade wird ihre Schläfe angestrahlt, eine Dornenspur leuchtet rot auf und erinnert ihn unwillkürlich an die Bemalung von Stammesmitgliedern. Tief im Dschungel ist Nora eine Erscheinung. In diesem Augenblick ist sie wirklich zurück bei ihm. Und zugleich eine, die ihren Weg geht. Er legt den Arm um sie, fasst ihre Schulter, drückt sie. »Wir zwei«, sagt er. Seine Kehle ist ausgedörrt, Wasser haben sie nicht dabei. »Wo lang?«, fragt sie.

In der Tat scheint es zwei Möglichkeiten zu geben. Vor ihnen ragt ein dicker, knorriger Stamm. Gewächse hängen herab, so dicht wie die Vorhänge aus Schnüren, die es hier oft an den Ladentüren gibt. Aber nicht so geschmeidig. Johann windet sich links am Baum vorbei, doch kommt er keine zwei Meter weit. Er muss zurück. »Da ist alles dicht.« Wortlos nimmt Nora den anderen Weg. Wie beim Limbo sieht er sie in die Knie gehen und den Oberkörper zurückbiegen, sich flach machen, am Grund entlangrutschend bezwängt sie sich unter dem stachligen Grünzeug durch. Beeindruckt will er folgen, so gut er kann, da kehrt sie schon hart am Baum, als würde dessen Geist sich aus dem rissigen Stamm materialisieren, zurück. »Da geht's auch nicht«, aufkeimende Panik in der Stimme. »Alles voller Brombeeren, meterhoch. No chance. Ich glaube, dahinter ist ein Olivengarten. Man sieht gerade noch die Spitzen der silbrigen Äste.« – »Am Rand sind die Gärten besonders zugewuchert.« – »Ja und was machen wir jetzt!?«

Stille. In der Natur ist es nie still. Was gerade aussetzt: die Zikaden. Nicht mehr in Aktion, spürt Johann die Schweißschicht auf seiner Haut, in der Hitze fröstelt er. Die Wunden brennen. Hoch über ihnen ein kleines Stück blasser Himmel. Von fern ein Satz seines Vaters: Aus einem Brunnenschacht kann man auch bei Tag die Sterne sehen. Aber wie geht es jetzt weiter? Hier können sie stehen, aber hier können sie nicht bleiben. Es muss einen Ausweg geben. Muss. Er muss eine Lösung haben. Er ist der Vater. Noch einmal versucht er die vier schon bekannten Schritte nach links, aber hinter dem Vorhang ist Schluss, das Dornengestrüpp umschließt sie, es ist mindestens doppelt so hoch wie er, sie sind gefangen. Er kommt zurück zu ihr. Sie sieht ihn an. Er muss nichts sagen. Sie sagt auch nichts. Ein Wort ist in ihm, ein Wort, das einen da und dort von Schildern anschreit, mit Ausrufezeichen, signalrot umrahmt, trotzdem ging es ihn nie etwas an. In der Heimatstadt hängt so ein Schild am Geländer der Brücke, die über die Bahngleise mit der Oberleitung führt: *Nicht übersteigen! Lebensgefahr!* Immer war er überzeugt, das tut doch niemand. Höchstens ein Selbstmörder, und den hält kein Schild ab. Manchmal hatte er Selbstmörder vor sich liegen. Es war nicht schön. Aber sonst, bei normalen Menschen: Wer ist denn so dumm?

Wer ist denn so dumm? Er ist schuld. Ganz allein. Er ist vorangegangen. Er hat sich überreden lassen. Er hat nicht innegehalten, keinen klaren Plan gehabt, zu oft die Richtung gewechselt. Er hat keine zwei Schritte weit gesehen. Er hat überhaupt nicht mit dem gerechnet, was nun ihre Realität ist: Er traut sich nicht, gegenüber seiner Tochter das Wort auszusprechen.

»Man sollte niemals ohne Wasser losgehen«, sagt er. »Ich bin so dumm.«

»Deine Beine sind total zerkratzt«, sagt sie und dann, er hat nicht mitbekommen, dass sie nachgeschaut hat: »Mein Akku ist alle.«

Wieder Stille.

»Sollen wir schreien? Unten verläuft die Straße.«

»Was heißt ›Hilfe‹ auf Italienisch?«

»Aiuto!«

»Meinst du, wenn das jemand hört, der nimmt das ernst?«

Er hat keine Antwort. Er fühlt sich schwach. Der mögliche Schrei kommt ihm lächerlich vor, wie eine kleine Staubwolke, die gleich wieder verweht. Würde er auf einen Schrei irgendwo aus der Macchia reagieren? Von fern scheint der Bewuchs der Hänge buschlandartig, man unterschätzt das Problem. Wenn, dann müsste sie schreien. Eine schrille, panische Frauenstimme. Ihr Schrei würde vielleicht vernommen als das, was es ist.

In seinem ganzen Leben war Johann nicht in einer solchen Lage. Einmal saß er in einem stecken gebliebenen Aufzug fest. Da war das Ausgeliefertsein noch klarer. Aber in der Kabine gab es einen Notknopf, eine Gegensprechanlage, ein uniformierter Dienst rückte prompt an. Im Aufzug stecken zu bleiben ist Schicksal. Hinterher hatte er etwas zu erzählen und mied Aufzüge. Hier ist es etwas anderes. Die reine Blödheit. Bodenloser Leichtsinn. Er ist dümmer als der dümmste Tourist. Lauter falsche Entscheidungen hat er getroffen. Weil er die entscheidenden Situationen nicht als solche erkannt hat. Weil er eben keine Entscheidungen getroffen, sondern immer nur das Nächstliegende getan hat. *Du bist der, der in den Tag hinein lebt.* Sie hat so recht. Er hat seine Tochter mit hineingezogen – wo hinein? Die Angst schnürt ihm die Brust zusammen.

Auf dem wenigen Platz, den sie haben, wölbt sich ein Felsen ungefähr zwanzig Zentimeter aus der Erde. Auf dem hockt sie nun. »Wir denken jetzt nach, Papa.« Sie stiert vor sich hin. Trotz der ernsten Lage kann sich der Vater des Eindrucks nicht erwehren, sie will ihm sein Versagen unter die Nase reiben, irgendwie entlastet ihn das. Mit einem raschen Heben des Kopfs blickt sie ihn an: »Was würde Mama tun? Oder Alex? – Wir *müssen* zurück. Es ist ihr Geburtstag, und du liebst sie. – Das ist es«, ruft sie plötzlich: »Wir müssen *zurück*! Ist doch klar, wenn's nicht weitergeht.«

»Wir haben schon so oft die Richtung gewechselt«, sagt er kläglich. »Immer tiefer rein.«

»Es ist völlig egal, was man falsch gemacht hat. *Jetzt sind wir hier. Was jetzt geschieht, geschieht uns.* Das ist aus einer Schullektüre, der Satz ist mir hängengeblieben. Die Schule war doch für was gut. Hilf mir hoch.«

Johann will ihr die Hand reichen, doch sie ist schon aufgesprungen. Natürlich, Nora meint die Mauer. Er soll ihr eine Räuberleiter stellen. In dem Moment, als ihr Fuß auf seinen verschränkten Händen steht und ihre Beine sich an seinen Rumpf drücken, steigt ihm ihr Geruch in die Nase. Schon tritt sie auf seine Schulter, ihn ohne Umstände als Hilfsmittel gebrauchend, schon ist sie oben.

Er steht noch genau so da, als sie ruft: »Schau mal!« Er blickt hoch. Sie hält etwas Kleines, Hellbraunes in der Hand: Es ist eine Zigarettenkippe. »Hier war jemand. Hier kommen wir raus!«

Zuerst muss er zu ihr hochkommen. Seitlich bemerkt er einen Baum, der so nah an der Mauer steht, dass es mit einer Astgabel als Tritt und Noras Hilfe von oben klappen sollte. Sie muss nur stabil genug sein. Johann fasst den spröde aussehenden Ansatz des abgebrochenen Asts und zieht kräftig daran. Er hält.

*

Musik läuft.

Viele Jahre hatte Alex kein gutes Licht zum Schminken. Es reichte. Doch bei der Ausstattung des Tinyhouse machte sie auch diesem Provisorium ein Ende. Wenn es etwas Technisches gibt, das ohne Wenn und Aber einen Fortschritt darstellt, sind es moderne LEDs.

Natürlich will sie weder zugekleistert noch angemalt aussehen. Ein passendes Make-up ist etwas anderes, Magie. Dann und wann hat sie Lust darauf, und heute ist so ein Tag. Sie hat sich Zeit genommen, hat Cremes und Stifte in der Art und Reihenfolge zum Einsatz gebracht, die ihr eine Freundin Verenas, eine versierte Kosmetikerin, im Winter gezeigt hat – auch der Umweg in den Norden hatte seine guten Seiten. Alles, denkt Alex mit plötzlicher Dankbarkeit, war letztlich gut, was das vergangene Jahr gebracht hat.

Hört man die Farben für die Augenpartie, Aubergine, Champagner, Braun und als »kleiner Kick« – so die Kosmetikerin – ein grüner Lidstrich die Wasserlinie entlang, klingt es mehr nach Farbkasten, als es ist. Gewusst wie, und es verbindet sich zu einem Moment vitaler Präsenz: Mit den Lachfältchen eines ganzen Lebens strahlt ihr Spiegelbild sie aus schwarzbraunen Augen an.

Doch als das Lied aus ist und sie das Lächeln sinken lässt, wird die Schwerkraft wie ein schweigsamer Gast sichtbar. An den Enden der oberen Lidstriche hat sie sich »kleine Wings« – so die Kosmetikerin – gemacht, »damit das Auge optisch ein bisschen geliftet wird«. Auch bei der Lippenkontur hat sie geschickt geschummelt. Trotzdem.

Ein Begriffspaar aus ihrem Studium kommt der ehemaligen Deutschlehrerin: das Naive und das Sentimentalische. Schiller über die Dichtung. Was sie noch weiß und auf das Leben überträgt, es gibt eine erste Natürlichkeit, man könnte sie auch einfach Jugend nennen. Nora konfrontiert sie damit. Die verliert man. Wie bei allen Paradiesen ermisst man erst hinterher, was man verloren hat. Aber dann gibt es diese zweite Natürlichkeit, die, machen wir uns nichts vor, eine hervorgebrachte ist. Keine Kosmetikerin, keine Zeitschrift, kein Schminktutorial, wo nicht fällt: Es soll ganz natürlich aussehen.

Sie wird aufhören, ihre Haare zu färben. Das beschließt sie in diesem Augenblick. Sie wird das Blond rauswachsen lassen. Doch vor dem Grau fürchtet sie sich schon. Die Worte, die Selbstdefinitionen sind das eine – der Körper ist ein anderer Schnack. Er ist nicht definiert und vielleicht nicht zu definieren, aber er ist verdammt definitiv.

Wie es bei solchen Gedanken ist, das Beste ist, man geht raus. Kaum vor der Tür, erfasst sie eine Böe von Westen. Viele Tage lang gab es höchstens eine warme Brise. Über dem Tal sind auf breiter Front graue Wolken mit sehr plastischen Bäuschen aufgezogen. Bleibt man stehen, erkennt man, dass das Grau aus verschiedenen, teils zerzausten Schichten besteht, die sich in einem fort gegeneinander verschieben. Die Formation hat nicht, wie man es von Schönwetterwolken kennt – das beliebte Assoziationsspiel –, irgendeine Tierform, trotzdem hat sie etwas Körperliches. Es könnte das Röntgenbild von etwas Großem sein. Denn die Wolken verschmelzen, obwohl raumfordernd, nicht einfach miteinander. Sie erinnern an sich blähende düstere Organe, zwischen denen durchscheinend hell Nähte oder Gefäße verlaufen – es ist nicht mehr das direkte Sonnenlicht, sein Gelb ist herausgefiltert, es ist eine farblose, in den Augen stechende Helligkeit.

In Alex kommt eine gewisse Unruhe auf. Sie geht hinüber zum Rustico. Die Tür ist verschlossen. Das wundert sie. Sie ging davon aus, Johann und Nora wären längst wieder da. Sind sie vielleicht noch etwas trinken gegangen, ist das ein gutes Zeichen für ein gut verlaufenes Gespräch? Andererseits ist es ihr, Alex', Geburtstag und nicht mehr lange hin bis zu dem Zeitpunkt, zu dem sie aufbrechen sollten. Exakt verabredet ist nichts, aber alles grob durchgesprochen. Wer mit wem fährt etc. Ehrlich gesagt fände sie es blöd, wenn heute Hektik aufkäme. Sie würde sich zurückgesetzt fühlen.

So bin ich, denkt sie: Wenn es grundsätzlich stimmt, total offen, flexibel, bereit, so ziemlich jeden Plan über den Haufen zu werfen. Schwierig wird es für mich, wenn ich das Gefühl bekomme, nicht mehr gesehen zu werden. Manchmal ist sie empfindlich, es ist wohl Schwäche und Stärke zugleich. Den und jenen hat es überrascht, die lockere Alex, und immer ein wenig auch sie selbst. Das kommt gerade, wenn vieles schön ist. Wer nicht alles heute an sie gedacht hat. Samir war der Erste. Er ist so ein richtiger Familienmensch, und sie gehört dazu, hinein. Sie hat ihn eingeladen, spontan, und er zugesagt, ebenso spontan: Ende der Sommerferien wollen er und Gustavo vorbeikommen.

Sie merkt auf einmal, dass sie schon die ganze Zeit ein Lied in Wiederholungsschleife vor sich hin summt, hm-hmm-hm-hm. Sie braucht einen Moment, bis sie es erkennt. *Should auld acquaintance be forgot / And never brought to mind?* Sebastian fand den Brauch der Briten und Amis wunderbar, es zum Jahreswechsel zu singen und sich dabei, die Linke nach rechts und die Rechte nach links, an den Händen zu halten. Wie viele, denen Bindung schwerfällt, hatte er einen Hang zu honigsüßen Ritualen. Sie belächelte seine Sentimentalität, und doch berührte sie seine Bedürftigkeit.

Es gibt einen noch tieferen Grund, warum die Melodie unbewusst aus Alex herauskommt. Dieser Grund ist die deutsche Version: *Nehmt Abschied, Brüder*. Ihr Vater war in seiner Jugend Pfadfinder gewesen. Als Kind war es eine Zeit lang ihr liebstes Gutenachtlied. »Ein Fahrtenlied«, nannte er es, und wenn sie im Kokon seiner Bassstimme ins

Reich der Träume hinüberglitt, war das eine abenteuerliche Reise, die nur sie zwei, Vater und Tochter, unternahmen, zu Pferd reitend und abends am Lagerfeuer sitzend, das mit tanzenden Schatten aufwartete.

Alex dreht eine Runde durch den Garten. Ein ergiebiger Guss würde ihm guttun. Sie empfindet ihn schon als ihren Garten – wohl mehr als Johann das tut. Es hat abgekühlt. Die Böen sind kalte Stöße, die die Olivenbäume mit den lanzettenbestandenen Zweigen winken lassen, silbrig blinkend. Die Plantage am Hang gegenüber durchläuft eine gespenstische La-Ola-Welle. Über ihr hat das Gewölk Richtung Meer eine Kante ausgebildet, abrupt endende Macht. Das Gewitter, wenn es denn kommt, hat sein Territorium, es hängt an den Bergen. Oberhalb der Wolkenmasse läuft ein Grummeln entlang, es hört sich an, als gäbe es dort eine riesige Halle, einen gigantischen Innenraum.

Man stellt sich den Himmel immer als eine Art zweite Welt vor, denkt sie auf einmal. Egal, ob man daran glaubt oder nicht daran glaubt. Als etwas Begrenztes. Dabei müsste er doch, wenn es ihn wirklich gibt, grenzenlos sein.

Alex betet. Im Grunde nur ein Innehalten, Aufsehen, ein Moment mit dem Titel *Jetzt bete ich*. Genau ein Wort spricht ihr Mund aus. »Vati.« Mehr fragend.

Wenn es das in irgendeiner Form gibt – dann müsste auch Sebastian dort sein – was auch immer Sein dann meint. Aber nun auch für ihn zu beten – oder zu ihm? – würde es schon zu einem Abklappern machen. Sie denkt an ihn. Ein bewusst abgesendeter Gedanke. Es fühlt sich innig an.

Allmählich müssten die beiden wirklich kommen. Aber sie will ihnen nicht hinterhertelefonieren, das ist nicht ihre Rolle. Jedenfalls noch nicht. Alex geht hinter das Rustico, zur Brücke. Sie war nie der Typ, der im Fenster liegt und Ausschau hält, auch nicht der, der Abreisenden so lange nachwinkt, bis man wirklich nichts mehr sieht. Nun blickt sie über die alte Steinbrücke mit dem Rumpelpflaster und den niedrigen seitlichen Mauern, deren Dicke die Fahrbahn eng macht. Brauchte man zu Vor-Auto-Zeiten einfach nicht mehr nutzbare Breite und konnte verschwenderisch mit dem Platz umgehen und Sitzgelegenheiten schaffen? Ihr Blick wandert zu der Ruine daneben. Sie steht noch härter am Ufer als das Rustico. *Die Mühle* nennen sie sie. Selbst Lorenzo sagt *di Mule* und lächelt dazu, Alex weiß nie, ob wegen des deutschen Wortes oder weil es gar keine ist beziehungsweise niemals eine war. Die Sprache kommt nicht häufig auf dieses Gemäuer, warum auch? Es ist nun mal da. An einer der Innenwände ist der Efeu in dicken, zopfartigen Strängen emporgewachsen. Ein Wesen, das kein Baum ist und doch hoch hinauswill das sich deshalb anheften muss. Oben, am Ende der Mauer, bildet der Efeu einen Schopf, geradezu eine kleine Krone aus, ein zäher Sieger.

Zum Wasser hin – nach der Trockenheit nur mehr ein Rinnsal – ist das Mauerwerk tiefer aufgebrochen als seitlich und hinten. Ein großer Biss fehlt. Vielleicht hatte das, denkt

Alex, etwas mit dem Mühlrad und dessen nach innen führender Welle zu tun. Im stählernen Licht malt sie sich aus, eine Flutwelle, wie man sie in den letzten Jahren leider zur Genüge kennengelernt hat, ob im Ahrtal oder bei Sondrio, eine Flutwelle, die in nicht für möglich gehaltener Geschwindigkeit ein freundliches Plätschern in einen alles mitreißenden Strom verwandelt, hat das Mühlrad gepackt, die halbe Mauer herausgehebelt, dass die Steine nur so flogen – Platschen und Klatschen im Tosen. Die Flut ist eingedrungen bis in den letzten Winkel, hat alles überschwemmt, wurde der neue Mieter. Die Mühle wurde geschleift, die Brücke widerstand dank ihrer Dicke. Alex überquert sie.

Als sie sich umwendet, steht es ihr plötzlich vor Augen: Das wird mein, unser Theater! An der anderen Böschung sitzen die Zuschauer, bis hinauf zur Straße. Und hier auf der Brücke natürlich. Vielleicht sogar auf Pontons. Oder, wenn der Pegel wieder höher ist, die Schauspieler haben Auftritte in Booten. Stehen auf bleichen Walbauchfelsen. Was da alles möglich wäre! Die eigentliche Bühne ist das aufgebrochene Haus. Kulisse, die keine Kulisse ist, kein wackliger Pressspan: angestrahlte, gelb glänzend sich vorwölbende Mauersteine. Verheißungsvolle kleine Schatten, von Ecken und Kanten, und ein großer schwarzer Schlagschatten des Ganzen nach hinten auf den Hang. Theater benötigt einen dunklen Rahmen, wie die Träume der Nacht.

Die leere Fensteröffnung da, was die inszenatorisch für Chancen bietet! Fast zu viel des Romantischen. Denn

Fackeln müssen natürlich sein. Moderne LED-Spots und Fackeln. Flackernde Spiegelung im schwarzen, unergründlichen Nass.

Wie ein Baldachin aus prunkvoll schwerem Stoff hängt das Gewölk tief über der Ruine. Komme einer damit, Grau wäre eine Unfarbe. Gewittergrau ist das Satteste, was es gibt. Alex fällt ein, dass Hanne vor einem Jahr, wie lang ist das her, erzählt hat, ihr Spielraum im Keller des Humanistischen Gymnasiums, wie viel länger ist das her, sei vom Hochwasser zerstört worden. Die Unausweichlichkeit des Unwetters – Alex hat sich von jedem schützenden Dach entfernt, ein Sprung reicht nicht mehr, sie wird rennen müssen – beschleunigt ihr Denken, und plötzlich kommt es zu so etwas wie einer aufgehenden Rechnung: Die Flut nimmt ein Theater, und sie gibt eines. In diesem Moment fühlt sie sich geführt.

Dann bricht der Regen los. Riesentropfen schlagen auf den mürben Straßenbelag auf, der binnen Sekunden dunkel gescheckt ist und über den sie barfuß in die falsche Richtung flüchtet, weg von der Brücke, zum nächstbesten Unterstand: Sie drückt sich in eine flache Nische der Mauer, die die Straße entlang den Hang auf dieser Flussseite abstützt. Vor ihrer Nase rauscht es herab. Die himmlischen Schleusen sind geöffnet, ein einziges Trommeln, Platschen, Spritzen. In Kürze ist sie klatschnass. Der graue Vorhang fällt und fällt vor ihrem imaginierten Theater, Böen treiben helle Schleier vor sich her, meerwärts. Ein furchtbarer Donnerschlag: Alex drückt sich fest an die Wand.

Das Make-up, geht es ihr durch den Kopf, muss ich alles noch mal machen. Verheult wie eine junge Frau mit Liebeskummer werde ich aussehen, sie lächelt. Immerhin ist nachher alles runter. Alles durch. In Lucinasco werden sie hoffentlich Vorsorge getroffen haben, Tische und Grill abgedeckt usw. Das ist der Nachteil von *sotto gli ulivi* statt Innenraum. Aber mit der Schwüle wird es das erst mal gewesen sein. Gut so. Nach ein paar Minuten lässt der Guss etwas nach. Sie überlegt zu rennen, da kommen zwei Gestalten die Straße herunter.

»Johann! Nora!«

»Was machst du denn hier?«

Triefend stehen sie voreinander, als Alex in all dem Grau die Wunden bemerkt. Wie viele es sind, unzählige. Auf den Armen und Johanns Beinen und sogar, wenn auch nicht so dicht gesät, in den Gesichtern. Rote Risse und Striemen überziehen kreuz und quer die Haut, und die Kleider sind eingerissen und voller eingeweichter Flecken.

»Was habt ihr denn gemacht? Und wo ist dein Auto?«

»Ich bin froh, dass wir da sind«, stößt Johann hervor. »Irgendwie sind wir wo völlig anders rausgekommen, als wir wollten.«

»Wir sind rausgekommen!« Noras Augen funkeln, sie wirkt euphorisch.

»Kommt doch erst mal rein.«

Drinnen beginnt Johann zu zittern und hört so schnell nicht wieder auf.

*

»Soll ich euch ins Krankenhaus fahren?«, hat Alex gefragt. »Ach was«, erwiderte Nora. »Wir duschen gründlich, und Desinfektionsspray habt ihr wohl auch? Was kann der Arzt groß anderes machen? Uns einwickeln wie zwei Mumien? Wir tanzen auf dem Fest den Mumientanz, Papa.«

Er hat schwach gelächelt.

»Dann macht ihr das aber hier«, bot Alex an. »In meiner modernen Dusche. Bei dir tröpfelt es ja mehr, als dass es ein Strahl wäre. Und in dem Schummerlicht drüben seht ihr auch nichts.«

So war es beschlossen. »Geh du ruhig als Erste«, sagte er zu seiner Tochter. Es fühlte sich auf eine gute Weise nach Familie an, so dabeizusitzen, während die anderen kurz diskutierten, aber gleich einig waren und im nächsten Moment an der Umsetzung des gefassten Plans, schon zur Tür hinaus, die eine zu dieser, die andere zu jener. Er saß allein in Alex' Reich. Er hörte das Wasser losrauschen. Jetzt, da Schweiß und Regen auf Haut und T-Shirt weitgehend getrocknet waren, brannten seine Wunden, vor allem wo es noch feucht war, mehr als zuvor. Er ließ es brennen.

Johann schritt seine Haut im Geiste ab, er war für sich selbst Neuland – wie ein Gebiet nach einer Überschwemmung oder Kampfhandlung auch erst wieder kartografiert werden muss. Löchrig war er, durchlässig. Ihm war, als gingen die Wunden genauso nach außen wie nach innen.

Sie hatten sich in Lebensgefahr befunden. Sie hatten sich in Todesnähe befunden. Unzählige Male hatte er sich in seinem Leben in der Nähe des Todes aufgehalten, aber im Windschatten. Wie einer, der direkt hinter dem Tod hergeht, weil man da am sichersten vor ihm ist. Ein Bestatterleben lang hatte er mit der Vorstellung vom Tod als Person nichts anfangen können. Immer wieder war er Hinterbliebenen begegnet, die das tröstlich gefunden hatten. Der Tod hat den Ehemann zu sich geholt, die Mutter an der Hand genommen … Mit sich weggeführt, sie ist nicht allein … Heute, jetzt, war diese Vorstellung zum ersten Mal real für ihn. Und sie war nicht tröstlich, sie war erschreckend. Eine kalte Hand, er fröstelte. Dabei hatte sie sie nicht berührt. Lediglich vorbeigeschaut hatte der Tod bei ihnen. Wenn er eine Person ist, ist er zurückhaltend. Man selbst ist es, der gegen ihn stößt … Was wäre, wenn die Tochter – wie sehr gönnte er ihr die ausgiebige Dusche! – nicht die Lösung gefunden hätte? Wenn es schlicht keinen Ausweg gegeben hätte und auch keine Rettung von außen? Einfach keine Wendung des Schicksals mehr? Dann würden sie jetzt noch dort sitzen, durstig trotz des Wolkenbruchs und demnächst im Dunkeln. Zu dritt. Irgendwann würden zwei Körper gefunden werden. –

Nora ging ganz anders mit dem Erlebten um. Da schlägt das Lebensalter durch, dachte er. Nicht im Angesicht der Gefahr: hinterher. Sie war, wie sie es ausgedrückt hatte, »geflasht«, hatte Alex gegenüber einen »Erzählflash« bekommen: »Wir mussten uns dicht an einer Mauer entlangschieben, aber dann waren wir auch schon draußen. Ich glaube, so eine aufgeräumte Olivenplantage findet man kein zweites Mal im Tal. Die Bäume standen in gleichmäßigen Abständen, alle rund beschnitten, dazwischen Rindenmulch. Kein Unkraut. Man kam sich vor, wie wenn das, was man eben erlebt hatte, mit jedem Schritt weniger wahr wäre. Ein Weg führte in Kurven hinunter, und weißt du, wen wir dort trafen? Einen Bauern, der einen Haufen Dornenranken verbrannte. Er hatte einen Kanister neben sich stehen. Wir kamen uns naiv vor, ich jedenfalls. ›So macht man das!‹, schien er zu sagen. Papa hat gegrüßt. Wie er es gerne tut: als wäre er ein Einheimischer. Der Bauer hat uns kaum beachtet. Der hat gar nicht wahrgenommen, wie zerrissen und zerkratzt wir waren. Ja und dann gerieten wir ins Gewitter.«

Als sie endlich aus dem Bad trat, war sie bereits wiederhergestellt. »Puh, das hat ganz schön gebrannt«, sagte sie. »Aber ich glaube, ich habe alle Dornen erwischt.« Wie sie ihn so dasitzen sah, auf der Kante der Couch, keine Anstalten zu irgendetwas machend, blickte sie ihn freundlich an, wie einen Senior: »Du kannst, Papa.« – »Danke«, sagte er.

Lorenzos Sohn erschien, um Nora abzuholen und mit hinauf nach Lucinasco zu nehmen, zum Fest. Luca sprach gut Englisch. Im Pingpong der Konversation erzählte sie ihm von ihrem Abenteuer. »Wow!«, sagte er. Er machte ihr ein Kompliment, völlig zu Recht. Sie hatte die roten Spuren durch ein geschicktes Make-up abgeschwächt und ins Hautbild eingepasst. Auf Pflaster hatte sie gänzlich verzichtet. Man konnte es nicht anders sagen, die Wunden machten sie noch schöner, noch interessanter. »Bis dann, Papa.« – »Ciao.« Die Tür fiel hinter den scherzenden jungen Leuten ins Schloss.

Nach einer Weile zieht sich Johann das T-Shirt über den Kopf, steht auf, lässt Hose und Unterhose herunter, stopft alles in den Müll. Aber dann setzt er sich doch wieder hin, in den Kutschersitz, auf das Handtuch, das schon die ganze Zeit als Unterlage gedient hat. Er will ja nicht Alex die Couch versauen.

Er ist nackt. Er ist eine Bilanz. Rote Linien, energisch wie Durchstreichungen, kreuz und quer auf seiner Haut. Darunter ruht er in sich, fast wie in einem Klartraum. Johann Wieczorek, 56 Jahre alt, grauer, wirrer Schopf, übergewichtig, aber nicht dick – der Bauch wirkt in dieser Haltung vorgeschnallt –, braungebrannt mit hellen Stellen, duschbedürftig, verletzt auf auffällige, doch oberflächliche Art, verdreckt, aber nicht eklig. Mittlerweile juckt es mehr, als dass es brennt. Er kratzt sich vorsichtig. Er ist noch einmal davongekommen. Warum schiebt er es auf, sich wieder auf Vordermann zu bringen? Er schiebt es nicht auf, er tut es nur noch nicht. Nicht jetzt, gleich. So reden Kinder. Oder Alte. Der Augenblick ist alles andere als ein perfekter, aber sein Dehnen gibt Johann das eigene Schicksal zurück. Er hat so viel falsch gemacht, er wurde gegeißelt – doch vernichtet wurde er nicht und auch nicht, was noch schlimmer wäre, grausam mit Noras Tod bestraft. Vielleicht gibt es wirklich eine höhere Macht.

*

Die Tür geht. »Oh, hast du noch nicht geduscht?«

»Ich wollte es gerade tun.« Er setzt sich ein bisschen um, sodass man nicht alles sieht. »Was hast du denn da?«

»Uova al tegamino. Dachte mir, ein kleiner Imbiss schadet nichts. Ich kenne dich ja jetzt gut genug, mir war klar, zum Spanferkel kommen wir nicht so bald. Vielleicht haben sie es uns nachher auch weggegessen.«

»Ja, du kennst mich schon ganz gut.«

Auf einmal muss er lachen.

»Was lachst du?«

»Wegen der Pfanne.«

»Wegen der Pfanne?«

»Erst gestern habe ich Nora angefahren, weil sie mit dem Messer rein ist. ›Du verkratzt sie!‹ Auf eine alte Pfanne passe ich besser auf als auf meine Tochter.«

»Und auf dich selber.«

»Recht geschieht's mir.«

»Erst essen oder erst …?«

»So kann ich nicht essen.«

»Nachher sind die Eier kalt.«

»Ich mache heute alles falsch. Sorry. Ich bin gleich wieder da.«

»Du solltest schon gründlich sein. Nicht dass sich später was entzündet.«

*

»Da.« Johann, der in Boxershorts vor ihr sitzt, vorgebeugt, deutet auf die Stelle an seinem Hinterkopf. Sie scheitelt das feuchte Haar und findet die Wunde mit dem dunklen Fremdkörper darin. Als sie ihn mit der Pinzette entfernt, quillt sogleich Blut nach. Sie sprüht Desinfektionsmittel auf, er zieht Luft durch die Zähne. Der Stachel sieht wirklich gemein aus. Vorsichtig streicht sie ihn sich auf die Hand und hält sie ihm hin.

»Gut, dass der raus ist«, sagt er, den Kopf weiterhin ergeben geneigt. »Sonst noch wo was?«, fragt sie.

»Ich glaube nicht.«

»Ich schau noch mal.« Alex fährt ihm sanft über den Nacken, guckt hinter die Ohren. Er riecht gut. Selbst an seinem Rücken, der doch vom T-Shirt hätte geschützt sein sollen, haben die dornigen Ruten ganze Arbeit geleistet. Sie müssen es regelrecht hochgehoben und sich daruntergeschoben haben. Es sieht aus, als sei er in die Fänge von bösen, lauernden Wesen geraten, die nur darauf warten, dass sich jemand in ihr Reich verirrt. Eine schwarzrot verkrustete Strieme, energischer gezogen als die anderen, verläuft wie eine Halskette. »Da hat dich eine ordentlich erwischt.«

»Das ist die, die mich erdrosseln wollte, glaube ich. In die bin ich reingesprungen.«

»Reingesprungen?«

»Von einer der Mauern. Das war doch das Problem. Wir mussten viele Mauern runter, und dann war es gar nicht so leicht, wieder hochzukommen. Wenn das nur ein Naturhang gewesen wäre, ohne menschliche Zutaten, wäre es nicht so gefährlich geworden. So war es eine Falle.«

»Gut, dass sie dich nicht erdrosselt hat«, sagt Alex. »Ich creme dich noch ein.«

»Ach …« Aber er entzieht sich ihr nicht, sondern hält still.

Er genießt es. Sie müsste sich sehr täuschen, wenn es nicht so wäre. Sie sieht ihren Fingern zu, wie sie auf mütterliche Weise mit der Salbe die Wunden versorgen, dann aber Erkundungsgänge beginnen, immer weitere, schweifendere. Dass er so lammfromm ist, reizt sie. Ihr ist, als hätte er unter der Haut eine aufmerksame Hand, die mit ihrer mitgleitet – er ist nicht so passiv, wie er tut. Ohne die Hände von ihm zu lassen, setzt sie sich neben ihn. Er dreht den Kopf, er versucht in ihren Augen zu lesen. Sie lächelt ihn an, doch nur für einen Moment. Verschwörerisch, ein wenig auch entschuldigend. Sie denkt an das nächtliche Bad im Fluss. Etwas ist anders. Er. Sie auch, aber er mehr. Manchmal hatte sie das Gefühl, er war beim dritten oder vierten Schritt, um nur nicht beim ersten zu sein – heute nicht. Er kommt ihr stärker vor, energiegeladener, trotz all der roten Spuren oder gerade deshalb: ein Kämpfer. Nein, du machst heute nicht alles falsch, denkt sie voll Wärme. Du bist kein Versager und auch kein Opfer. Wer weiß, am Ende steckt in dir ein gut versteckter Draufgänger ... Sie schaut ihn an, mit leicht geneigtem Kopf und geöffneten Lippen, es ist ein kleiner Triumph, dass sein Blick verschwimmt, als sie ihm die Hand in die Hose schiebt. Sie ist nicht vorsichtig und nicht hektisch. Sie nimmt, was sie findet, und indem sie es reibt, hört es auf, weich zu sein, und wächst ihr in die hohle Hand. So prompt, als hätte Johann lange darauf gewartet.

»Komm«, sagt er, »gehen wir hoch.«

*

Es ist Nacht geworden. Im Himmel, in den man durch das Dachfenster besonders tief hineinschaut, die ersten Sterne. Den Alkoven füllt wolkiges Dunkel, nebeneinander liegen sie auf der Matratze. Ihre inneren Hände liegen aufeinander, ohne sich zu greifen. Seine ist wärmer.

Es ist lange her, dass sie so etwas erlebt hat. Anfangs waren sie etwas befangen, obwohl sie den Körper des anderen ja schon kannten. Einmal mussten sie lachen. Alex hat ihn dann geführt, hat ihm einfach gesagt, was sie will. Das hat ihn heißgemacht Da war ein solcher Ernst in ihm, etwas wollte raus, etwas Angestautes. Als er ins Schwitzen kam, stöhnte er: »Uh, das brennt …« Am Ende, er war durchaus ausdauernd, stieß er ein lang gezogenes Geheul aus, wie ein Wolf. Glücklich und traurig zugleich. Das hat sie tief berührt, dass er sich bei ihr so gehenlassen konnte. Danach wollte er ihr ganz nah sein, im schweren Körper ein begeisterter Junge. Sie haben sich nicht voreinander geschämt. Und auch nicht vor sich selbst. Da war ein Glanz, der sie umgab, während es allmählich dunkelte, ein Glanz, in dem sie aufregende Landschaften füreinander waren.

Wie selbstverständlich das ist, nun nebeneinanderzuliegen. Wie überraschend selbstverständlich. Hoffentlich zerbricht das nicht.

Sie will nicht, dass er einschläft, nicht jetzt.

»Es gibt 'nen Wim-Wenders-Film. *Don't come knocking.* Kennst du den?«

»Nee …«

»*Don't come knocking if the trailer's rocking.* Das ist das Schild im Wohnwagen von 'nem in die Jahre gekommenen Westernstar. Sollte ich mir vielleicht auch ans Tinyhouse hängen.«

Das leise Lachen, das man im Dunkel teilt. Zwei Bäche, die kein Fluss sind und doch zusammengehören.

Alex wird auf eine gute Art schwer. Zugleich ist sie die Kamera eines Naturfilms, die über weite Landschaften fliegt, Regenwald und Wüste, alles voller Leben, alles mit allem verbunden.

»Hast du daran gedacht, als du mich eingeladen hast?«, fragt sie.

Er macht ein unbestimmtes Geräusch. Sie dreht sich zu ihm hin, schmiegt sich an ihn, Gesicht in der Halskuhle, sie will ihn riechen. Seine Hand in ihrem kurzen Haar, kleine Streichelbewegungen der Fingerkuppen.

»Die Spiegeleier sind jetzt nicht mehr lecker.«

»Schade drum.« Sie lacht.

»Glaubst du, da läuft was?«

»Zwischen Nora und Luca?«

»Hm.«

»Ich würde es ihr gönnen.«

»Am Ende bleibt sie hier.« Halb fragend sagt er es.

Alex geht ein Gedanke durch den Kopf.

»Du hast mal gesagt, du möchtest verschwinden …«

»Wann habe ich das gesagt?«

»Als wir uns das erste Mal unterhalten haben.«

»Nach Dominiks Hochzeit?«

»Wie Alice im Kaninchenbau. – Möchtest du das noch?«

Er antwortet nicht gleich.

»Oder war Ligurien das, was du mit verschwinden gemeint hast?«

»Du meinst, das Rustico? Oder diesen Kaninchenbau hier, dein Tinyhouse?« Er lacht leicht, sie spürt die Vibration seiner Brust.

Dann mehr für sich: »Gerade möchte ich nicht verschwinden.«

»Aber ich«, sagt sie lauter. Es überrascht sie selbst. »Ich möchte noch aufs Fest.«

»Ich habe eine Tür bemalt«, überrascht er sie nun seinerseits.

»In Lucinasco?«

»Hm. – Willst du gar nicht wissen, was drauf ist?«

»Ich will selber gucken. Vielleicht will ich auch wissen, wo sie hinführt, deine Tür.«

»Ehrlich gesagt weiß ich das gar nicht. Beim Bemalen macht man sie ja nicht auf.«

»Eben.«

Alex schaltet kurzerhand das Licht an und ist im nächsten Moment aus dem Bett. Es fühlt sich geschmeidig an, wie sie sich in ihrem niedrigen Alkoven bewegt, beinahe turnerisch.

»Oben erzähle ich dir dann auch von *meiner* Idee«, lockt sie ihn, schon von der Leiter aus.

*

Als sie das paese delle porte dipinte erreichen, hat Alex noch Geburtstag, doch sind einige Parkplätze schon wieder frei.

Sie gehen um die massige, dunkle Kirche herum und wenige Schritte durch das stille Dorf – man hört das Fest schon. Nach einem letzten Knick werden sie der gelben Lichtinsel in den nachtgrauen Wellen der Hänge ansichtig: Biertische mit Bänken, in die Oliventerrassen gereiht. Mehr als die Hälfte ist nur noch von leeren Flaschen und Gläsern besetzt. An anderen geht es hoch her. Hier bricht Lachen aus, dort wahrscheinlich sogar ein Streit. Vom Spanferkel ist der Kopf geblieben, aus dem Maul steht der Drehspieß. Nora ist nicht zu sehen. Auch nicht auf der Tanzfläche, dem zementierten, mit bunt blinkenden Lichterketten überspannten Platz hinter einer kleinen Halle. Das Licht zuckt in ständig wechselnden Farben auf dem halben Dutzend Paare, die sich, ohne sich davon stören zu lassen, im langsamen Rhythmus eines Stehblues wiegen. Ein einzelner Sänger begleitet sich selbst auf der akustischen Gitarre. Er steht auf dem, was einmal die Laderampe einer Agrargenossenschaft war und nun die Bühne ist, und bietet, rauchiger als das Original und mindestens ebenso schleppend, Elvis Presley dar: *Can't help falling in love*. Der Sänger sieht sehr italienisch aus und hat die passende Aussprache – *wit you*, singt er, das th souverän unterschlagend. Natürlich ist das ein provinzieller Schmusesänger, aber Johann geht seine Stimme zu Herzen. Er drückt Alex' Schulter.

»Ma siete venuti lo stesso.« Sie haben Lorenzo nicht kommen sehen.

»Come dice il proverbio: *Je später der Abend, desto schöner die Gäste*. – Ma tu cosa hai fatto, amico mio?«

»Ich habe gekämpft«, sagt Johann.

»Mit deiner Tochter?« Lorenzos feines Lächeln. Heute löst es keine Schuldgefühle bei Johann aus. »Mit ihr schon. Aber nicht gegen sie«, stellt er die Sache klar.

»Oh, gegen wen?«

»Gegen … einen großen Gegner.«

»Sembra proprio.«

»Hast du Nora gesehen?«

»Vor Stunden. Die jungen Leute.« Der hagere Mann, dessen weißes Haar vom Blinken alle Farben des Regenbogens annimmt – in Leinenhose und weitem Hemd wirkt er wie ein Alt-Hippie –, wirft die Hand übermütig in die Nachtluft. »Trinkt ihr was mit uns?«

*

Dann kommt Alex nicht wieder. Sie wollte nur auf Toilette gehen. Ihre Hand war beim Ausstieg aus der Bank kurz auf seiner Schulter. Johann war mitten im Gespräch, hatte Spaß am Sich-Erregen und das Gefühl, mit seinem Italienisch auf einen Schlag wenigstens ein Jahr weiter zu sein. Wenn er darüber nachdenkt, sie war seit ihrer Ankunft in Lucinasco seltsam still. Nicht verstummt, aber zurückgenommen. Ist ihr die Situation doch unangenehm? Ist sie enttäuscht?

Am Tisch geht das Erzählen nahtlos weiter. Er entschuldigt sich ins Leere. Beim Fest scheint zu gelten: Wer da ist, ist da, und wer weg ist, ist weg. Das Festgelände ist ein Garten der Helligkeit, den Johann verlässt, zunächst noch ohne Plan. Er weiß nur, er will sie suchen. Im Dunkeln steht er vor einem den Berg hinunterweisenden Pfeil mit der Aufschrift *cimitero*. Heute hat er schon einmal vor einem solchen Schild gestanden, wie lange scheint das her. Nora und er ignorierten es, dadurch gerieten sie in den ganzen Schlamassel. Am Schild fing alles an. Sollte er es jetzt nicht anders machen?

Hinzu kommt, den unterhalb des Dorfs gelegenen Friedhof haben sie einmal zusammen besucht. Alex war von der ganz anderen Begräbniskultur beeindruckt, wusste aber nicht, ob es ihr gefällt. »Bei uns sind Friedhöfe Parks«, sagte sie, »wir wollen eins werden mit der Natur.« Der steinerne cimitero hingegen verdoppelte die Welt der Lebenden: Jeder Familienclan hatte darauf sein repräsentatives Haus mit einer Kammer für jedes Mitglied. Hier behielt man sein Gesicht, das auf einem Foto abgebildet war. Auf ewig behielt man sein Alter, seine Goldzähne, sein Lächeln. »Wir wollen nach dem Tod weg sein«, sagte Alex, »hier bleiben die Ahnen anwesend.«

So tief hatte er noch nie darüber nachgedacht. Alex hatte offenbar eine besondere Beziehung zu diesem Ort. Soll er sie dort unten finden?

Plötzlich kommt es ihm: sein Bild auf der Tür. Das wollte sie sehen. Wie konnte er das vergessen? Da ist sie bestimmt hin. Das Problem ist nur, sie weiß ja nicht, wo in dem verwinkelten Bergdorf sich die Tür befindet. Er muss also eine Suchende suchen. Zur nächtlichen Burg gesintert, liegt Lucinasco unter einem klaren, hohen Sternenhimmel vor ihm. In diesen Mauern ist sie irgendwo, ein bewegliches Ziel. Es hat etwas Erregendes, wie Tauchen kommt es ihm vor, in den Ort, der schon voller friedlicher Schläfer ist, einzudringen. Wie Tauchen, aber auch, zumindest von oben gesehen, wie ein Tanz.

Eine Gasse nimmt ihn auf. Seinen Schritten gesellt sich ein Echo zu. Nicht dass er absichtlich laut wäre wie junge Kerle bei Nacht. Aber wie ein Dieb bewegt er sich auch nicht. Alex soll ihn hören können. Er will sie nicht nur finden, er will auch, dass sie weiß, dass er sie sucht. Der Mann fällt ihm ein, der ins Labyrinth ging. Wie hieß der gleich? Die Frau ist die Berühmtere, wahrscheinlich die Wichtigere, obwohl sie passiv blieb. Ariadne hieß sie. Sie gab dem Mann einen Faden mit, damit er wieder herausfinden sollte, zurück zu ihr. Den roten Faden. Ich habe keinen Faden, denkt Johann. In der alten Geschichte waren die Dinge klarer. Wer außen ist und wer innen, wo außen ist und wo innen, was Hinweg, was Rückweg. Was ein Mann zu tun hat, was eine Frau. Und was Liebe ist und was Kampf – denn drinnen im Labyrinth, fällt ihm ein, das war ja überhaupt der Grund für den Mann hineinzugehen, drinnen lauerte ein Monster. Aber vielleicht war auch alles unklar in der alten Geschichte. Hat nicht der Mann, nachdem er es besiegt hatte, das Monster mit hinausgebracht? Und wie ging es dann weiter? Johann weiß es nicht mehr. Ich habe keinen Faden, denkt er. Gerade hänge ich auch nicht an einem Faden. Ich bin frei. Ich bin meine Schritte. Nicht mehr und nicht weniger. Ich bin meine Schritte. Das Echo ist mein treuer Begleiter. Mein Doppelgänger, der alles so macht wie ich, mein Diener, der mich aber zu überholen scheint – Johann wird schneller. Der Doppelgänger nimmt die Herausforderung an. Links geht's und rechts, rauf geht's und runter, dass die Sohlen knallen. Fast im Laufschritt, Kurven werden gekratzt. Steil abwärts geht's, um eine Ecke, und da steht eine Gestalt. Direkt unter einer der wenigen Laternen, das kurze Haar orange leuchtend, in einer tintenschwarzen Schattenpfütze. Alex. Sie lacht. »Deinen Schritt erkennt man auf sieben Meilen.«

Sie stehen voreinander.

»Warum bist du weggegangen?«, fragt er.

»Hast du dir Sorgen gemacht? Du musst dir um mich keine Sorgen machen.«

»Ich habe mich nicht gesorgt. Ich wollte dich nur …«

»Du wolltest mich … – hm?« Sie lächelt, verletzlich, zart.

»O Mann, das bin ich nicht mehr gewöhnt, Johann. So ein – Glück. Nicht diese abgedämpfte Version, die man abgeklärt nennt, aber eigentlich ist es nur Schmerzfreiheit. Nicht die Mittellage. So ein körperliches Glück …!« Sie schubst ihn.

»Wo ist sie denn nun, deine Tür?«

»Es war schon warm«, sagt er, »eigentlich sogar heiß. Eine Gasse weiter, und du hättest sie gefunden.«

»Ach.«

»Hier«, sagt er und leuchtet mit dem Handylicht eine niedrige, aus groben Brettern gezimmerte Stalltür an, die sich unter einem aus der Mauer vorspringenden Treppenaufgang befindet. Auch bei Tag liegt sie im Schatten, er musste mit einem Baustrahler malen. Eine andere war nicht zu haben, es war eine der letzten freien Türen im Dorf.

»Ein Baum …«

»Du musst die Schrift lesen.« Er hat sie verschlungen gestaltet, hat den Faden der Schreibschrift aus einer Wurzel herausgezogen.

»Trova la cicala«, entziffert Alex: »Finde die Zikade.« Sie sieht zu ihm hin. »Renats Rätsel, das wir nie mehr lösen. Ist denn bei dir eine versteckt?«

»Du musst schon selbst suchen«, sagt Johann. Einem plötzlichen Impuls folgend, klickt er das Licht des Handys aus. Sie stehen im Dunkel.

Ihre Lippen finden sich, öffnen sich, ihre Zungen umspielen, umdrängen einander. Er fühlt eine wilde, alles überschwemmende Liebe zu dieser Frau, die ihm schon vertraut ist und doch aufregend fremd. In kreisenden Bewegungen will er ihre Wahrheit schmecken, und auch sie will das, er spürt es. Es soll kein Ende haben. Er hat sie umschlungen, er reibt mit den Händen an ihrem Hinterkopf und Körper hinauf und hinunter. In der Schwärze will er sie festhalten, als wäre es für immer.

*

Eine Woche danach begegnete Alex der Fledermaus.

An den Sommerabenden haben die Schwalben, die zwischen den Dachsparren des Rustico nisten, die Lufthoheit über dem Fluss. In immer neuen Bögen durchschneiden sie den Äther. Ist die Dämmerung fortgeschritten, mischen sich ein paar Fledermäuse darunter. Ihre Höhle liegt unter dem Dach, das Flugloch ist eine Lücke zwischen den Ziegeln. Sie schlagen in einem fort Haken in der mit Bläue getränkten Luft, sodass sie nur zuckende Schatten sind, ihre Echoortung lässt einen wirklich staunen. Und doch dachte Alex manchmal, was für ein fundamentaler Unterschied das war zwischen Vögeln und Nichtvögeln, Fliegen und Flattern: zwischen Dort-oben-zu-Hause-Sein und diesem seltsamen Grenzgängertum.

Gestern Abend fand sie eines der Tierchen bei ihren vors Haus gestellten Schuhen. Ein schwarzer süßer ängstlicher Dämon. Große Lust verspürte sie, es zu streicheln. Ihr fiel ein, dass Fledermäuse Krankheiten übertragen, weil sie so ein gutes Immunsystem haben und mit vielem munter leben können, was Menschen gefährdet, man denke nur an Corona.

Dieser ging es jedoch augenscheinlich nicht gut. Vielleicht hatte sie sich verletzt. Es sind ja doch, schon wegen der nötigen Leichtigkeit, sehr zerbrechliche Wesen. Obwohl Alex sich voller Vorsicht näherte, eigentlich nur ihr Smartphone zückte, wollte die Fledermaus Schutz in einem Schuh suchen, vermochte jedoch den Rand der Öffnung nicht zu überwinden. Alex freezte ihren Körper. Sie wurde zur Naturfilmerin, bei der die Kamera das Einzige ist, was läuft. Den Winzling ergriff der Mut der Verzweiflung. Als ginge er auf Krücken, schleppte er sich, die Hakenhände jedes Mal weit vorsetzend, an ihren Zehen vorbei, schnurstracks zum Fahrgestell des Tinyhouse. Im nächsten Moment war die Fledermaus darunter verschwunden. Alex beugte sich vor, sah aber nur ins Schwarze. Du bist in Sicherheit, sendete sie einen beschützenden Gedanken hinein. Du bist jetzt meine Untermieterin.

Heute Morgen leuchtete sie mit der Taschenlampe unter dem Trailer alles ab. Die Fledermaus war weg. Bei der Gelegenheit fiel Alex auf, dass ein Bruchstein in der Trockenmauer fehlte, die die Terrasse mit dem Tinyhouse stützte. Der knochenbleiche Brocken lag eine Etage tiefer. Er war schwer. Sie setzte ihn wieder ein und drückte ihn an. Alle diese Mauern waren ohne Mörtel errichtet, allein kunstvolle Schichtung hielt sie. Auf einmal bekam sie Sorge, ihre Box würde, trotz Leichtbauweise, derart Druck auf den

Untergrund ausüben, dass es die Mauer über kurz oder lang nach vorne drückte. Warum sonst sollte der Stein scheinbar grundlos – nach den zwei Gewittern war seit mehreren Tagen wieder schönes, ruhiges Wetter – herausgefallen sein?

Abends beim Joggen erzählt sie Nora davon. Vor der verlassenen Villa mit dem *Virgin-Suicides*-Zaun dehnen sie sich wie immer. Die junge Frau sieht sie auf einmal, ihr Fußgelenk in der Hand, an. Sie lächelt ungewohnt schüchtern. »Ich habe einen Anschlag auf dich vor. Man könnte auch sagen, auf euch.«

»Oh«, Alex zieht die Brauen hoch. »Was denn?«

»Du weißt ja, dass ich schon längst heimgefahren sein wollte. Heimgefahren sein sollte. Aber dann kam einiges dazwischen.«

»Nun sag schon!«

»Ich habe in den USA den Führerschein für größere Zuglasten gemacht.«

»Ja-ah …«

»In den letzten Tagen habe ich nachgedacht und mit einem alten Schulfreund im Westerwald geschrieben. Die haben ein Riesengrundstück, sogar der Gipfel eines Bergs gehört dazu. Na ja, eher ein Hügel. Da würde ich gerne eine Zeit lang sein. Sie züchten das Westerwälder Rotvieh. Die Rasse war ausgestorben, aber sie züchten sie irgendwie zurück.«

»Sind das Rinder?«

»Ja. Kleine, robuste. Ziemlich süß. Sie sind das ganze Jahr auf der Weide.«

»Und das kann man, eine ausgestorbene Rasse zurückzüchten?«

»Wohl Schritt für Schritt.«

»Was willst du mir sagen, Nora?«

»Leihst du mir dein Haus?«

Alex' Verblüffung führt dazu, dass die junge Frau sie ängstlich anblickt: Ist sie mit der Frage zu weit gegangen? Hat sie etwas zwischen ihnen beschädigt?

Sie spricht eilig: »Wenn du es nicht wärst, wäre ich gar nicht auf die Idee gekommen. Ich hätte gerne ein paar Monate einen Ort ganz für mich allein. Nicht Brru-tsches Hütte und nicht Papas Rustico. Und auch nicht mein altes Kinderzimmer. Andere ziehen in eine WG in Berlin oder in eine Bauwagensiedlung. Ich stelle es mir magisch vor, auf dem Gipfel zu sitzen und die Sonne auf der einen Seite auf- und auf der anderen untergehen zu sehen. Wenn ich wieder nme, bin ich wahrscheinlich keine andere – aber ›e, dann bin ich bereit. Wozu auch immer.

ıll ausführlich mit meiner Mutter sprechen. Nicht als Kino auf Besuch. Der Berg ist fünfzehn Kilometer entfernt. Gut zum Hinkommen und gut zum Heimfahren. Es wäre einfach perfekt.«

»Und du denkst, wir brauchen jetzt keine zwei Häuser mehr, Johann und ich.«

»Ich bringe es dir auch zurück. An Weihnachten. Oder früher, wenn du willst.«

»Vielleicht brauchen wir wirklich keine zwei Häuser.« Alex schürzt die Lippen. »Das ist lustig. Weißt du, was dein Vater mir heute gesagt hat? Im Grunde will er das Gleiche tun wie du. Heimfahren. Die Dinge klären. Seinen Enkel sehen.«

»Darüber hat er mit mir noch nicht geredet.«

»Demnächst sitze ich allein hier.« Ein Satz, der deprimiert klingen könnte, aber Alex' Stimmung ist eine andere: Sie ist gelassen. Das Leben hält so manche Karte in der Hand, es spielt eine nach der anderen aus. Sie hat Vertrauen. Gerade, weil vieles offen ist. Vertrauen ist kein Blick in die Zukunft. Wenn man das könnte, wäre jenes überflüssig.

Und – sie hat einen Scheinwerfer bestellt. Ihr Theaterplan nimmt allmählich konkretere Formen an. Darüber will sie mit Nora auch noch reden, aber nicht jetzt, nicht alles ineinanderrühren. Realistischerweise wird es damit auch erst im nächsten Frühsommer losgehen.

Alex wird gebraucht, sie ist eine, die etwas zur Verfügung stellen kann. Wenn dein Haus wieder Räder bekommt, wirst du selbst ein Stück weit zum Haus. Für die, die deine Tochter sein könnte.

»Will Papa denn lange bleiben?«, fragt Nora. »Oder fährt er nur, um endlich mit Marion alles zu klären?«

»Das weiß er noch nicht genau. Frag ihn selbst.«

»Papa weiß vieles nicht genau. Ich glaube, innerlich weiß er mehr, als er zugibt. Er lässt die Sachen gerne laufen.«

»Diese Sache will er nicht laufen lassen.«

»Ist das nicht gut?«

Alex steht vor Nora, sieht sie an. »Das wissen wir hinterher. Nicht nur, ob es gut ausgegangen ist. Auch was der gute Ausgang überhaupt ist.

Manchmal stelle ich mir vor, da gibt es so einen Saal, wo wir hinkommen, wenn unser Leben vorbei ist. Da machen wir so eine Art Nachbesprechung. Manöverkritik.«

»Mit wem?«

Alex hebt die Schultern. Dann lässt sie sie fallen.

»Jetzt mal ganz praktisch: Meinen Jeep brauchst du auch.«

Nora nickt wie ein Mädchen, das von der Mutter durchschaut worden ist.

»Johann fährt mit dem Zug«, beschließt Alex. »Ich sitze hier nicht ohne Auto.

Und Weihnachten feiern wir zusammen.« Sie sagt es in dem Ton, in dem sie früher entschieden hat, wie das Stück ihrer Schüler ausgeht.

»Versprochen. Zur Not sammle ich Papa ein.«

Alex lacht: »Ich stelle mir gerade vor, du schleppst ihn an wie den Tiger im Zirkuswagen. Übrigens, einen Kran brauchen wir gar nicht.«

»Nicht?«

»Lorenzo sagt, mit einem Traktor kriegen wir das Tinyhouse auch auf dieser Seite rauf zur Straße. Es passt gerade zwischen den Bäumen durch, er hat es schon ausgemessen.«

»Ach.«

»Bevor es mir runterkippt, habe ich gedacht. – Lass dir das von einer erfahrenen Frau gesagt sein: Man braucht immer einen guten Plan B.«

»Braucht man überhaupt einen Plan A? Den perfekten Gesamtentwurf, von dem alle sprechen? Oder reicht es, dass man spürt, welcher Schritt als Nächstes dran ist?«

Alex sieht Nora an. Die schöne blasse junge Frau mit den fast verheilten Wunden. Alex lächelt, mehr mit dem Mund, aber es ist kein aufgesetztes Lächeln, es ist ein wissendes. Sie hat das Gefühl, nicht nur ein ganz gutes Bild von Nora zu haben, sondern das Bild der Jüngeren auch vermitteln zu können. Nicht mit der glatten Objektivität eines Spiegels: mit ihren, Alex', dunklen Augen, neben denen die Fältchen des Lebens zwei Fächer bilden.

»Wer Erster an der Zypresse ist«, ruft sie und läuft los.

*

Ich bin lange nicht Zug gefahren, denkt Johann. Obwohl in Richtung Genua die Autostrada dei Fiori und die Eisenbahntrasse weitgehend parallel verlaufen, ist es eine ganz andere Erfahrung, als am Steuer zu sitzen.

Immer im Wechsel geht es durch Tunnel und über Brücken, denn die Riviera di Ponente, der westliche Teil Liguriens, ist von vielen kleinen Flusstälern gerippt. Er wird verschluckt und ausgespien. Für die Länge eines Wurfs fliegt er in der Helligkeit des blauen Augusttags, schon greift sich das Dunkel das wuchtige Geschoss, in dem er in Fahrtrichtung am Fenster sitzt. Und wieder hinaus. Durch die Seitenscheibe wird man eins mit dem großen Dahin, dem Vorbeifliegen der Nebensachen, Balkone, bunte Sonnenschirme, Masten, Firmenhöfe, wo allerlei lagert, Kabeltrommeln, Paletten. Der Blick klappert dran entlang wie als Kind auf dem Heimweg von der Schule die Hand am Lattenzaun. Solange du nicht zufasst, überträgt sich der Rhythmus der Welt auf dich.

Sobald das Tageslicht weggenommen ist, sieht Johann sich selbst. Da die Leuchte sich in der Mitte der Waggondecke befindet, liegt sein Gesicht im Schatten, was es fremd macht und eine Situation der Nähe erzeugt. Das Gesicht haust in den Tunneln und hat selbst etwas von einem Tunnel, man kann darin forschen.

Alex hat ihn, in seinem eigenen Wagen, zum Bahnhof gefahren. Sie parkte nicht, hielt nur im Halteverbot an. »So«, sagte sie. »Ich melde mich«, sagte er. Das hatte er ihr schon mehrfach gesagt, dass er sich melden würde. Er hatte ihr auch gesagt, dass er ihr noch nicht sagen könne, wann er zurückkäme. Er hatte sich um eine Erklärung bemüht. Dass es keine Stippvisite sein könne, im Grunde überhaupt kein Besuch. Dass es etwas anderes sein würde, sein müsste.

»Und du hast Sorge, ich verstehe das nicht?«

»Eigentlich nicht.«

»Tu das«, sagte sie jetzt. Sie machte keine Anstalten, zur Verabschiedung auszusteigen. Plötzlich hatte sie noch eine Frage: »Hast du vor, an deinem Zyklus weiterzumalen?«

»*Il mare?* – Das passt wohl besser hierher. Ich glaube nicht, dass ich dafür Muße habe.«

»Der Meer«, horchte Alex die Wortkombination ab. Johann hatte den Eindruck, es ging ihr darum, die Trennung ein wenig hinauszuzögern. »Das ist immer komisch mit den Geschlechtern in anderen Sprachen, was? Es ist ja nicht bloß ein grammatisches Phänomen, man kriegt ein ganz anderes Bild. *Der Meer*, da sehe ich Neptun vor mir, wie er aus der Brandung steigt.« Sie lachte leicht.

»Neptun im Westerwald … Nee, damit mache ich schon hier weiter.« Ein Seitenblick. »Vielleicht male ich einen.«

»Einen richtigen Meeresgott mit Dreizack?«

»Na, nicht so konkret.«

»Ich glaube, du musst los«, sagte sie.

»Vergiss mich nicht.«

Er nahm für sich Offenheit in Anspruch, sie *war* offen. Zeigte ungeschützt, wie wichtig er ihr war. Warum hat er keine Worte gefunden, darauf zu reagieren?

Im Tunnel erlebt er die Szene noch einmal: Etwas in ihm hätte Alex verschlingend küssen, ihr ein wortloses Versprechen geben mögen. Tatsächlich war es ein kurzer Kuss. Zwei Köpfe drehten sich zueinander, Lippen trafen Lippen. Er stieß die Beifahrertür auf, hob sein Gepäck aus dem Kofferraum, wandte sich im Gehen um und winkte, bevor er die Stufen hinauf zur Bahnhofshalle nahm.

Es war gut so, denkt Johann. Es war gut so, wie es war. Ich bin allein. Ich bin unterwegs in mein altes Leben. Es ist keine Rückkehr. Ich habe ein wenig Angst, vor all dem, was ansteht. Aber ich sehe auch, durch Berg und Tal sausend, eine weite Ebene vor mir.

Ich freue mich auf meinen Enkel Louis.

In den letzten Tagen spürte Johann, wenn er mit dem Daumen daran herumdrückte, dass in der Kuppe seines rechten Mittelfingers etwas kleines Spitzes stecken musste. Ein winziger Dorn vermutlich, ein Andenken an sein Abenteuer mit Nora. Doch als er mit einer Nadel vorsichtig grub, wurde er nicht fündig. Nichts Dunkles zeigte sich, das man mit der Pinzette hätte greifen können. Als er noch tiefer gehen wollte, ein paar Millimeter nur, tat es auf einmal so weh, dass er davon abließ. Der Arzt, den er gestern noch aufsuchte, betäubte die Stelle. Er stanzte aufs Geratewohl dort, wo Johann hinzeigte, ein kleines Stückchen Fleisch heraus. Es wurde in die Pathologie eingeschickt. »Wenn sie einen pflanzlichen Fremdkörper darin finden, waren wir erfolgreich«, sagte der Arzt. »Kommen Sie in vier Wochen wieder.«

Der Finger ist verbunden, der Termin vereinbart. Er hat Alex nichts davon gesagt. In aller Freiheit will er zurückkommen. Gehend, nicht gezogen werdend, auch nicht vom sanftesten Band. Ihm ist auf einmal, als würden sie beide, Alex und er, gemeinsam weites Land besitzen.

Direkt nach dem Verlassen eines Tunnels beschreiben die Schienen auf einer Brücke eine Kurve. Johann kann plötzlich, ein schluchtartiges, unbebautes Tal hinunter – wild wirkt die Vegetation darin –, das Meer sehen. Es steht unvermutet hoch.

*

Liebe Wibke,

lange habe ich dir keinen Brief auf Papier geschrieben. Dabei ist es etwas ganz anderes als die digitalen Kurznachrichten. Ich weiß noch, wie es mich berührt hat, dass du eure Hochzeitseinladung mit Tinte vollgeschrieben hast, von allen Seiten, dass du einen persönlichen Brief daraus gemacht hast. Wie wäre es gelaufen, hättest du das nicht getan? Wenn du mir ›nur‹ die gedruckte Einladung geschickt hättest, was ja auch schon sehr nett gewesen wäre, hätte es sein können, dass ich, vor lauter Beschäftigung mit dem Projekt Tinyhouse, höflich abgesagt hätte. Dann wäre mein Leben jetzt ein anderes. Es fühlt sich seltsam an, das in einem einfachen Satz hinzuschreiben. Aber es ist so.

Ich hoffe, es geht deiner kleinen Familie sehr gut! Von jungen Eltern bekomme ich mit, wie anstrengend es heutzutage sein kann, Mutter oder Vater zu sein. Wie viel Druck auf einem lastet, alles perfekt hinzukriegen. Die meisten haben zwar die Botschaft des Psychoanalytikers Winnicott vernommen, dass eine Mutter ›nur‹ »good enough« sein müsse. Trotzdem gibt es viel Angst, etwas falsch zu machen. Einerseits gut, man will auf das Kind und seine Bedürfnisse eingehen. Andererseits eine Überforderung. Was ich von euch höre, macht mich da fröhlich. Alles klingt so normal, im besten Sinne. Ich finde, Familie sollte normal sein. Liebevoll und normal. Deine Bemerkungen auf Social Media hören sich so an, als ob du den Humor nicht verlierst, und das ist das Wichtigste. Ich glaube, Louis wird nicht neurotisch werden oder nur in einem sehr akzeptablen Ausmaß.

Manchmal kann man sich an den Italienern hier ein Beispiel nehmen. »Perfetto!«, rufen sie, auch wenn eine Lösung alles andere als perfekt ist und nur einen Tag hält. Aber was heißt ›nur‹?

Lustig, dass sich nun gleich drei ›Sendungen‹ parallel in euer Städtchen bewegen. Wie ich die italienische Post kenne, wird, wenn du diesen Brief in Händen hältst, Johann längst eingetroffen sein. Vielleicht sogar Nora. Am Ende ist das Leichteste, diese Schnörkel hier, am langsamsten. Wie gerne möchte auch ich dich einmal wiedersehen!

Ich kann ehrlich gesagt nicht einschätzen, wie eine Begegnung mit Marion sein wird. Jetzt sind die beiden dran,

Johann und sie. Johann noch mehr als sie. Es tut ihm ganz gut, die Initiative zu ergreifen.

Ich denke ja, wir zwei Frauen könnten uns gut verstehen. Ich glaube, bei Marion weiß man, woran man ist, und das schätze ich.

Liebe Wibke, hätte ich das Gefühl gehabt, ich zerstöre eine Ehe, ich hätte mich ihm nicht genähert. Und nicht nur aus moralischen Gründen: Ich *hätte keine Lust darauf gehabt.*

Es hat sich leicht angefühlt, und das tut es weiterhin. Es ist einfach sehr schön. Gerade bin ich nicht die Handelnde, doch auch das fühlt sich auf eine eigentümliche Weise leicht an. Wie wenn du etwas aus den Händen gibst, und es fällt nicht zu Boden und zerbricht, sondern fliegt. Weil es Flügel hat.

Wie sich die Dinge auch entwickeln, ich werde fürs Erste hier im Tal bleiben. Im nächsten Sommer möchte ich in einer Ruine nebenan Freilichttheater anbieten. Zielgruppe soll die deutsche Community hier sein, aber auch die italienische. Ein Netzwerk ist am Entstehen. Ich könnte mir auch so was wie Theaterfreizeiten vorstellen, eine Mischung aus Kunst, Selbst- und Gruppenerfahrung. Demnächst kommt Samir mit seinem Partner vorbei. Samir ist ein befreundeter junger Lehrer, auch ein Theaterenthusiast. Sie wollen mir helfen, die Bretter, die die Welt bedeuten, in dem alten Gemäuer zu verlegen. Wir nehmen Holz, das Nässe abkann.

Was ich nicht mehr sein möchte: die Schultheaterleiterin, die du damals kennengelernt hast. Ich möchte auch mal selber auf der Bühne stehen. Ich weiß, du bist alles andere als mobil – aber falls du, auf dem Weg in den Urlaub oder so, doch vorbeikommen könntest, wäre das toll. Als Zuschauerin oder sogar als Mitspielerin, und wenn es für einen Abend ist. Ich will es zumindest gesagt haben. Es ist ja noch fast ein Jahr hin. Der rote Vorhang verbindet uns. Ich habe den Ballen nach längerer Zeit vorgeholt. Was soll ich dir sagen? Es waren neue Mottenlöcher darin. Nun liegt er in der Tiefkühltruhe, und der Schrank stinkt nach Essigwasser. Ich werde diesen Vorhang auf jeden Fall aufhängen, und wenn er vom ersten Windstoß zu Staub zerfällt.

Verstehst du dich mit Nora? Manchmal erinnert sie mich an dich. Und manchmal gar nicht. Ich mag euch beide sehr.

Die Ruine, mein Theater in spe, liegt direkt am Ufer eines Flüsschens. Im Sommer ist es die meiste Zeit nicht mehr als ein Rinnsal. Aber es soll auch Überschwemmungen geben, und in Zeiten des Klimawandels werden Extremwetterereignisse ja häufiger. Die Ruine ist, sagen die Leute, überhaupt nur zu einer solchen geworden, weil es einmal eine gewaltige Flut gab.

Mein Leben scheint mit überschwemmungsgefährdeten Theatern verbunden, der Spielraum ja auch. Ich könnte natürlich gleich auf Nummer sicher gehen und eine Spielstätte auf dem Berg suchen. Aber irgendwie hat es auch was. Im Theater – ich meine jetzt die Aufführungen –

bauen wir nie auf Fels, sondern immer auf Sand: alles sehr vergänglich. Ich habe ein Faible fürs Unsichere.

Nun ist das ein langer Brief geworden. Ich sitze vor dem alten Steinhaus und sehe die erste Fledermaus in der Dämmerung jagen. Letztens hatte sich eine verletzt, sie suchte Zuflucht unter dem Tinyhouse. Ich will mir vorstellen, dass sie es ist, deren Schatten im dunkelnden Himmel herumzuckt. Dass sie genesen ist und hungrig.

Ich hätte große Lust, jetzt mit dir beim Wein zu sitzen, Wibke. Ich umarme dich. Das Leben ist reich.

Alles Liebe

Deine Alex

*

Heute ist Alex nicht joggen gegangen. Als sie von einem Abendspaziergang zurückkehrt, sind die Räume der Ruine auf der anderen Seite des Flüsschens schon mit rauchigem Dunkel gefüllt. Aus den Bäumen hinter ihr hört sie so viele Zikaden wie noch nie. Als hätte sich bereits ein Publikum eingefunden. Sie wendet sich um, natürlich kann sie keines der Tierchen sehen. Dennoch scheint es einen Unterschied zu machen, dass sie den Winzlingen zuschaut. Eben noch sägten sie wild und schrill durcheinander, jeder auf eigene Rechnung, schien es. Nun aber finden sie wie von Zauberhand in einem Takt zusammen, als formten sie mit ihren dunklen Bäumen einen einzigen großen Leib, ein Metronom.

Es ist seltsam, so dazustehen, auf der Straße, auf der schon seit einigen Minuten kein Wagen gekommen ist und die noch Wärme vom Tag abstrahlt, und sich die Kunst vorzustellen, die die alte Mühle mit Leben erfüllen soll, die Magie, die vom grellen Lichtfluss der Scheinwerfer ausgehen wird, während die Insekten – sie sind keine Individuen, jedes ist nur ein Beispiel fürs Allgemeine – die Regie übernommen haben und einen Chor von antiker Größe bilden, einen Chor, der die Zeit hörbar macht und eine Zuhörerin hat, nicht mehr, einen Chor, der in all seiner kakophonen Sturheit gewaltig ist, von Schöpfung und Zukunft kündet.

Dank

Danke, Ursula! Mit dir zusammenzuarbeiten hat mein Leben verändert. Lektorin ist so ein spezieller und anspruchsvoller Beruf, einerseits das totale Reindenken und Reinfühlen, andererseits der unbestechliche Blick von außen: Wie du diesen Beruf in deiner ganz eigenen Art mit Leben füllst, beeindruckt mich tief und bereichert mich sehr, als Künstler und Mensch.

Moritz

Zitatnachweis

Seite 5:
Aus Armin Senser: *Novelle*. Unveröffentlichtes Gedicht.

Seite 15 und 212:
Aus *Twist in My Sobriety* von Tanita Tikaram, die auch die Lyrics schrieb. Erschienen 1988 auf dem Album *Ancient Heart* bei Warner Music Group.

Seite 38:
Aus Ingeborg Bachmann: *Die große Fracht*. Erschienen 1953. In: *Werke*, Band 1: *Gedichte*. Piper Verlag, München 1978.

Seite 40:
Aus *Wherever I Lay My Hat (That's My Home)*, geschrieben von Marvin Gaye, Barrett Strong und Norman Whitfield, veröffentlicht 1962. Die Version von Paul Young erschien 1983 auf dem Album *No Parlez* bei CBS und Columbia Records.

Seite 41:
Aus *Forever Young* von Alphaville, geschrieben von Marian Gold, Bernhard Lloyd und Frank Mertens, erschienen 1984 auf dem Album *Forever Young* bei WEA.

Seite 79:
Aus Georg Britting: *Goldene Welt*. Erschienen 1941. In: *Sämtliche Werke*, Band 4: *Gedichte*. List Verlag, München, Leipzig 1987–1996.

Seite 108:
Aus Gottfried Benn: *Was schlimm ist*. Erschienen 1953. In: *Sämtliche Werke*, Stuttgarter Ausgabe, Band 1: *Gedichte 1*. Klett-Cotta Verlag, Stuttgart 1986.

Seite 111:
Aus *Turn! Turn! Turn! (To Everything There Is a Season)*, geschrieben von Pete Seeger, veröffentlicht 1962. Die Version von The Byrds erschien 1965 auf dem Album *Turn! Turn! Turn!* bei Columbia Records.

Seite 111:
Aus *Großer Gott, wir loben dich*, Text von Ignaz Franz, 1768.

Seite 147:
Aus Inger Christensen: *alfabet/alphabet*. Kleinheinrich Verlag, Münster 2022.

Seite 186:
Aus *Vincent* von Don McLean, der auch die Lyrics schrieb. Erschienen 1971 auf dem Album *American Pie* bei United Artists Records.

Seite 191:
Aus Christian Morgenstern: *Der Mond*. In: *Galgenlieder*. Bruno Cassirer Verlag, Berlin 1905.

Seite 199 f.:
Aus *Absolute Beginners* von David Bowie, der auch die Lyrics schrieb. Erschienen 1986 auf dem Album *Absolute Beginners: The Original Motion Picture Soundtrack* bei Virgin.

Seite 203:
Aus *Space Oddity* von David Bowie, der auch die Lyrics schrieb. Erschienen 1969 auf dem Album *Space Oddity* bei Mercury Records und Philips Records.

Seite 214:
Aus *When I'm Sixty-Four* von The Beatles, geschrieben von Paul McCartney. Erschienen 1967 auf dem Album *Sgt. Pepper's Lonely Hearts Club Band* bei Parlophone, Capitol, EMI und Universal Music Group.

Seite 252:
Aus Anna Seghers: *Das siebte Kreuz*. Verlag El Libro Libre, Mexiko-Stadt 1942.

Seite 256:
Aus *Auld Lang Syne* von Robert Burns 1793. Die deutsche Version: *Nehmt Abschied, Brüder.* Übertragung von Auld Lang Syne ins Deutsche von Claus Ludwig Laue 1946. Rechte bei Deutsche Pfadfinderschaft Sankt Georg.

Seite 270 f.:
Aus *Don't come knocking*. Spielfilm von Wim Wenders von 2005. Produziert von Reverse Angle Production GmbH.

Seite 274:
Aus *Can't Help Falling in Love* von Elvis Presley, geschrieben von George David Weiss, Hugo Peretti und Luigi Creatore, erschienen 1961 auf dem Album *Blue Hawaii* bei RCA und Legacy.